ब्लाउज़
तथा अन्य कहानियाँ

मंटो

प्रभाकर प्रकाशन

ISBN: 978-93-56825-55-0
eISBN: 978-93-56825-02-4

© प्रकाशकाधीन

प्रकाशक: प्रभाकर प्रकाशन
प्लॉट नं.-55, मेन मदर डेयरी रोड
पांडव नगर, ईस्ट दिल्ली-110092
फोन: 011-40395855
वॉट्सऐप: +91 9319228272
ई-मेल: sales@pharosbooks.in
वेबसाइट: www.prabhakarprakashan.com

प्रथम संस्करण: 2023

मुद्रक: सुषमा बुक बाइंडिंग हाउस ओखला इंडस्ट्रियल
एरिया फेस-II, नई दिल्ली-110020

ब्लाउज़ तथा अन्य कहानियाँ
सआदत हसन मंटो

विषय-सूची

डरपोक

मैदान बिलकुल साफ था, लेकिन जावेद का ख़याल था कि म्यूनिसिपल कमेटी की लालटेन, जो दीवार में गड़ी है, उसको घूर रही है। उस चौड़े सहन को, जिस पर नानकशाही ईंटों का ऊँचा-नीचा फ़र्श बना हुआ था, जो दूसरी इमारतों से बिलकुल अलग-थलग था, पार करके वह उस नुक्कड़ वाले मकान तक पहुँचने का बार-बार इरादा करता, पर यह लालटेन, जो नकली आँख की तरह, हर तरफ टकटकी बाँधे, देख रही थी, उसके इरादे को डगमगा देती और वह उस बड़ी मोरी के उस तरफ हट जाता, जिसको फाँद कर, वह सहन को चंद कदमों में तय कर सकता था–सिर्फ़ चंद कदमों में!

जावेद का घर इस जगह से काफ़ी दूर था, पर यह फ़ासला बड़ी तेज़ी से तय करके, वह वहाँ तक पहुँच गया था। उसके विचारों की गति, उसके क़दमों की रफ़्तार से अधिक तेज़ थी। रास्ते में उसने बहुत-सी चीज़ों पर गौर किया। वह बेवकूफ़ नहीं था। उसे अच्छी तरह मालूम था कि वह एक वेश्या के पास जा रहा है और उसको इस बात की भी पूरी समझ थी कि वह किस वजह से उसके पास जाना चाहता है।

वह औरत चाहता था–औरत, चाहे किसी रूप में हो। औरत की ज़रूरत उसकी ज़िंदगी में एकाएक नहीं पैदा हो गयी थी। एक ज़माने में यह ज़रूरत उसके भीतर आहिस्ता-आहिस्ता मौजूदा तेज़ी का रूप पाती रही थी और अब अचानक उसने महसूस किया था कि औरत के बिना वह एक पल ज़िंदा नहीं रह सकता। औरत उसको ज़रूर मिलनी चाहिए–ऐसी औरत जिसकी रान पर हौले से धप मारकर, वह उसकी आवाज़ सुन सके–ऐसी औरत, जिससे वह वाहियात क़िस्म की बातें कर सके।

जावेद पढ़ा-लिखा होशमंद आदमी था। हर बात की ऊँच-नीच समझता था, पर इस मामले में कुछ और सोचने-विचारने के लिए तैयार नहीं था। उसके मन में एक ऐसी इच्छा हुई थी, जो नयी न थी। इससे पहले, कई बार उसके मन में यह इच्छा पैदा हुई थी और इस ख़्वाहिश को पूरा करने के लिए इंतहाई कोशिशों के बाद, जब उसे नाकामयाबी का सामना करना पड़ा

तो इस नतीजे पर पहुँचा कि उसकी ज़िंदगी में पूरी औरत कभी नहीं आयेगी और अगर उसने उस पूरी औरत की तलाश जारी रखी तो किसी दिन वह पागल कुत्ते की तरह किसी राह चलती औरत को काट खायेगा।

काट खाने की हद तक अपने इरादे में नाकाम रहने के बाद, अब अचानक उसके मन में इस इच्छा ने करवट बदली थी। अब किसी औरत के बालों में अपनी उँगलियों से कंघी करने का ख़्याल उसके दिमाग़ से निकल चुका था। औरत की तस्वीर उसके दिमाग़ में मौजूद थी–उसके बाल भी थे, पर अब उसकी यह इच्छा थी कि वह उन बालों को वहशियों की तरह खींचे, नोचे, उखाड़े।

अब उसके दिमाग़ में से वह औरत निकल चुकी थी, जिसके होंठों पर वह अपने होंठ इस तरह रखने के लिए इच्छुक था, जैसे तितली फूलों पर बैठती है। अब वह उन होंठों को अपने गर्म होंठों से दागना चाहता था।... हौले-हौले, सरगोशियों में बातें करने का ख़्याल भी उसके दिमाग़ में नहीं था। अब वह ऊँची आवाज़ में बातें करना चाहता था–ऐसी बातें जो उसके मौजूदा इरादे की तरह नंगी हों।

अब पूरी, सालिम औरत उसके आगे नहीं थी। वह ऐसी औरत चाहता था, जो घिस-घिसकर, गिरे हुए मर्द की शक्ल इख़्तियार कर गयी हो–ऐसी औरत, जो आधी औरत हो और आधी कुछ भी न हो।

एक समय था, जब जावेद 'औरत' कहते समय, अपनी आँखों में एक खास क़िस्म की ठंडक महसूस किया करता था–जब औरत की कल्पना उसे चाँद की ठंडी दुनिया में ले जाती थी। वह 'औरत' कहता था, बड़ी सावधानी से, मानो उसको इस बेजान लफ़्ज़ के टूटने का डर हो। एक अरसे तक वह इस दुनिया की सैर करता रहा। पर आख़िरकार उसको मालूम हुआ कि औरत, जिसकी तमन्ना उसके दिल में है, उसकी ज़िंदगी का ऐसा सपना है, जो ख़राब मर्दों के साथ देखा जाए।

जावेद अब सपनों की दुनिया से बाहर निकल आया था। बहुत देर तक ज़ेहनी तौर से वह अपने आपको बहलाता रहा। पर अब, उसका जिस्म डरावने रूप से जाग चुका था। उसकी कल्पना की तेज़ी ने उसके जिस्मानी एहसासों की नोक-पलक कुछ इस ढंग से निकाली थी कि अब ज़िंदगी उसके लिए सुइयों का बिस्तर बन गयी। हर ख़्याल एक नश्तर बन गया–औरत उसकी

नज़रों में ऐसी शक्ल अख़्तियार कर गयी, जिसको वह बयान करना भी चाहे तो न कर सकता था।

जावेद कभी इनसान था, पर अब इनसानों से उसे नफ़रत थी, इतनी कि वह अपने आप से भी नफ़रत करने लगा था। यही वजह थी कि वह ख़ुद को जलील करना चाहता था, इस तरह कि एक अर्से तक उसके ख़ूबसूरत ख़याल, जिनको वह अपने दिमाग़ में फूलों की तरह सजा कर रखता था, गंदगी से लिथड़े रहे। "मुझे नफ़ासत तलाश करने में असफलता मिली है, लेकिन गंदगी तो मेरे चारों तरफ फैली हुई है। अब यह जी चाहता है कि अपनी रूह और जिस्म के हर ज़र्रे को इस गंदगी से लिथेड़ दूँ। मेरी नाक, जो इससे पहले ख़ुशबुओं की तलाश करती रही है, अब बदबूदार और ग़लीज़ चीज़ें सूँघने के लिए बेताब है। यही वजह है कि आज मैंने पुराने ख़यालों का चोला उतारकर, इस मुहल्ले का रुख किया है, जहाँ हर चीज़ एक भेद-भरी बू में लिपटी नज़र आती है। यह दुनिया कितने डरावने तौर पर हसीन है।"

नानकशाही ईंटों का ऊबड़-खाबड़ फ़र्श उसके सामने था। लालटेन की बीमार रोशनी में जावेद ने, जब उस फ़र्श की तरफ अपनी बदली हुई नज़रों से देखा तो उसे ऐसा महसूस हुआ कि बहुत-सी नंगी औरतें औंधी-सीधी लेटी हैं, जिनकी हड्डियाँ जगह-जगह उभरी हुई हैं। उसने फ़ैसला किया कि इस फ़र्श को पार करके, नुक्कड़ वाले मकान की सीढ़ियों तक पहुँच जाए और कोठे पर चढ़ जाए। पर म्यूनिसिपल कमेटी की लालटेन लगातार टकटकी बाँधे, उसकी तरफ घूर रही थी। उसके बढ़ने वाले क़दम रुक गये और वह भन्ना-सा गया। "यह लालटेन मुझे क्यों घूर-घूर कर देख रही है। यह मेरे रास्ते में क्यों रोड़े अटकाती है?"

वह जानता था कि यह महज वहम है और असलियत से इसका कोई रिश्ता नहीं। लेकिन फिर भी उसके कदम रुक जाते थे और वह अपने दिल में तमाम भयानक इरादे लिये, मोरी के उस पार खड़ा रह जाता था। वह समझता था कि उसकी जिंदगी के सत्ताईस बरसों की झिझक, जो उसे विरासत में मिली थी, उस लालटेन में जमा हो गयी है। यह झिझक, जिसको पुरानी केंचुली की तरह वह अपने घर छोड़ आया था, उससे पहले वहाँ पहुँच चुकी थी, जहाँ उसे अपनी जिंदगी का सबसे भद्दा खेल खेलना था। ऐसा खेल, जो उसे कीचड़ में लथपथ कर दे, उसकी रूह पर कालिख पोत दे।

एक मैली-कुचैली औरत उस मकान में रहती थी। उसके पास चार-पाँच जवान औरतें थीं जो रात के अँधेरे और दिन के उजाले में, यकसाँ भद्देपन से पेशा करती थी। ये औरतें गंदी मोरी से ग़लाज़त निकालने वाले पंप की तरह दिन-रात चलती रहती थीं। जावेद को इस चकले के बारे में उसके दोस्त ने बताया था, जो हुस्नो-इश्क़ की लाश कई बार इस क़ब्रिस्तान में दफ़्न कर चुका था। जावेद से वह कहा करता था, "तुम 'औरत-औरत' पुकारते हो... औरत है कहाँ?...मुझे तो अपनी ज़िंदगी में सिर्फ़ एक औरत नज़र आयी, जो मेरी माँ थी।...पर्दे वालियाँ अलबत्ता देखी हैं पर उनके बारे में सुना भी है। लेकिन जब कभी औरत की ज़रूरत महसूस होती है तो मैंने माई जीवाँ के कोठे को अपना बेहतरीन साथी पाया है। ख़ुदा की कसम, माई जीवाँ औरत नहीं, फ़रिश्ता है...ख़ुदा उसे क़यामत तक ज़िंदा रखे।"

जावेद, माई जीवाँ और उसके यहाँ की चार-पाँच पेशा कराने वाली औरतों के बारे में बहुत कुछ सुन चुका था। उसको मालूम था कि उनमें से एक, हर वक़्त गहरे रंग के शीशों वाला चश्मा पहने रहती है, इसलिए कि किसी बीमारी की वजह से उसकी आँखें ख़राब हो चुकी हैं। एक काली-कलूटी लौंडिया है जो हर वक़्त हँसती रहती है। उसके बारे में जावेद जब सोचता तो अजीबोगरीब तस्वीर उसकी आँखों के सामने खिंच जाती। "मुझे ऐसी ही औरत चाहिए, जो हर वक़्त हँसती रहे।...ऐसी औरतों को हँसते ही रहना चाहिए। जब वह हँसती होगी तो उसके काले-काले होठ यों खुलते होंगे, जैसे बदबूदार गंदे पानी में मैले-मैले बुलबुले बनकर फटते हैं।"

माई जीवाँ के पास एक और छोकरी भी थी, जो बाकायदा तौर पर पेशा करने के पहले, गलियों और बाज़ारों में भीख माँगा करती थी। अब एक बरस से वह उस मकान में थी जहाँ अठारह बरसों से यही काम हो रहा था। वह अब पाउडर और सुर्ख़ी लगाती थी। जावेद उसके बारे में भी सोचता–"उसके सुर्ख़ी-लगे गाल बिलकुल दाग़दार सेबों की तरह होंगे... जो हर कोई ख़रीद सकता है।"

उन चार-पाँच औरतों में से, जावेद की नज़र किसी खास पर नहीं थी–"मुझे कोई भी मिल जाय...। मैं चाहता हूँ कि मुझसे दाम लिये जाएँ और खट से एक औरत मेरी बगल में थमा दी जाय। एक सेकेंड की देर न होनी चाहिए। किसी किस्म की बात न हो। कोई नर्म-नाज़ुक बात मुँह से निकलने

न पाये। क़दमों की चाप सुनाई दे, दरवाज़ा खुलने की खड़खड़ाहट पैदा हो... रुपये खनखनायें और आवाज़ें भी आएँ, पर मुँह बंद रहे। अगर आवाज़ निकले तो ऐसी, जो इनसानी आवाज़ मालूम हो। मुलाक़ात हो बिलकुल हैवानों की तरह। तहज़ीब के संदूक में ताला लग जाए। थोड़ी देर के लिए एक ऐसी दुनिया आबाद हो जाए, जिसमें सूँघने, देखने और सुनने के नाज़ुक एहसास, जंग-लगे उस्तरे की तरह कुंद हो जाएँ।"

जावेद बेचैन हो गया। एक उलझन-सी उसके दिमाग़ में पैदा हो गयी। इरादा उसके अंदर इतनी शिद्दत पकड़ चुका था कि पहाड़ भी उसके रास्ते में होते तो वह उनसे भिड़ जाता। पर म्यूनिसिपल कमेटी की एक अंधी लालटेन, जिसको हवा का एक झोंका बुझा सकता था, उसके रास्ते में बहुत बुरी तरह बाधक हो गयी थी।

उसकी बग़ल में पान वाले की दुकान खुली थी। तेज़ रोशनी में उसकी छोटी-सी दुकान का सामान इतना नुमायाँ हो रहा था कि बहुत-सी चीज़ें नज़र नहीं आती थीं। बिजली के कुमकुमे के इर्द-गिर्द मक्खियाँ, इस अंदाज़ से उड़ रही थीं, जैसे उनके पर बोझिल हो रहे हैं। जावेद ने जब उनकी तरफ देखा तो उसकी उलझन बढ़ गयी। वह नहीं चाहता था कि उसको कोई सुस्त-रफ़्तार चीज़ नज़र आए। कुछ कर गुज़रने का इरादा, जो वह अपने घर से लेकर यहाँ आया था, उन मक्खियों के साथ बार-बार टकराया और वह उसके एहसास से इस कदर परेशान हुआ कि एक तूफान-सा उसके दिमाग़ में मच गया। "मैं डरता हूँ...मैं ख़ौफ़ खाता हूँ...इस लालटेन से मुझे डर लगता है...मेरे तमाम इरादे इसने तबाह कर दिए हैं।...मैं डरपोक हूँ...मैं डरपोक हूँ...लानत हो मुझ पर।"

उसने कई लानतें अपने आप पर भेजी, पर जैसा चाहिए, वैसा असर न पैदा हुआ। उसके क़दम आगे न बढ़ सके। नानकशाही ईंटों का ऊबड़-खाबड़ फ़र्श उसके सामने लेटा रहा।

गर्मियों के दिन थे। आधी रात गुज़रने पर भी, हवा ठंडी न हुई थी। बाज़ार में आमदो-रफ़्त बहुत कम थी। गिनती की सिर्फ़ चंद दुकानें खुली थी। फ़िज़ा में ख़ामोशी लिपटी हुई थी। हाँ, कभी-कभी किसी कोठे से, हवा के गर्म झोंके के साथ, थके हुए संगीत का एक टुकड़ा उड़-उड़कर इधर चला जाता था और गाढ़ी ख़ामोशी में घुल जाता था।

जावेद के सामने, यानी माई जीवाँ के चकले से इधर हट कर, बड़े बाज़ार में, जो दुकानों के ऊपर कोठों की एक कतार थी, उसमें कई जगह ज़िंदगी के आसार नज़र आ रहे थे। उसके बिलकुल सामने, खिड़की में तेज रोशनी के बल्ब के नीचे एक काली भुजंग औरत, बैठी पंखा डुला रही थी। उसके सिर के ऊपर बिजली का बल्ब जल रहा था और ऐसा दिखायी देता था कि सफ़ेद आग का एक गोला है जो पिघल-पिघलकर उस वेश्या पर गिर रहा है।

जावेद उस काली भुजंग औरत के बारे में कुछ गौर करने ही वाला था कि बाज़ार के उस सिरे से, जो उसकी आँखों से ओझल था, बड़े भद्दे नारों के रूप में कुछ आवाज़ें उठीं। थोड़ी देर के बाद तीन आदमी, झूमते-झूमते, शराब के नशे में चूर नुमूदार हुए। तीनों-के-तीनों उस काली भुजंग औरत के कोठे के नीचे पहुँचकर खड़े हो गये और जावेद के कानों ने ऐसी-ऐसी वाहियात बातें सुनी कि उसके तमाम इरादे, उसके अंदर सिमटकर रह गये।

एक शराबी ने, जिसके क़दम बहुत अधिक लड़खड़ा रहे थे, अपने मूँछों-भरे होंठों से, बड़ी भद्दी आवाज़ के साथ, एक बोसा नोचकर उस काली वेश्या की तरफ उछाला और ऐसा फ़िक़रा कसा कि जावेद की सारी हिम्मत पस्त हो गयी। कोठे पर बिजली के बल्ब की रोशनी में, उस काली भुजंग औरत के होंठ, एक आबनूसी ठहाके में खुले और उसने शराबी के फिकरे का जवाब यूँ दिया जैसे टोकरी भर कूड़ा नीचे फेंक दिया हो। नीचे बिखरे हुए ठहाकों का फव्वारा-सा छूट पड़ा और जावेद के देखते-देखते, वे तीनों शराबी कोठे पर चढ़े। थोड़ी देर के बाद वह जगह, जहाँ वह काली वेश्या बैठी थी, खाली हो गयी।

जावेद अपने आप से और भी नफ़रत करने लगा—'तुम...तुम...तुम क्या हो? मैं पूछता हूँ, आख़िर तुम क्या हो?...न तुम यह हो, न तुम वह हो...न तुम इनसान हो, न तुम हैवान...तुम्हारी समझ-बूझ, तुम्हारी अकल और सोच, आज सब धरी-की-धरी रह गयी। तीन शराबी आते हैं। तुम्हारी तरह उनके दिल में इरादा नहीं होता, लेकिन बेधड़क उस वेश्या से वाहियात बातें करते हैं और हँसते, ठहाके लगाते, कोठे पर चढ़ जाते हैं, जैसे पतंग उड़ाने जा रहे हों...और तुम...और तुम, जो कि अच्छी तरह समझते हो कि तुम्हें क्या करना है, यों बेवकूफ़ों की तरह बीच बाज़ार में खड़े हो और एक बेजान लालटेन से ख़ौफ़ खा रहे हो। तुम्हारा इरादा इतना साफ और खुला है, लेकिन फिर भी तुम्हारे क़दम आगे नहीं बढ़ते...लानत हो तुम पर।'

पल भर के लिए जावेद के अंदर, अपने से बदला लेने का भाव पैदा हुआ। उसके क़दमों में हरकत हुई और मोरी फाँद कर, वह माई जीवाँ के कोठे की तरफ बढ़ा। वह लपककर सीढ़ियों के क़रीब पहुँचने ही वाला था कि ऊपर से एक आदमी उतरा। जावेद पीछे हट गया। अनायास उसने अपने आपको छिपाने की कोशिश भी की, लेकिन कोठे पर से नीचे आने वाले आदमी ने उसकी तरफ कोई ध्यान न दिया।

उस आदमी ने अपना मलमल का कुर्ता उतारकर कंधे पर रख लिया था। उसकी दाहिनी कलाई में मोतिये के फूलों का, मसला हुआ हार लिपटा था। उसका बदन पसीने से सराबोर हो रहा था। जावेद के वजूद से बेख़बर वह अपने तहमद को दोनों हाथ से घुटनों तक ऊँचा किए, नानकशाही ईंटों का ऊँचा-नीचा फ़र्श पार करके, मोरी के उस पार चला गया और जावेद ने सोचना शुरू किया कि उस आदमी ने उसकी तरफ क्यों नहीं देखा।

इस बीच उसने लालटेन की तरफ देखा तो वह उसे यह कहती जान पड़ी–"तुम कभी अपने मक़सद में सफल नहीं हो सकते, इसलिए कि तुम डरपोक हो। याद है तुम्हें, पिछले साल बरसात में, जब तुमने उस हिंदू लड़की इंदिरा से अपनी मुहब्बत जाहिर करनी चाही थी तो तुम्हारे जिस्म में सकत तक नहीं रही थी। कैसे-कैसे डरावने ख़याल तुम्हारे मन में पैदा हुए थे।...याद है, तुमने हिंदू-मुस्लिम फ़साद के बारे में भी सोचा था और डर गए थे। उस लड़की को तुमने इसी डर के मारे भुला दिया और हमीदा से तुम इसलिए मुहब्बत न कर सके कि वह तुम्हारी रिश्तेदार थी और तुम्हें इस बात का डर था कि तुम्हारी मुहब्बत को गलत नज़रों से देखा जाएगा। कैसे-कैसे वहम तुम्हारे ऊपर उन दिनों छाए थे।...और फिर तुमने बिलकीस से मुहब्बत करनी चाही, पर उसको सिर्फ़ एक बार देखकर, तुम्हारे सब इरादे ग़ायब हो गए और तुम्हारा दिल, वैसा-का-वैसा बंजर रहा।...क्या तुम्हें इस बात का एहसास नहीं कि हर बार तुमने अपनी बेलौस मुहब्बत को ख़ुद ही शक की नज़रों से देखा है। तुम्हें इस बात का कभी पूरी तरह यक़ीन नहीं आया कि तुम्हारी मुहब्बत ठीक है।...तुम हमेशा डरते हो। इस वक़्त भी तुम डर रहे हो। यहाँ घरेलू औरतों और लकड़ियों का सवाल नहीं। हिंदु-मुस्लिम फ़साद का भी इस जगह कोई डर नहीं, लेकिन इसके बावजूद तुम कभी उस कोठे पर नहीं जा सकोगे।...मैं देखूँगी, तुम किस तरह ऊपर जाते हो।"

जावेद की रही-सही हिम्मत भी पस्त हो गयी। उसने महसूस किया कि वह सचमुच पहले दर्जे का डरपोक है।...बीती हुई घटनाएँ, तेज़ हवा में रखी हुई किताब के पन्नों की तरह, उसके में देर तक फड़फड़ाती रहीं और पहली बार उसको इस बात का एहसास बड़ी तेज़ी के साथ हुआ कि उसके वजूद की बुनियादों में एक ऐसी झिझक बैठी हुई है, जिसने उसे क़ाबिले रहम की हद तक डरपोक बना दिया है।

सामने सीढ़ियों से किसी के उतरने की आवाज़ आयी तो जावेद अपने विचारों से चौंक पड़ा। वही, जो गहरे रंग के शीशों वाली ऐनक पहनती थी और जिसके बारे में वह कई बार अपने दोस्त से सुन चुका था, सीढ़ियों के नीचे के चबूतरे पर खड़ी थी। जावेद घबरा गया। करीब था कि वह आगे सरक जाए कि उसने बड़े भद्दे ढंग से उसे आवाज़ दी, “अजी ठहर जाओ... मेरी जान घबराओ नहीं...आओ...आओ...” इसके बाद उसने पुचकारते हुए कहा–“चले आओ...आ जाओ।”

यह सुनकर, जावेद को ऐसा महसूस हुआ कि अगर वह कुछ देर वहाँ ठहरा तो उसकी पीठ में दुम उग जाएगी, जो उस औरत के पुचकारने पर, हिलना शुरू कर देगी। इस एहसास के साथ उसने चबूतरे की तरफ घबरायी हुई नज़रों से देखा। माई जीवाँ के चकले की उस ऐनक-चढ़ी लौंडिया ने कुछ इस तरह अपने जिस्म को हरकत दी कि जावेद के तमाम इरादे, पके हुए बेरों की तरह झड़ गए। उसने फिर पुचकारा–“आओ...मेरी जान, अब आ भी जाओ।”

जावेद एकदम भागा। मोरी फाँदकर, जब वह बाज़ार में पहुँचा तो उसने एक ऐसे ठहाके की आवाज़ सुनी जो ख़तरनाक तौर पर डरावना था। वह काँप उठा।

जब वह अपने घर पहुँचा तो उसके ख़यालों के हुजूम में से सहसा एक ख़याल रेंगकर आगे बढ़ा, जिसने उसको तसल्ली दी–“जावेद, तुम एक बहुत बड़े पाप से बच गए। ख़ुदा का शुक्र बजा लाओ।”

❑

सौ कैंडल पॉवर का बल्ब

वह चौक में कैसर पार्क के बाहर, जहाँ चंद ताँगे खड़े रहते हैं, बिजली के एक खंबे के साथ ख़ामोश खड़ा था और दिल ही दिल में सोच रहा था, कोई वीरानी-सी वीरानी है!

यही पार्क जो सिर्फ़ दो वर्ष पहले इतनी रौनक से भरपूर जगह थी, अब उजड़ी-उजड़ी दिखाई देती थी। जहाँ पहले औरत और मर्द सुंदर, आकर्षक फैशन के लिबासों में चलते-फिरते थे, वहाँ अब बेहद मैले-कुचैले कपड़ों में लोग इधर-उधर बेमक़्सद घूम रहे थे। बाज़ार में काफ़ी भीड़ थी, मगर उसमें वह रंग नहीं था जो एक मेले-ठेले का हुआ करता था। आस-पास की सीमेंट की बनी हुई बिल्डिंगें अपना रूप खो चुकी थीं, सिर-झाड़ू, मुँह-फाड़ एक-दूसरे की तरफ फटी-फटी आँखों से देख रहे थे, जैसे बेवा औरतें।

वह हैरान था कि वह रंग कहाँ गया—वह सिंदूर कहाँ उड़ गया? वे सुर कहाँ ग़ायब हो गए जो उसने कभी यहाँ देखे और सुने थे—अधिक समय की बात नहीं, वह कल ही तो (दो वर्ष भी कोई समय होता है) यहाँ आया था। कलकत्ते से जब उसे यहाँ की एक फ़र्म ने अच्छी तनख़्वाह पर बुलाया था तो उसने कैसर पार्क में कितनी कोशिश की थी कि उसे किराये पर एक कमरा ही मिल जाए, मगर वह नाकाम रहा हज़ार फ़रमाइशों के बावजूद।

मगर अब उसने देखा कि जिस कुंजड़े, जुलाहे, मोची की तबीयत चाहती थी, फ्लैटों और कमरों पर अपना क़ब्ज़ा जमा रहा था।

जहाँ किसी शानदार फिल्म कंपनी का दफ़्तर होता था, वहाँ चूल्हे सुलग रहे थे। जहाँ कभी शहर की बड़ी-बड़ी रंगीन हस्तियाँ जमा होती थीं, वहाँ धोबी मैले-कुचैले कपड़े धो रहे हैं।

दो वर्ष में इतना बड़ा इंक़लाब!

वह हैरान था, लेकिन उसको इस इंक़लाब की पृष्ठभूमि मालूम थी। अख़बारों के जरिये से और उन दोस्तों, जो शहर में मौजूद थे, उसे सब पता लग चुका था कि यहाँ कैसा तूफान आया था, मगर वह सोचता था कि यहाँ

कोई अजीबोगरीब तूफान आया था जो इमारतों का रंग-रूप भी चूसकर ले गया। इनसानों ने इनसान कत्ल किए औरतों की बेइज़्ज़ती की, लेकिन इमारतों की खुश्क लकड़ियों और उनकी ईंटों से भी वही सलूक किया।

उसने सुना था कि उस तूफान में औरतों को नंगा किया गया था। उनकी छातियाँ काटी गई थीं। यहाँ उसके आसपास जो कुछ था, सब नंगा और जोबन-रहित था।

वह बिजली के खंबे के साथ लगा अपने एक दोस्त का इंतज़ार कर रहा था, जिसकी मदद से वह अपनी रिहाइश का बंदोबस्त करना चाहता था। उस दोस्त ने उससे कहा था कि तुम कैसर पार्क के पास, जहाँ ताँगे खड़े रहा करते हैं, मेरा इंतज़ार करना।

दो वर्ष हुए जब वह नौकरी के सिलसिले में यहाँ आया था तो यहाँ ताँगों का अड्डा बहुत मशहूर जगह थी। सबसे उम्दा, सबसे बाँके ताँगे यहाँ खड़े रहते थे, क्योंकि यहाँ से ऐयाशी का हर सामान मुहैया हो जाता था। अच्छे से अच्छा रेस्तराँ और होटल क़रीब था। बेहतरीन चाय, बेहतरीन खाना और अन्य चीज़ें भी।

शहर के जितने बड़े दलाल थे, वे यहीं से मिलते थे। इसलिए कि कैसर पार्क में बड़ी-बड़ी कंपनियों के कारण रुपया और शराब पानी की तरह बहते थे।

उसको याद आया कि दो वर्ष पहले उसने अपने दोस्त के साथ बड़े ऐश किए थे। अच्छी से अच्छी लड़की हर रात उसकी बग़ल में होती थी। स्काच जंग के कारण दुर्लभ थी, मगर एक मिनट में दर्जनों बोतलें मुहैया हो जाती थीं।

ताँगे अब भी खड़े थे, मगर उन पर वे कलगियाँ, वे फुँदने व पीतल की पालिश किए हुए साज-व-सामान की चमक नहीं थी। यह भी शायद दूसरी चीज़ों के साथ उड़ गई।

उसने घड़ी में वक़्त देखा। पाँच बज चुके थे। फरवरी के दिन थे। शाम के साये छाने शुरू हो गए थे। उसने दिल-ही-दिल में अपने दोस्त की लानत-मलामत की और दायें हाथ के वीरान होटल में मोरी के पानी से बनाई हुई चाय पीने के लिए जाने ही वाला था कि किसी ने उसको हौले

से पुकारा। उसने ख़याल किया कि शायद उसका दोस्त आ गया, मगर जब उसने मुड़कर देखा तो एक अजनबी था। आम शक्ल-ब-सूरत का, लट्ठे की नई सलवार में जिसमें अब और ज्यादा शिकनों की गुंजाइश नहीं थी नीली पापलीन की कमीज़ जो लांड्री में जाने के लिए बेताब थी।

उसने पूछा–“क्यों भई, तुमने मुझे बुलाया?”

उसने हौले से जवाब दिया–“जी हाँ।”

उसने ख़याल किया मुहाज़िर भीख माँगना चाहता है–“क्या माँगते हो?”

उसने उसी लहजे में जवाब दिया–“जी कुछ नहीं।” फिर क़रीब आकर कहा–“कुछ चाहिए आपको?”

“क्या?”

“कोई लड़की-बड़की।” यह कहकर वह पीछे हट गया।

उसके सीने में एक तीर-सा लगा। देखो इस ज़माने में भी ये लोगों की जिंसी भावनाएँ टटोलता फिरता है और फिर इनसानियत के मुताल्लिक ऊपर-तले उसके दिमाग़ में बड़े साहसपूर्ण ख़यालात आए। इन्हीं ख़यालात के प्रभाव से उसने पूछा–“कहाँ है?”

उसका ढंग दलाल के लिए आशाजनक नहीं था। चंद क़दम उठाते हुए उसने कहा–“जी नहीं आपको ज़रूरत मालूम नहीं होती।”

उसने उसको रोका–“यह तुमने किस तरह जाना? इनसान को हर वक़्त इस चीज़ की ज़रूरत होती है जो तुम मुहैया कर सकते हो–वह सूली पर भी–जलती चिता में भी...।”

वह फिलासफर बनने ही वाला था कि रुक गया–“देखा–अगर कहीं पास ही है तो मैं चलने के लिए तैयार हूँ। मैंने यहाँ एक दोस्त को वक़्त दे रखा है।”

दलाल क़रीब आ गया–“पास ही बिलकुल पास।”

“कहाँ?”

“उस सामने वाली बिल्डिंग में।”

उसने सामने वाली बिल्डिंग को देखा।

“उसमें–उस बड़ी बिल्डिंग में?”

"जी हाँ।"

वह लरज गया, "अच्छा...तो...?"

सँभलकर उसने पूछा–"मैं भी चलूँ?"

"चलिए, लेकिन मैं आगे-आगे चलता हूँ।" और दलाल ने सामने वाली बिल्डिंग की ओर चलना शुरू कर दिया।

वह सैकड़ों आत्मभेदी बातें सोचता उसके पीछे हो लिया।

चंद गज़ों का फ़ासला था। फौरन तय हो गया। दलाल और वह दोनों उस बड़ी बिल्डिंग में थे जिसकी पेशानी पर एक बोर्ड लटक रहा था–उसकी हालत सबसे खस्ता थी। जगह-जगह उखड़ी हुई ईंटों, कटे हुए पानी के नलों और कूड़े-करकट के ढेर थे।

अब शाम गहरी हो गई थी। ड्योढ़ी में से गुज़रकर आगे बढ़े तो अँधेरा शुरू हो गया। चौड़ा-चकला सेहन तय करके वह एक तरफ मुड़ा, जहाँ इमारत बनते-बनते रुक गई थी। नंगी ईंटें थीं। चूना और सीमेंट मिले हुए सख़्त ढेर पड़े थे और जगह-जगह बजरी बिखरी हुई थी।

दलाल अधूरी सीढ़ियाँ चढ़ने लगा कि मुड़कर उसने कहा–"आप यहाँ ठहरिए। मैं अभी आया।"

वह रुक गया। दलाल ग़ायब हो गया। उसने मुँह ऊपर करके सीढ़ियों के अंत की तरफ देखा तो उसे तेज़ रोशनी नज़र आयी।

दो मिनट गुज़र गए तो दबे पाँव वह भी ऊपर चढ़ने लगा। आख़िरी जीने पर उसे दलाल की बहुत ज़ोर की कड़क सुनाई दी।

"उठती है कि नहीं?"

कोई औरत बोली, "कह तो दिया, मुझे सोने दो।" उसकी आवाज़ घुटी-घुटी-सी थी।

दलाल फिर कड़का–"मैं कहता हूँ, उठ–मेरा कहा नहीं मानेगी तो याद रख...।"

औरत की आवाज़ आई–"तू मुझे मार डाल, लेकिन मैं नहीं उठूँगी। खुदा के लिए मेरे हाल पर रहम कर।"

दलाल ने पुचकारा, "उठ मेरी जान! जिद् न कर। गुज़ारा कैसे चलेगा?"

औरत बोली, "गुज़ारा जाए जहन्नुम में। मैं भूखी मर जाऊँगी। ख़ुदा के लिए मुझे तंग न कर। मुझे नींद आ रही है।"

दलाल की आवाज़ कड़ी हो गयी, "तो नहीं उठेगी? हरामज़ादी, सूअर की बच्ची!"

औरत चिल्लाने लगी—"मैं नहीं उठूँगी—नहीं उठूँगी—नहीं उठूँगी।"

दलाल की आवाज़ भिंच गयी।

"आहिस्ता बोल—कोई सुन लेगा—ले, चल उठ—तीस-चालीस रुपये मिल जाएँगे।"

औरत की आवाज़ में विनय थी—"देख, मैं हाथ जोड़ती हूँ—मैं कितने दिनों से जाग रही हूँ—रहम कर—ख़ुदा के लिए मुझ पर रहम कर...।"

"बस, एक-दो घंटे के लिए—फिर सो जाना—नहीं तो देख, मुझे सख़्ती करनी पड़ेगी।"

थोड़ी देर के लिए ख़ामोशी छा गयी। उसने दबे पाँव आगे बढ़कर उस कमरे में झाँका, जिसमें से बड़ी तेज रोशनी आ रही थी।

उसने देखा, एक छोटी-सी कोठरी है जिसके फ़र्श पर एक औरत लेटी है—कमरे में दो-तीन बर्तन हैं। बस इसके सिवाय और कुछ नहीं। दलाल उस औरत के पास बैठा उसके पाँव दाव रहा है। थोड़ी देर के बाद उसने उस औरत से कहा—"ले, उठ अब, क़सम ख़ुदा की, एक-दो घंटे में आ जाएगी—फिर सो जाना।"

वह औरत एकदम यूँ उठी जैसे आग दिखाई हुई छछूंदर उठती है और चिल्लाई—"अच्छा, उठती हूँ।"

वह एक तरफ हट गया। असल में वह डर गया था। दबे पाँव वह तेज़ी से नीचे उतर गया। उसने सोचा कि भाग जाए—"इस शहर से ही भाग जाए। इस दुनिया से भाग जाए—मगर कहाँ?"

फिर उसने सोचा कि यह औरत कौन है? क्यों इस पर इतना जुल्म हो रहा है? और यह दलाल कौन है? इसका क्या लगता है? और यह इस कमरे

में इतना बड़ा बल्ब जलाकर जो सौ कैंडल पावर से किसी तरह भी कम नहीं था–क्यों रहते हैं, कब से रहते हैं?

उसकी आँखों में इस तेज बल्ब की रोशनी अभी तक घुसी हुई थी। उसको कुछ दिखाई नहीं दे रहा था। मगर वह सोच रहा था कि इतनी तेज रोशनी में कौन सो सकता है? इतना बड़ा बल्ब?–क्या वह छोटा नहीं लगा सकते? यही पंद्रह-बीस कैंडल पावर का?

वह सोच ही रहा था कि आहट हुई। उसने देखा कि दो साये उसके पास खड़े हैं। एक ने, जो दलाल का था, उससे कहा–“देख लीजिए।”

उसने कहा, “देख लिया है।”

“ठीक है न?”

“ठीक है।”

“चालीस रुपये होंगे?”

“ठीक है।”

“दे दीजिए।”

वह अब सोचने-समझने के क़ाबिल नहीं रहा था। जेब में उसने हाथ डाला और कुछ नोट निकालकर दलाल के हवाले कर दिए।

“देख लो, कितने हैं?”

नोटों की खड़खड़ाहट सुनाई दी।

दलाल ने कहा–“पचास हैं।”

उसने कहा–“पचास ही रखो।”

“साहब, सलाम।”

उसके जी में आया कि एक बहुत बड़ा पत्थर उठाकर उसके दे मारे।

दलाल बोला–“तो ले जाइए। लेकिन देखिए, तंग न कीजिएगा और फिर एक-दो घंटे के बाद छोड़ जाइएगा।”

“बेहतर।”

उसने बड़ी बिल्डिंग से बाहर निकलना शुरू किया जिसकी पेशानी पर वह कई बार एक बहुत बड़ा बोर्ड पढ़ चुका था।

बाहर ताँगा खड़ा था। वह आगे बढ़ गया और औरत पीछे।

दलाल ने एक बार फिर सलाम किया और एक बार फिर उसके दिल में यह ख़्वाहिश पैदा हुई कि वह एक बड़ा पत्थर उठाकर उसके सिर पर दे मारे।

ताँगा चल पड़ा। वह उसे पास ही एक वीरान-से होटल में ले गया। दिमाग़ को यथासंभव उस परेशानी से, जो उसे पहुँच चुकी थी, निकालकर उसने उस औरत की तरफ देखा, जो सिर से पैर तक उजाड़ थी–उसके पपोटे सूजे हुए थे। आँखें झुकी हुई थीं। उसका ऊपर का धड़ भी सारे का सारा झुका हुआ था, जैसे वह एक ऐसी इमारत है जो पल-भर में गिर जाएगी।

वह उससे मुख़ातिब हुआ–“ज़रा गर्दन तो ऊँची कीजिए।”

वह ज़ोर से चौंकी, “क्या?”

“कुछ नहीं–मैंने सिर्फ़ इतना कहा था कि कोई बात तो कीजिए।”

उसकी आँखें सुर्ख बूटी हो रही थीं जैसे उनमें मिर्च डाली गयी हो–वह ख़ामोश रही।

“आपका नाम?”

“कुछ भी नहीं।” उसके लहजे में तेज़ाब की-सी तेज़ी थी।

“आप कहाँ की रहने वाली हैं?”

“जहाँ की भी तुम समझ लो।”

“आप इतना रूखा क्यों बोलती हैं?”

औरत अब क़रीब-क़रीब जाग पड़ी और उसकी तरफ लाल बूटी आँखों से देखकर कहने लगी–“तुम अपना काम करो, मुझे जाना है।”

उसने पूछा, “कहाँ?”

औरत ने बड़ी रूखी लापरवाही से जवाब दिया–“जहाँ से मुझे लाए हो?”

“आप चली जाइए।”

“तुम अपना काम करो न–मुझे तंग क्यों करते हो?”

अपने लहजे में दिल का सारा दर्द भरकर उसने कहा–“मैं तुम्हें तंग नहीं करता–मुझे तुमसे हमदर्दी है।”

वह झल्ला गई, "मुझे नहीं चाहिए कोई हमदर्दी।" फिर क़रीब-क़रीब चीख पड़ी, "तुम अपना काम करो और मुझे जाने दो।"

उसने क़रीब आकर उसके सिर पर हाथ फेरना चाहा तो उस औरत ने ज़ोर से एक तरफ झटक दिया :

"मैं कहती हूँ, मुझे तंग न करो। मैं कई दिनों से जाग रही हूँ–जब से आई हूँ, जाग रही हूँ।"

वह एड़ी से चोटी तक हमदर्द बन गया।

"सो जाओ, यहीं।"

औरत की आँखें सुख़ हो गई। तेज़ लहज़े में बोली, "मैं यहाँ सोने नहीं आई यह मेरा घर नहीं।"

"तुम्हारा घर वह है, जहाँ से तुम आई हो?"

औरत और ज्यादा तेज़ हो गई।

"उफ़! बकवास बंद करो–मेरा कोई घर नहीं–तुम अपना काम करो न। मुझे छोड़ आओ और अपने रुपये ले लो उस... उस...।" वह गाली देती-देती रह गयी। उसने सोचा कि इस औरत से ऐसी हालत में कुछ पूछना और हमदर्दी दिखाना फ़िज़ूल है। चुनांचे उसने कहा–"चलो, मैं तुम्हें छोड़ आऊँ।"

और वह उसे उस बड़ी बिल्डिंग में छोड़ आया।

दूसरे दिन उसने कैसर पार्क के एक वीरान होटल में उस औरत की सारी दास्तान अपने दोस्त को सुनाई। दोस्त पसीज गया। उसने बहुत अफ़सोस ज़ाहिर किया और पूछा–"क्या जवान थी?"

उसने कहा, "मुझे मालूम नहीं–मैं उसे अच्छी तरह बिलकुल न देख सका–मेरे दिमाग़ में तो हर वक़्त यह ख़याल आता था कि मैंने वहीं से पत्थर उठाकर दलाल का सिर क्यों न कुचल दिया।

दोस्त ने कहा, "वाकई बड़े सबाब का काम होता।"

वह ज्यादा देर तक होटल में अपने दोस्त के साथ न बैठ सका। उसके दिल-ब-दिमाग़ पर पिछले दिन की घटना का बहुत बोझ था। चुनांचे चाय खत्म हुई तो दोनों रुख़्सत हो गए।

उसका दोस्त चुपके से ताँगों के अड्डे पर आया। थोड़ी देर तक उसकी निगाहें उस दलाल को ढूँढ़ती रहीं, मगर वह नज़र न आया। छ: बज चुके थे। बड़ी बिल्डिंग सामने थी, चंद गज़ों के फ़ासले पर। वह उस तरफ चल दिया और उसमें दाख़िल हो गया।

लोग अंदर आ-जा रहे थे, मगर वह बड़े इत्मीनान से उस स्थान पर पहुँच गया। काफ़ी अँधेरा था। मगर जब वह उन सीढ़ियों के पास पहुँचा तो उसे रोशनी दिखाई दी। ऊपर देखा और दबे पाँव ऊपर चढ़ने लगा। कुछ देर वह आख़िरी जीने पर ख़ामोश खड़ा रहा। कमरे से तेज़ रोशनी आ रही थी, मगर कोई आवाज़, कोई आहट उसे सुनायी न दी। आख़िरी जीना तय करके वह आगे बढ़ा। दरवाज़े के पट खुले थे। उसने ज़रा इधर हटकर अंदर झाँका। इससे पहले उसे बल्ब नज़र आया जिसकी रोशनी उसकी आँखों में घुस गई। वह एकदम परे हट गया ताकि थोड़ी देर अँधेरे की तरफ मुँह करके अपनी आँखों से चकाचौंध निकाल सके।

इसके बाद वह फिर दरवाज़े की तरफ बढ़ा, मगर इस अंदाज़ से कि उसकी आँखें बल्ब की तेज रोशनी की जद में न आएँ। उसने अंदर झाँका—फ़र्श का जो हिस्सा उसे नज़र आया, उस पर एक औरत चटाई पर लेटी थी। उसने उसे गौर से देखा—सो रही थी। मुँह पर दुपट्टा था। उसका सीना साँस के उतार-बढ़ाव से हिल रहा था—वह जरा और आगे बढ़ा—उसकी चीख निकल गयी, मगर उसने फ़ौरन ही दबा ली—उस औरत से कुछ दूर नंगे फ़र्श पर एक आदमी पड़ा था, जिसका सिर टुकड़े-टुकड़े था—पास ही खून से सनी ईंट पड़ी थी। यह सब उसने एकदम देखा और सीढ़ियों की तरफ लपका—पाव फिसला और नीचे, मगर उसने चोट की कोई चिंता न की और होश-व-हवास क़ायम रखने की कोशिश करते हुए मुश्किल से अपने घर पहुँचा और सारी रात डरावने सपने देखता रहा।

❑

हारता चला गया

लोगों को सिर्फ़ जीतने में मजा आता है, लेकिन उसे जीत कर हार देने में ख़ुशी होती है। जीतने में उसे कभी इतनी दिक्क्त महसूस नहीं हुई, लेकिन हारने में ज़रूर कई बार उसे काफ़ी मेहनत करनी पड़ी। शुरू-शुरू में, बैंक की नौकरी करते हुए, जब उसे ख़याल आया कि उसके पास भी दौलत का अंबार होना चाहिए तो उसके दोस्तों और सगे-संबंधियों ने इस ख़याल की हँसी उड़ायी थी। मगर जब वह बैंक की नौकरी छोड़कर, बंबई चला गया तो थोड़े ही समय के बाद, उसने रुपये-पैसे से अपने दोस्तों और रिश्तेदारों की मदद करनी शुरू कर दी।

बंबई में उसके लिए कई मैदान थे, पर उसने अपने लिए फिल्मी दुनिया को ही चुना। उसमें पैसा था, इज्ज़त थी। इसमें चल-फिरकर, वह दोनों हाथों से दौलत बटोर सकता था और दोनों ही हाथों से लुटा भी सकता था। इसीलिए वह अभी तक इसी मैदान का खिलाड़ी है।

लाखों नहीं, करोड़ों रुपया उसने कमाया और लुटा दिया। कमाने में इतनी देर न लगी, जितनी लुटाने में। एक फिल्म के लिए गीत लिखे। लाख रुपये धरवा लिये। लेकिन एक लाख रुपयों को रंडियों के कोठों पर, भड़वों की महफिल में, घुड़-दौड़ के मैदानों में और जुआघरों में हारते हुए उसे काफ़ी देर लगी।

एक फिल्म बनायी। दस लाख का फायदा हुआ। अब इस रकम को इधर-उधर लुटाने का सवाल पैदा हुआ। चुनांचे, उसने हर कदम में फिसलन पैदा कर ली। तीन मोटरें ख़रीद ली-एक नयी और दो पुरानी, जिनके बारे में उसे अच्छी तरह पता था कि बिलकुल बेकार हैं। ये गाड़ियाँ उसने घर के बाहर गलने-सड़ने के लिए रख दीं। जो नयी थीं, उसको गैराज में बंद कर दिया–इस बहाने से कि पेट्रोल नहीं मिलता। उसके लिए टैक्सी ठीक थी। सुबह ली, एक मील के बाद रुकवा ली। किसी जुआखाने में चले गए। दो-ढाई हज़ार रुपये हारकर, दूसरे दिन बाहर निकले। टैक्सी बाहर खड़ी थी। उसमें बैठे और घर से चले गए और जान-बूझकर किराया देना भूल गए। शाम को बाहर निकले और टैक्सी खड़ी देखकर कहा, "अरे नालायक, तुम अभी तक यहीं खड़े हो। चलो मेरे साथ दफ़्तर, तुम्हें पैसे दिलवा दूँ..." दफ़्तर पहुँचकर फिर किराया देना भूल गए और...

एक के बाद एक, दो-तीन फिल्में हिट हो गयीं। कामयाबी के जितने भी रिकार्ड थे, सब टूट गए। दौलत के अंबार लग गए। शोहरत आसमान तक जा पहुँची। झुँझलाकर, उसने दो-तीन ऐसी फिल्में बनायीं जिनकी नाकामी ख़ुद अपनी मिसाल बन गई। अपनी तबाही के लिए, दूसरों को भी बरबाद कर दिया। लेकिन फ़ौरन ही आस्तीनें चढ़ा लीं। जो तबाह हो गए थे, उन्हें दिलासा दिया और एक ऐसी फिल्म बनायी, जो सोने की खान साबित हुई।

औरतों के बारे में भी उसकी हार-जीत का यही चक्कर चलता रहा। किसी महफिल या किसी कोठे से एक औरत उठाई; उसको बना-सँवार कर, शोहरत के ऊँचे आसन पर बिठा दिया; फिर उसके औरतपन का सारा रूप बिगाड़ने के बाद, उसे ऐसे मौके दिए कि वह किसी दूसरे के गले में अपनी बाहें डाल दे।

बड़े-बड़े सरमायादारों और बड़े-बड़े खूबसूरत प्रेमियों से मुकाबला हुआ। सिर-धड़ की बाजियाँ लगीं। राजनीति की बिसातें बिछीं। लेकिन वह इन तमाम काँटेदार झाड़ियों में हाथ डालकर, अपना मन-पसंद फूल नोचकर ले आया। दूसरे दिन ही उसको अपने कोट में लगाया और किसी रक़ीब को मौका दे दिया कि वह झपट्टा मारकर ले जाए।

उन दिनों जब वह फ़ारस रोड के एक जुआखाने में लगातार, दस रोज़ से जा रहा था, उस पर हारने की ही धुन सवार थी। यूँ तो उसने अभी ताजा-ताजा एक बहुत ही हसीन एक्ट्रेस हारी थी और दस लाख रुपये तक एक फिल्म में तबाह कर दिए थे। मगर इन दो हादसों से उसे तसल्ली नहीं हुई थी। ये दोनों चीज़ें तो अचानक ही उसके हाथ से निकल गई थीं। उसका अंदाज़ा इस बार गलत साबित हुआ था। इसलिए यही वजह थी कि वह, रोज़ फ़ारस रोड के जुआख़ाने में, नाप-तोल कर, एक तयशुदा रकम हार रहा था।

हर रोज़ शाम को, अपनी जेब में दो सौ रुपये डालकर, वह पवन पुल की तरफ जाता। उसकी टैक्सी, टखियाइयों की जंगला लगी दुकानों के साथ-साथ चलती और दूर जाकर बिजली के एक खंभे के पास रुक जाती। वह बाहर निकलता। अपनी नाक पर मोटे-मोटे शीशों वाली ऐनक अच्छी तरह जमाता। धोती की लॉग ठीक करता और एक नज़र दायीं ओर देखता, जहाँ लोहे के जंगले के पीछे, एक बहुत ही खूबसूरत औरत, टूटा हुआ शीशा रखे, सिंगार में मशरूफ़ होती, ऊपर बैठक में चला जाता।

दस दिन से वह लगातार फ़ारस रोड के इस जुआघर में, दो सौ रुपये हारने के लिए जा रहा था। कभी तो ये रुपये दो-तीन हाथों में ही खत्म हो जाते और कभी उनको हारते-हारते सुबह हो जाती।

ग्यारहवें दिन, जब बिजली के खंभे के पास टैक्सी रुकी तो उसने अपनी नाक पर मोटे-मोटे शीशों वाली ऐनक जमाकर और धोती की लॉंग ठीक करके, एक नज़र बायीं तरफ देखा, तो उसे सहसा यह अहसास हुआ कि वह पिछले दस दिनों से लगातार इस बदसूरत औरत को देख रहा है। वह हमेशा की तरह, टूटा हुआ शीशा सामने रखे, लकड़ी के तख़्त पर बैठी, सिंगार में मशरूफ़ थी।

लोहे के जंगले के पास आकर, उसने ध्यान से, इस अधेड़ उम्र की औरत को देखा–काला रंग, चिकनी त्वचा, गालों और ठोड़ी पर नीले रंग के छोटे-छोटे, सुई से गोदे हुए दायरे, जो चमड़ी की रंगत में लगभग मिल गए थे, दाँत बड़े ही बेढंगे, मसूड़े पान और तंबाकू से गले हुए। उसने सोचा इस औरत के पास कौन आता होगा।

लोहे के जंगले की तरफ उसने एक कदम और बढ़ाया तो वह बदसूरत औरत मुस्करायी। शीशा एक तरछ रखकर, उसने बड़े ही भौंडेपन से कहा–“क्यों सेठ, रहेगा?”

उसने और ज्यादा गौर से उस औरत की तरफ देखा, जिसे इस उम्र में भी उम्मीद थी कि अभी भी उसके ग्राहक हैं। उसे बड़ी हैरानी हुई। इसलिए उसने पूछा–“बाई तुम्हारी उम्र क्या होगी!”

यह सुनकर औरत के दिल को शायद धक्का-सा लगा। मुँह बिसूर कर, उसने शायद मराठी जुबान में गाली दी। उसको अपनी ग़लती महसूस हुई। चुनांचे, उसने बड़ी मासूमियत के साथ उससे कहा–“बाई, मुझे माफ कर दो। मैंने ऐसे ही पूछा था, लेकिन मेरे लिए यह बड़ी हैरानी की बात है–हर रोज़ तुम सज-धज कर यहाँ बैठती हो। क्या तुम्हारे पास कोई आता है?”

औरत ने कोई जवाब नहीं दिया। उसने फिर अपनी ग़लती महसूस की और बिना किसी उत्सुकता के पूछा, “तुम्हारा नाम क्या है?”

औरत, जो परदा हटाकर अंदर जाने वाली थी, रुक गई और बोली, गंगूबाई।”

“गंगूबाई, तुम हर रोज़ कितना कमा लेती हो?”

उसके स्वर में हमदर्दी थी। गंगूबाई लोहे की सलाखों के पास आ गयी–"छै-सात रुपये...कभी कुछ भी नहीं।"

"छै-सात रुपया और कभी कुछ भी नहीं," गंगूबाई के ये अलफ़ाज़ दोहराते हुए, उसे उन दो सौ रुपयों का ख़याल आया, जो उसकी जेब में पड़े थे और जिनको वह सिर्फ़ हार देने के लिए अपने साथ लाया था। उसे अचानक एक ख़याल आया–"देखो गंगूबाई, तुम रोज़ाना सात रुपये कमाती हो–मुझसे दस ले लिया करो।"

"रहने के लिए?"

"नहीं...लेकिन तुम यही समझना कि मैं रहने के लिए दे रहा हूँ," यह कहकर; उसने जेब में हाथ डाला और दस रुपये का एक नोट निकालकर सलाखों में से अंदर गुज़ार दिया–"यह लो।"

गंगूबाई ने नोट ले लिया। लेकिन उसका चेहरा सवाल बना हुआ था।

"देखो गंगूबाई, मैं तुम्हें हर रोज़ इसी वक़्त दस रुपये दिया करूँगा, लेकिन एक शर्त पर..."

"सरत?"

"शर्त यह है कि दस रुपये लेने के बाद, तुम खाना–बाना खाकर, अन्दर सो जाया करो...रात को मैं तुम्हारी बत्ती जलती न देखूँ।"

गंगूबाई के होंठों पर एक अजीबोगरीब मुस्कराहट फैल गई।

"हँसी नहीं, मैं अपनी जुबान का पक्का रहूँगा।"

यह कहकर, वह ऊपर जुआख़ाने में चला गया। सीढ़ियों में उसने सोचा मुझे तो ये रुपये हारने ही होते हैं। दो सौ न सही, एक सौ नब्बे ही सही।

कई दिन बीत गए। हर रोज़, हस्बे-मामूल, उसकी टैक्सी शाम के वक़्त बिजली के खंभे के पास रुकती। दरवाज़ा खोलकर वह बाहर निकलता। मोटे शीशों वाली ऐनक में से दायीं तरफ, गंगूबाई को, लोहे की सलाखों के पीछे, तख़्त पर बैठे देखता। अपनी धोती की लॉग ठीक करता, जंगले के पास पहुँचता और दस रुपये का एक नोट निकालकर गंगूबाई को दे देता। गंगूबाई नोट को माथे से छूकर सलाम करती, और वह एक सौ नब्बे रुपये हारने के लिए, ऊपर कोठे पर चला जाता। इस बीच, दो-तीन बार रुपया हारने के बाद, जब वह रात को ग्यारह-बारह बजे या दो-तीन बजे नीचे उतरा तो गंगूबाई की दुकान बंद पाई।

एक दिन, हमेशा की तरह दस रुपये देकर, जब वह कोठे पर गया तो दस बजे ही छुट्टी पा गया। ताश के पत्ते कुछ ऐसे पड़े कि कुछ घण्टों में ही एक सौ नब्बे रुपये का सफाया हो गया। कोठे से नीचे उतरकर, जब वह टैक्सी में बैठने लगा तो उसने क्या देखा कि गंगूबाई की दुकान खुली है और लोहे के जंगले के पीछे, तख़्त पर यूँ बैठी है जैसे ग्राहकों का इंतज़ार कर रही हो।

टैक्सी से बाहर निकलकर, वह उसकी दुकान की तरफ बढ़ा। गंगूबाई ने उसे देखा तो घबरा गई, लेकिन वह पास पहुँच चुका था।

"गंगूबाई, यह क्या?"

गंगूबाई ने कोई जवाब नहीं दिया।

"बहुत अफ़सोस है, तुमने अपना वायदा पूरा न किया...मैंने तुमसे कहा था-रात को मैं तुम्हारी बत्ती जलती न देखूँ...लेकिन तुम यहाँ इस तरह बैठी हो।"

उसके लहजे में दुख था, गंगूबाई सोच में पड़ गयी।

"तुम बहुत बुरी हो," यह कहकर वह जाने लगा।

गंगूबाई ने आवाज़ दी, "ठहरो सेठ।"

वह ठहर गया। गंगूबाई ने आहिस्ता-आहिस्ता, एक-एक लफ़्ज़ चबाते हुए कहा-"मैं बहुत बुरी हूँ। पर यहाँ चाँगली कौन है?... सेठ, तुम दस रुपये देकर एक की बत्ती बुझाते हो...जरा देखो तो-कितनी बत्तियाँ जल रही हैं।"

उसने एक तरफ हटकर, गली के साथ-साथ दौड़ती हुई जंगला लगी दुकानों की तरफ देखा। एक न खत्म होने वाली कतार थी और बेशुमार बत्तियाँ रात की मटमैली फ़िज़ा में सुलग रही थीं।

"क्या तुम ये सब बत्तियाँ बुझा सकते हो?"

उसने अपनी ऐनक के मोटे-मोटे शीशों में से, पहले गंगूबाई के सिर पर लटकते बल्ब को देखा, फिर गंगूबाई के मटमैले चेहरे को और गर्दन झुकाकर कहा-"नहीं गंगूबाई, नहीं।"

जब वह टैक्सी में बैठा तो उसकी जेब की तरह, उसका दिल भी खाली था।

◻

मैडम डीकॉस्टा

नौ महीने पूरे हो चुके थे।

मेरे पेट में अब पहली-सी गड़बड़ नहीं थी, पर मैडम डीकॉस्टा के पेट में चूहे दौड़ रहे थे। वह बहुत परेशान थी। चुनांचे मैं आने वाली घटना की तमाम अनजानी तकलीफ़ें भूल गयी थी और मैडम डीकॉस्टा की हालत पर रहम खाने लगी थी।

मैडम डीकॉस्टा मेरी पड़ोसन थी। हमारे फ्लैट की बालकनी और उसके फ्लैट की बालकनी के बीच सिर्फ़ एक लकड़ी का तख़्ता था, उसमें अनगिनत नन्हे-नन्हे सूराख थे। उन सूराखों में से मैं और मेरी सास, मैडम डीकॉस्टा के सारे ख़ानदान को खाना खाते देखा करते थे। लेकिन जब उनके घर सुखायी हुई झींगा मछली पकती और उसकी नाक़ाबिले-बर्दाश्त बू उन सूराखों में से छन-छन कर हम तक पहुँच जाती तो मैं और मेरी सास बालकनी का रुख तक न करती थीं। मैं अब भी कभी-कभी सोचती हूँ कि इतनी बदबूदार चीज खायी कैसे जा सकती है। पर बाबा, क्या कहा जाए। इनसान बुरी-से-बुरी चीज़ें खा जाता है। कौन जाने, उन्हें इस बू में ही मज़ा आता हो।

मैडम डीकॉस्टा की उम्र लगभग चालीस-बयालीस की होगी। उसके कटे हुए बाल, जो अपनी सियाही बिलकुल खो चुके थे और जिनमें बेशुमार सफ़ेद धारियाँ पड़ चुकी थीं, उसके छोटे-से सिर पर, घिसे हुए नमदे की टोपी के रूप में, बिखरे रहते थे। कभी-कभी जब वह नया, भड़कीले रंग का, बहुत ही भौंडे तरीक़े से सिला हुआ, फ्राक पहनती थी, तो सिर पर लाल-लाल बुदकियों वाला जाल भी लगा लेती थी, जिससे उसके छिदरे बाल उसके सिर के साथ चिपक जाते थे। उस हालत में वह दर्जियों का ऐसा मॉडल दिखायी देती थी, जो नीलाम-घर में पड़ा हो।

मैंने कई बार उसे अपने इन्हीं बालों में लहरें पैदा करने की कोशिश में भी व्यस्त देखा है। जब वह अपने चार बेटों को, जिनमें एक ताजा-ताजा फौज में भरती हुआ था और अपने आपको हिंदुस्तान के हाकिमों की सूची में शामिल समझता था और दूसरा, जो हर रोज़ अपनी कलफ़ लगी पतलून इस्त्री करके पहनता था और नीचे आकर छोटी-छोटी क्रिशिचयन लड़कियों

के साथ मीठी-मीठी बातें किया करता था, जो उसे नाश्ता करा दिया करती थी और अपने बूढ़े पति को, जो रेलवे में नौकर था, बालकनी में निकलकर हाथ के इशारे से 'बाई-बाई' करने के बाद छुट्टी पा जाती थी तो अपने सिर के इन बिखरे हुए बालों में लहरें पैदा करने वाले क्लिप अटका दिया करती थी और उन क्लिपों को लगाकर यह सोचा करती थी कि मेरे यहाँ बच्चा कब पैदा होगा।

वह ख़ुद आधे दर्जन बच्चे पैदा कर चुकी थी, जिनमें से पाँच ज़िंदा थे। उनके जन्म पर भी क्या वह इसी तरह दिन गिना करती थी या चुपचाप बैठी रहती थी और बच्चे को अपने आप पैदा होने के लिए छोड़ देती थी–इसके बारे में मुझे कुछ पता नहीं, लेकिन मुझे इस बात का तल्ख़ तजुर्बा जरूर है कि जो कुछ मेरे पेट में था, उससे मैडम डीकॉस्टा को, जिसका दाहिना पैर और उसके ऊपर का हिस्सा, किसी बीमारी के कारण हमेशा सूजा रहता था, बहुत गहरी दिलचस्पी थी। चुनांचे दिन में कई बार बालकनी में से झाँककर वह मुझे आवाज़ दिया करती थी और ग्रामर की परवाह न करने वाली अंग्रेज़ी में, जिसे न बोलना शायद उसके नज़दीक हिंदुस्तान के मौजूदा शासकों का अपमान था, मुझसे कहा करती थी–"मैं बोली, आज तुम किदर गया था..."

जब मैं उसे बताती कि मैं अपने शौहर के साथ शॉपिंग करने गयी थी तो उसके चेहरे पर निराशा के आसार पैदा हो जाते और वह अंग्रेज़ी भूलकर बंबइया हिंदुस्तानी में बात करना शुरू कर देती, जिसका मकसद मुझसे इस बात का पता लेना होता था कि मेरे ख़याल के मुताबिक बच्चे के पैदा होने में कितने दिन बाकी रह गए हैं।

मुझे इस बात का पता होता तो मैं निश्चय ही उसे बता देती। इसमें हर्ज ही क्या था। उस बेचारी को ख़्वाहमख़्वाह की उलझन से छुटकारा मिल जाता और मुझे भी हर रोज़ उसके नित-नये सवालों का सामना न करना पड़ता। पर मुसीबत यह हे कि मुझे बच्चों की पैदाइश और उससे संबंधित बातों का कुछ पता नहीं था। मुझे सिर्फ़ इतना पता था कि नौ महीने पूरे हो जाने पर बच्चा पैदा हो जाया करता है।

मैडम डीकॉस्टा के हिसाब से नौ महीने पूरे हो चुके थे। मेरी सास का ख़याल था कि अभी कुछ दिन बाकी हैं।...लेकिन ये नौ महीने कहाँ से शुरू करके पूरे कर दिए गए थे–मैंने बहुतेरा अपने दिमाग़ पर ज़ोर दिया, पर समझ न सकी।

बच्चा मुझे पैदा होने वाला था। शादी मेरी हुई थी, लेकिन सारा बहीखाता मैडम डीकॉस्टा के पास था। कई बार मुझे ख़याल आया कि यह मेरी बेपरवाही का नतीजा है अगर मैंने किसी छोटी-सी नोट-बुक में, उस कॉपी में ही, जो धोबी के हिसाब के लिए बनायी गयी थी सब तारीख़ें लिख छोड़ी होतीं तो कितना अच्छा था।

इतना तो मुझे याद था और याद है कि मेरी शादी 26 अप्रैल को हुई थी। यानी 26 की रात को मैं अपने घर की बजाय अपने शौहर के घर में थी। लेकिन इसके बाद की घटनाएँ कुछ ऐसी गडमड हो गयी थीं कि उस बात का पता लगाना मुश्किल था और मुझे ताज्जुब इसी बात का है कि मैडम डीकॉस्टा ने कैसे अंदाज़ा लगा लिया था कि नौ महीने पूरे हो चुके हैं और बच्चा लेट हो गया है।

एक दिन उसने मेरी सास से बेचैनी-भरे लहजे में कहा—"तुम्हारी डॉटर-इन-ला का बच्चा लेट हो गया है।...पिछले वीक में पैदा होना ही माँगता था।"

मैं अंदर सोफे पर लेटी थी ओर आने वाली घटना के बारे में अटकलें लगा रही था। मैडम डीकॉस्टा की यह बात सुनकर मुझे बड़ी हँसी आयी और ऐसा लगा कि मैडम डीकॉस्टा और मेरी सास दोनों प्लेटफॉर्म पर खड़ी हैं और जिस गाड़ी का उन्हें इंतज़ार था, लेट हो गयी है।

अल्लाह जाने..., मेरी सास को इतनी शिद्दत का इंतज़ार नहीं या, चुनांचे वे कई बार मैडम डीकॉस्टा से कह चुकी थीं, "कोई फ़िक्र की बात नहीं। ख़ुदा अपना फ़ज़ल करेगा। कुछ दिन ऊपर हो जाया करते हैं।" मगर मैडम डीकॉस्टा नहीं मानती थीं। जो हिसाब वह लगा चुकी थी, गलत कैसे हो सकता था? जब मैडम डीसिल्वा के बच्चा होने वाला था तो उसने दूर ही से देखकर कह दिया था कि ज्यादा-से-ज्यादा एक हफ्ता लगेगा। चुनांचे चौथे दिन ही मैडम डीसिल्वा अस्पताल जाती नज़र आयीं। और खुद डीकॉस्टा ने छ: बच्चे जने थे जिनमें से एक भी लेट न हुआ था। और फिर वह नर्स थी। यह अलग बात है कि उसने किसी अस्पताल में दाईगीरी की ट्रेनिंग नहीं ली थी, पर सब लोग उसे नर्स कहते थे। चुनांचे उनके फ्लैट के बाहर, छोटी-सी लकड़ी की तख़्ती पर 'नर्स डीकॉस्टा' लिखा रहता था। उसे बच्चों की पैदाइश का समय मालूम न होता तो और किसको होता?

जब कमरा नं० 17 में रहने वाले, मिस्टर नजीर की नाक सूज गयी थी तो मैडम डीकॉस्टा ने ही बाज़ार से रुई का पैकेट मँगवाया था और पानी गर्म करके टकोर की थी। बार-बार वह इस घटना को सनद के रूप में पेश किया करती थीं, चुनांचे मुझे बार-बार कहना पड़ता था–"हम कितने ख़ुशकिस्मत हैं कि हमारे पड़ोस में ऐसी औरत रहती है, जो मिलनसार होने के साथ-साथ अच्छी नर्स भी है।" यह सुनकर वह बहुत ख़ुश होती थीं और उसको यों ख़ुश करने से मुझे फ़ायदा यह हुआ करता था कि जब 'उन्हें' तेज बुखार चढ़ा था तो मैडम डीकॉस्टा ने बर्फ़ लगाने वाली रबड़ की थैली मुझे फौरन ला दी थी। यह थैली एक हफ्ते हमारे यहाँ पड़ी रही और मलेरिया के शिकार, कई लोगों के इस्तेमाल में आती रही। यों भी मैडम डीकॉस्टा बड़ी सेवा करने वाली थीं। पर उसके इस सेवा-भाव में उसकी नाक-धँसाऊँ तबीयत का बड़ा हाथ था। दरअसल वह अपने पड़ोसियों के उन सारे राजों को जानने की भी बड़ी इच्छुक थीं, जो वे अपने सीनों में ही रखते चले आते थे।

मिसेज डीसिल्वा, मैडम डीकॉस्टा की हम-मज़हब थीं, इसलिए बहुत-सी कमज़ोरियाँ उसकी मालूम थी। मसलन वह जानती थी कि मिसेज डीसिल्वा की शादी क्रिसमस में हुई और बच्चा जुलाई में पैदा हुआ, जिसका साफ मतलब यह था कि उसकी असली शादी पहले हो चुकी थी। उसको यह भी पता था कि मिसेज डीसिल्वा नाच-घरों में जाती है और यों बहुत-सा रुपया कमाती है और यह कि अब वह उतनी सुंदर नहीं रही, जितनी कि पहले थी। इसलिए उसकी आमदनी भी पहले से कम हो गयी है।

हमारे सामने जो यहूदी रहते थे, उनके बारे में मैडम डीकॉस्टा के अलग-अलग बयान थे। कभी वह कहती थीं कि मोटी मोजेल, जो रात को देर से घर आती है, सट्टा खेलती है और वह ठिगना-सा बुड्ढा, जो पतलून के गैलिसों में अँगूठे अटकाए और कोट कंधे पर रखे, सुबह घर से निकल जाता है और शाम को लौटता है, मोजेल का पुराना दोस्त है। उस बुड्ढे के बारे में उसने खोजकर यह मालूम किया था कि वह साबुन बनाता है, जिसमें सज्जी बहुत ज़्यादा होती है।

एक दिन उसने हमें बताया था कि मोजेल ने अपनी लड़की की, जो बहुत सुंदर थी और हर रोज़ नीले रंग की जीन्स पहनकर स्कूल जाती थी, उस आदमी से मँगनी कर रखी है, जो हर रोज़ एक पारसी को मोटर में लेकर आता है।

मैं उस पारसी के बारे में सिर्फ़ इतना जानती हूँ कि उसकी मोटर हमेशा नीचे खड़ी रहती थी और वह मोजेल की लड़की के मंगेतर सहित रात वहीं बिताता था। मैडम डीकॉस्टा का यह कहना था कि मोजेल की लड़की, क्लोरी का मंगेतर, पारसी का मोटर ड्राइवर है और वह पारसी अपने मोटर ड्राइवर की बहन, लिली का आशिक़ है, जो अपनी बहन वायलेट, समेत उसी फ्लैट में रहती थी। वायलैट के संबंध में मैडम डीकॉस्टा की राय बहुत ख़राब थी। वह कहा करती थी कि वह लौंडिया, जो हर समय एक नन्हे-से बच्चे को उठाए रहती है, बहुत बुरे कैरेक्टर की है, और उस नन्हे-से बच्चे के बारे में उसने हमें एक दिन यह ख़बर सुनायी थी कि जैसा मशहूर किया गया है, वह किसी पारसिन का लावारिस बच्चा नहीं, बल्कि ख़ुद वायलेट की बहन लिली का है और जो लिली है...बस मुझे इतना ही याद है, क्योंकि जो वंशावली मैडम डीकॉस्टा ने तैयार की थी, वह इतनी लंबी है कि शायद ही किसी को याद रह सके।

सिर्फ़ आसपास की औरतों और पड़ोस के मर्दों तक मैडम डीकॉस्टा की जानकारी सीमित नहीं थी, उसे दूसरे मुहल्ले के लोगों के बारे में भी बहुत-सी बातें मालूम थीं। चुनांचे, जब वह अपने सूजे हुए पैर का इलाज कराने की गरज से बाहर जाती तो घर लौटते हुए, दूसरे मुहल्ले की बहुत-सी ख़बरें लाती थी।

एक दिन, जब मैडम डीकॉस्टा मेरे बच्चे के जन्म का इंतज़ार कर-करके थक-हार चुकी थी, मैंने उसे बाहर फाटक के पास, अपने दो बड़े लड़कों, एक लड़की और पड़ोस की दो औरतों के साथ बातें करते हुए देखा। मैं यह सोचकर मन ही मन बहुत कुढ़ी कि वह मेरे बच्चे के लेट हो जाने के बारे में बातें कर रही होंगी। चुनांचे जब उसने घर का रुख किया तो मैं जंगले से परे हट गयी। पर उसने मुझे देख लिया था। सीधी ऊपर चली आयी। मैंने दरवाज़ा खोलकर उसे बाहर बालकनी ही में मूढ़े पर बैठा दिया। मूढ़े पर बैठते ही उसने बंबई की हिंदुस्तानी और ग्रामर-रहित अंग्रेज़ी में कहना शुरू किया–“तुमने कुछ सुना?...मातमा गांडी ने क्या किया?...साली कांग्रेस एक नया क़ानून पास करना माँगटी है। मेरा फ्रेड्रिक ख़बर लाया है कि बोंबे में प्रोहिबीशन हो जाएगा।...तुम समझता है, प्रोहिबीशन क्या होता है?” मैंने अनजानापन प्रगट किया, क्योंकि जितनी अंग्रेज़ी मुझे आती थी, उसमें प्रोहिबीशन शब्द नहीं था। इस पर मैडम डीकॉस्टा ने कहा–“प्रोहिबीशन शराब बंद करने को कहते हैं।...हम पूछता है, इस कांग्रेस का हमने क्या बिगाड़ा है कि शराब बंद करके हमको तंग करना माँगटी है।...यह कैसा गौरमेंट है? हमको ऐसा

बात एकदम अच्छा नहीं लगता। हमारा त्योहार कैसे चलेगा? हम क्या करेगा? व्हिस्की हमारा त्यौहारों में होना ही माँगता है...तुम समझती हो न? क्रिसमस कैसे होगा?...क्रिश्चियन लोग तो इस लॉ को नहीं मानेगा। कैसे मान सकता है...मेरे घर में चौबीस क्लाक (घंटे) ब्राण्डी का ज़रूरत रहता है। यह लॉ पास हो गया तो कैसे काम चलेगा।...यह सब कुछ गांडी कर रहा है...गांडी, जो मोहमडन लोग का एकदम बेरी है।...साला आप तो पीता नहीं और दूसरों को पीने से रोकता है। और तुम्हें मालूम है, यह हम लोगों का, मेरा मतलब है, गौरमेंट का बहुत बड़ा एनेमी है... ”

उस वक़्त ऐसा मालूम होता था कि इंग्लिस्तान का सारा टापू मैडम डीकॉस्टा के अंदर समा गया है। वह गोआ की रहने वाली, काले रंग की क्रिश्चियन औरत थी, मगर जब उसने ये बातें कीं तो मेरी कल्पना ने उस पर सफ़ेद चमड़ी मढ़ दी। कुछ क्षणों के लिए वह यूरोप से आयी हुई, ताजा-ताजा अंग्रेज़ औरत दिखाई दी, जिसे हिंदुस्तान और उसके महात्मा गांधी से कोई वास्ता न हो।

समुंदर के पानी से नमक बनाने का आंदोलन महात्मा गांधी ने शुरू किया था। चर्चा चलाना और खादी पहनना भी उसी ने लोगों को सिखाया था। इसी किस्म की और भी बहुत-सी ऊटपटाँग बातें वह कर चुका था। शायद इसीलिए मैडम डीकॉस्टा ने यह समझा था कि बंबई में शराब सिर्फ़ इसलिए बंद की जा रही है कि अंग्रेज़ लोगों को तकलीफ़ हो।...वह कांग्रेस और महात्मा गांधी को एक ही चीज़ समझती थी-यानी लँगोटी।

महात्मा गांधी और उसकी सात पीढ़ियों पर लानतें भेजकर, मैडम डीकॉस्टा असली बात की तरफ आयी-“और हाँ, तुम्हारा यह बच्चा क्यों पैदा नहीं होता? चलो, मैं तुम्हें किसी डॉक्टर के पास ले चलूँ।”

मैंने उस वक़्त बात टाल दी। मगर मैडम डीकॉस्टा ने घर जाते हुए फिर मुझ से कहा-“देखो, तुमको कुछ ऐसा-वैसा बात हो गया तो फिर हमको न बोलना।”

उसके दूसरे दिन की बात है। ‘वे’ बैठे कुछ लिख रहे थे। मुझे ख़याल आया, कई दिनों से मैंने मिसेज काज़िमी को फोन नहीं किया। उसको भी बच्चे की पैदाइश का बहुत ख़याल है, इस वक़्त फुर्सत है और नजीर साहब

का दफ़्तर, जो उनके घर के साथ ही मिला था, बिलकुल खाली होगा, क्योंकि छ: बज चुके थे। उठकर टेलीफोन कर देना चाहिए। यों सीढ़ियाँ उतरने और चढ़ने से डॉक्टर साहब और तजुर्बाकार की सलाह पर अमल भी हो जायगा, जो यह था कि चलने-फिरने से बच्चा आसानी के साथ पैदा होता है। चुनांचे, मैं अपने पैदा होने वाले बच्चे-समेत उठी और धीरे-धीरे सीढ़ियाँ चढ़ने लगी। जब पहली मंजिल पर पहुँची, तो मुझे 'नर्स डीकॉस्टा' का बोर्ड नज़र आया और इससे पहले कि मैं उसके फ्लैट के दरवाज़े से गुज़र कर, दूसरी मंजिल के पहले जीने पर क़दम रखूँ, मैडम डीकॉस्टा बाहर निकल आयी और मुझे अपने घर ले गयी।

मेरा दम फूला हुआ था और पेट में ऐंठन-सी पैदा हो गयी थी। ऐसा महसूस होता था कि रबड़ की गेंद है, जो कहीं अटक गयी है। इससे बड़ी उलझन हो रही थी। मैंने एक बार इस तकलीफ़ का ज़िक्र अपनी सास से किया था तो उसने मुझे बताया था कि बच्चे की टाँग-वाँग इधर-उधर फँस जाया करती है। चुनांचे यह टाँग-वाँग ही हिलने से कहीं फँस गयी थी, जिसकी वजह से मुझे बड़ी तकलीफ़ हो रही थी।

मैंने मैडम डीकॉस्टा से कहा–"मुझे एक ज़रूरी टेलीफोन करना है, इसलिए मैं आपके यहाँ नहीं बैठ सकती।"...और बहुत-से बहाने मैंने पेश किए, पर वह न मानी और मेरा बाजू पकड़कर उसने ज़बरदस्ती मुझे उस सोफे पर बैठा दिया, जिसका कपड़ा बहुत मैला हो रहा था।

मुझे सोफे पर बैठाकर, जल्दी-जल्दी उसने दूसरे कमरे से अपने दो छोटे-छोटे लड़कों को बाहर निकाला। अपनी कुँवारी जवान लड़की को भी, जो महात्मा गांधी की लँगोटी से कुछ बड़ी निक्कर पहनती थी, उसने बाहर भेज दिया और मुझे खाली कमरे में ले गयी। अंदर से दरवाज़ा बंद करके उसने मेरी तरफ उस अफरीकी जादूगर की तरह देखा, जिसने अलादीन का चाचा बनकर, उसे गुफा में बंद कर दिया था।

यह सब उसने इतनी फुर्ती से किया कि मुझे वह एक बड़ी भेद भरी औरत दिखायी दी। सूजे हुए पैर की वजह से उसकी चाल में हल्का-सा लँगड़ापन पैदा हो गया था, जो मुझे उस समय बहुत भयानक दिखायी दिया।

मेरी तरफ घूरकर देखने के बाद, उसने इधर दीवार की तीन खिड़कियाँ बंद की। हर खिड़की की चटकनी चढ़ाकर, उसने मेरी तरफ इस अंदाज़ से देखा, जैसे उसे इस बात का डर हो कि मैं उठ भागूँगी।

ईमान की कहूँ, उस वक़्त मेरा जी यही चाहता था कि दरवाज़ा खोलकर भाग जाऊँ। उसकी ख़ामोशी और उसके खिड़कियाँ-दरवाज़े बंद करने से मैं बहुत परेशान हो गयी थी। आख़िर इसका मतलब क्या था?...वह चाहती क्या थी? इतने जबरदस्त एकान्त की क्या ज़रूरत थी?...और फिर...वह लाख पड़ोसन थी, उसके हम पर कई एहसान भी थे; लेकिन आख़िर वह थी तो एक गैर औरत। और उसके बेटे...वह मुआ फ़ौजी और वह कलफ़-लगी पतलून वाला, जो छोटी-छोटी क्रिशिचयन लड़कियों से मीठी-मीठी बातें करता था।...अपने, अपने होते हैं और पराये, पराये। मैं कई इश्किया नाविलों में कुटनियों का हाल पढ़ चुकी थी। जिस अंदाज़ से वह इधर-उधर चल-फिर रही थी और दरवाज़े बंद करके पर्दें खींच रही थी, उससे मैंने यही नतीजा निकाला था कि वह नर्स-वर्स बिलकुल नहीं, बल्कि एक बहुत बड़ी कुटनी है। खिड़कियों और दरवाज़े बंद होने की वजह से, कमरे में, जिसके अन्दर लोहे के चार पलंग पड़े थे, काफ़ी अँधेरा हो गया था, जिससे मुझे और भी घबराहट हुई। पर उसने फौरन ही बटन दबा कर रोशनी कर दी।

समझ में नहीं आता था कि वह मेरे साथ क्या करेगी। बड़े भेद-भरे तरीके से उसने अँगीठी पर से एक बोतल उठायी, जिसमें सफ़ेद रंग का तरल पदार्थ था, और मुझसे मुखातिब होकर कहने लगी–"अपना ब्लाउज़ उतारो...मैं कुछ देखना माँगती हूँ।"

मैं घबरा गयी–"क्या देखना चाहती हो?"

ऊपर से सब कुछ साफ नज़र आ रहा था। फिर ब्लाउज़ उतरवाने का क्या मतलब था और उसे क्या हक़ हासिल था कि वह दूसरी औरतों को यों घर के अन्दर बुलाकर, ब्लाउज़ उतारने पर मजबूर करे। मैंने साफ़-साफ़ कह दिया–"मैडम डीकॉस्टा, मैं ब्लाउज़ हरगिज़ नहीं उतारूँगी।" मेरे लहजे में घबराहट के अलावा तेज़ी भी थी।

मैडम डीकॉस्टा का रंग पीला पड़ गया, "तो...तो...फिर हमको मालूम कैसे पड़ेगा कि तुम्हारे घर बच्चा कब होगा।... इस बोतल में खोपरे का तेल

है। यह हम तुम्हारे पेट पर गिरा कर देखेगा।...इससे एकदम मालूम हो जाएगा कि बच्चा कब होगा।...लड़की होगी या लड़का?"

मेरी घबराहट दूर हो गयी। मैडम डीकॉस्टा फिर मुझे मैडम डीकॉस्टा नज़र आने लगी।

खोपरे का तेल बड़ी बेजरर चीज़ है। पेट पर अगर उसकी पूरी बोतल भी उँडेल दी जाती तो क्या हर्ज था और फिर तरकीब कितनी दिलचस्प थी। इसके अलावा अगर मैं न मानती तो मैडम डीकॉस्टा को कितनी बड़ी निराशा का सामना करना पड़ता। मैं वैसे भी किसी का दिल तोड़ना पसंद नहीं करती। चुनांचे मैं मान गयी।...ब्लाउज़ और कमीज़ उतारने में मुझे काफ़ी कोफ़्त हुई, पर मैंने बर्दाश्त कर ली। गैर औरत की मौजूदगी में, जब मैंने अपना फूला हुआ पेट देखा, जिसके निचले हिस्से पर इस तरह के लाल-लाल निशान बने हुए थे, जैसे रेशमी कपड़े में चुन्नटें पड़-पड़ जाएँ तो मुझे एक अजीब किस्म की शर्म महसूस हुई। मैंने चाहा कि फ़ौरन कपड़े पहन लूँ और वहाँ से चल दूँ। लेकिन मैडम डीकॉस्टा का वह हाथ, जिसमें खोपरे के तेल की बोतल थी, उठ चुका था।

मेरे पेट पर ठंडे-ठंडे तेल की एक लकीर दौड़ गयी। मैडम डीकॉस्टा ख़ुश हो गयी। मैंने जब कपड़े पहन लिये तो उसने संतोष-भरे लहजे में कहा—"आज क्या डेट है? ग्यारह...बस पंद्रह को बच्चा हो जाएगा और लड़का ही होगा।"

बच्चा 25 तारीख को हुआ, लेकिन था लड़का। अब, जब कभी वह मेरे पेट पर अपने नन्हे-नन्हे हाथ रखता है, तो मुझे ऐसा महसूस होता है कि मैडम डीकॉस्टा ने खोपरे के तेल की सारी बोतल उँडेल दी है।

◼

महमूदा

मुस्तक़ीम ने महमूदा को पहली बार अपनी शादी पर देखा। आरसी मुसहफ़[1] की रस्म अदा हो रही थी कि अचानक उसे दो बड़ी-बड़ी, असाधारण रूप से बड़ी आँखें दिखायी दीं। वे महमूदा की आँखें थीं जो अभी तक कुँवारी थी।

मुस्तक़ीम औरतों और लड़कियों के झुरमुट में घिरा था। महमूदा की आँखें देखने के बाद उसे ज़रा भी अनुभव न हुआ कि आरसी मुसहफ़ की रस्म कब शुरू हुई और कब खत्म हुई। उसकी दुल्हन कैसी थी, यह बताने के लिए उसे मौका दिया गया, मगर महमूदा की आँखें उसकी दुल्हन और उसके बीच एक काले मखमली पर्दे की भाँति बाधक हो गयीं।

उसने चोरी-चोरी कई बार महमूदा की ओर देखा, उसकी हमउम्र लड़कियाँ सब चहचहा रही थीं। मुस्तक़ीम से बड़े जोरों पर छेड़ख़ानी हो रही थी, मगर वह अलग-थलग खिड़की के पास घुटनों पर ठोड़ी जमाए ख़ामोश बैठी थी। उसका रंग गोरा था, बाल तख़्तियों पर लिखने वाली स्याही की भाँति काले तथा चमकीले थे। उसने सीधी माँग निकाल रखी थी जो उसके अंडाकार चेहरे पर बहुत जँचती थी। मुस्तक़ीम का अनुमान था कि उसका कद छोटा है, अत: जब वह उठी तो उसका प्रमाण भी मिल गया।

उसका लिबास बहुत साधारण था। दुपट्टा जब उसके सिर से ढलका और फ़र्श तक जा पहुँचा तो मुस्तक़ीम ने देखा कि उनका सीना बहुत ठोस और मजबूत है। भरा-भरा जिस्म, तीखी नाक, चौड़ी पेशानी, छोटा-सा मुँह और आँखें जो देखने को सबसे पहले दिखायी देती थीं।

मुस्तक़ीम अपनी दुल्हन को घर ले आया। दो-तीन मास बीत गए। वह ख़ुश था इसलिए कि उसकी पत्नी शिष्ट तथा सुघड़ थी। लेकिन वह महमूदा की आँखें न भूल सका था। उसे ऐसा महसूस होता था कि वह उसके दिल व दिमाग़ पर छा गयी है। मुस्तक़ीम को महमूदा का नाम मालूम नहीं था। एक

---

1. एक प्रथा जिसके अनुसार दुल्हन के अँगूठे में एक बड़े शीशे वाली अंगूठी पहनाते हैं जिसमें दूल्हा को दुल्हन की सूरत दिखायी जाती है।

दिन उसने अपनी बीवी कुलसुम से यों ही पूछा, "वह लड़की कौन थी जो, हमारी शादी पर जब आरसी मुसहफ़ की रस्म अदा हो रही थी—एक कोने में खिड़की के पास बैठी थी?"

कुलसुम ने जवाब दिया, "मैं क्या कह सकती हूँ? उस वक़्त कई लड़कियाँ थीं। मालूम नहीं आप किसके बारे में पूछ रहे हैं?"

मुस्तक़ीम ने कहा, "वह...वह, जिसकी बड़ी-बड़ी आँखें थीं।"

कुलसुम समझ गयी—ओहो, आपका मतलब महमूदा से है! हाँ, वाकई उसकी आँखें बहुत बड़ी है, लेकिन बुरी नहीं लगती। ग़रीब घराने की लड़की, बहुत कम बोलने वाली और शरीफ़। कल ही उसकी शादी हुई है।"

मुस्तक़ीम को सहसा एक धक्का लगा—"उसकी शादी हो गयी कल?"

"हाँ, मैं कल वहीं तो गयी थी। मैंने आपसे कहा नहीं था कि मैंने उसे एक अँगूठी दी है।"

"हाँ-हाँ, मुझे याद आ गया। लेकिन मुझे यह मालूम नहीं था कि तुम जिस सहेली की शादी पर जा रही हो, वही लड़की है, बड़ी-बड़ी आँखों वाली। कहाँ शादी हुई है उसकी?"

कुलसुम ने गिलौरी बनाकर अपने पति को देते हुए कहा, "अपने अज़ीज़ों में। ख़ाविंद उसका रेलवे वर्कशाप में काम करता है, डेढ़ सौ रुपये माहवार तनख़्वाह है। सुना है, बेहद शरीफ़ आदमी है।"

मुस्तक़ीम ने गिलौरी कल्ले के नीचे दबायी, "चलो अच्छा हो गया। लड़की भी जैसा कि तुम कहती हो शरीफ़ है।"

कुलसुम से न रहा गया। उसे आश्चर्य हो रहा था कि उसका पति महमूदा में इतनी दिलचस्पी क्यों ले रहा है? उसने कहा—"ताज्जुब है कि आपने उसे सिर्फ़ एक नज़र देखने पर भी याद रखा।"

मुस्तक़ीम ने कहा, "उसकी आँखें कुछ ऐसी हैं कि आदमी उन्हें भूल नहीं सकता। क्या मैं झूठ बोल रहा हूँ?"

कुलसुम दूसरा पान बना रही थी। थोड़े-सी फ़ुरसत के बाद वह अपने पति से कहने लगी, "मैं इसके बारे में कुछ नहीं कह सकती। मुझे तो उसकी आँखों में कोई आकर्षण दिखायी नहीं देता। मर्द न जाने किन निगाहों से देखते हैं।

मुस्तक़ीम ने यही उचित समझा कि इस विषय पर अब आगे बातचीत नहीं होनी चाहिए। इसलिए उत्तर में वह मुस्कराकर उठा और अपने कमरे में चला गया। इतवार की छुट्टी थी। सदा की भाँति उसे अपनी पत्नी के साथ मैटिनी शो देखने जाना चाहिए था, मगर महमूदा का ज़िक्र छेड़कर उसने दिमाग़ को बोझिल बना लिया था।

उसने आरामकुर्सी में लेटकर तिपाई पर से एक किताब उठायी जिसे वह दो बार पढ़ चुका था। उसने पहला पन्ना निकाला और पढ़ने लगा, परंतु अक्षर गडमड होकर महमूदा की आँखें बन जाते। मुस्तक़ीम ने सोचा, शायद कुलसूम ठीक कहती थी कि उसे महमूदा की आँखों में कोई आकर्षण नज़र नहीं आता, हो सकता है किसी और मर्द को भी नज़र न आए। एक सिर्फ़ मैं हूँ जिसे दिखायी दिया है। पर क्यों? मैंने ऐसा कोई इरादा नहीं किया था, मेरी कोई इच्छा नहीं थी कि वे मेरे लिए आकर्षण बन जाएँ। एक क्षण की तो बात थी—बस मैंने एक नज़र देखा और वे मेरे दिल-ओ-दिमाग़ पर छा गयीं, इसमें न उन आँखों का दोष है, न मेरी आँखों का जिनसे मैंने उन्हें देखा।

इसके बाद मुस्तक़ीम ने महमूदा के विवाह के बारे में सोचना आरंभ किया, हो गयी उसकी शादी, चलो अच्छा हुआ। लेकिन दोस्त यह क्या बात है कि तुम्हारे दिल में हल्की-सी टीस उठती है, क्या तुम चाहते हो कि उसकी शादी न हो? सदा कुँवारी रहे क्योंकि तुम्हारे दिल में उससे शादी करने की इच्छा तो कभी उत्पन्न नहीं हुई, तुमने उसके बारे में कभी एक क्षण के लिए भी नहीं सोचा कि यह जलन कैसी? इतनी देर तुम्हें—फिर उसे देखने का कभी विचार नहीं आया, पर अब तुम क्यों उसे देखना चाहते हो? और यदि कभी उसे देख भी लो तो क्या कर लोगे? उसे उठाकर अपनी जेब में रख लोगे? उसकी बड़ी-बड़ी आँखें नोचकर अपने बटुए में डाल लोगे? बोलो ना, क्या करोगे?

मुस्तक़ीम के पास इसका कोई जवाब नहीं था। असल में उसे मालूम ही नहीं था कि वह क्या चाहता है? यदि कुछ चाहता भी है तो क्यों चाहता है?

महमूदा की शादी हो चुकी थी और वह भी केवल एक दिन पहले, यानी उस समय जबकि मुस्तक़ीम पुस्तक पढ़ रहा था, महमूद निश्चय ही दुल्हनों के लिबास में या तो अपने मैके या अपनी ससुराल में शरमायी-लजायी बैठी

थी। वह ख़ुद शरीफ़ थी, उसका पति भी शरीफ़ था, रेलवे वर्कशॉप में नौकर था और डेढ़ सौ रुपये मासिक वेतन पाता था। बड़ी ख़ुशी की बात थी। मुस्तक़ीम की हार्दिक इच्छा थी कि वह ख़ुश रहे-आजीवन सुखी रहे। लेकिन उसके दिल में जाने क्यों एक टीस-सी उठती जो उसे व्याकुल कर देती थी।

मुस्तक़ीम अंत में इस नतीजे पर पहुँचा कि यह सब बकवास है। उसे महमूदा के बारे में बिलकुल कुछ नहीं सोचना चाहिए। दो वर्ष व्यतीत हो गए। इस दौरान उसे महमूदा के बारे में कुछ मालूम न हुआ और न उसने कुछ मालूम करने का प्रयत्न किया, यद्यपि वह और उसका पति बंबई में डोंगरी की एक गली में रहते थे। मुस्तक़ीम हालाँकि डोंगरी से बहुत दूर माहिम में रहता था, लेकिन अगर वह चाहता तो बड़ी आसानी से महमूदा को देख सकता था।

एक दिन कुलसुम ही ने उससे कहा, "आपकी उस बड़ी-बड़ी आँखों वाली महमूदा के नसीब बहुत बुरे निकले।"

चौंककर मुस्तक़ीम ने चिंतित स्वर में पूछा, "क्यों, क्या हुआ?"

कुलसुम ने गिलौरी बनाते हुए कहा, "उसका ख़ाविंद एकदम मौलवी हो गया है।"

"तो उससे क्या हुआ?

"आप सुन तो लीजिए। वह हर वक़्त मज़हब की बातें करता रहता है, लेकिन वही उटपटाँग किस्म की। वज़ीफ़े करता है, चिल्ले कटता है और महमूदा को मजबूर करता है कि वह भी ऐसा ही करे। फ़क़ीरों के पास घंटों बैठा रहता है-घरबार से बिलकुल ग़ाफ़िल हो गया है। दाढ़ी बढ़ायी है, हाथ में हर वक़्त तस्बीह होती है, काम पर कभी जाता है कभी नहीं जाता। कई-कई दिन ग़ायब रहता है वह बेचारी कुढ़ती रहती है। घर में खाने को कुछ होता नहीं, इसलिए फ़ाक़े करती है और जब उससे शिकायत करती है तो आगे से जवाब यह मिलता है-फ़ाक़ाकशी अल्लाह तबारक ताला को बहुत प्यारी है।" कुलसुम ने सब कुछ एक साँस में कहा।

मुस्तक़ीम ने पनदनियाँ से थोड़ी-सी छालियाँ उठाकर मुँह में डालीं, "कहीं दिमाग़ तो नहीं चल गया उसका?"

कुलसुम ने कहा, महमूदा का तो यही ख़याल है। ख़याल क्या, उसे तो यक़ीन है। गले में बड़े-बड़े मनकों वाली माला डाले फिरता है, कभी-कभी सफ़ेद रंग का चोला भी पहनता है।"

मुस्तक़ीम गिलौरी लेकर अपने कमरे में चला गया और आराम-कुर्सी पर लेटकर सोचने लगा, यह क्या हो गया। ऐसा पति तो बड़ा दुखदायी होता है। ग़रीब किस मुसीबत में फँस गयी। मेरा ख़याल है कि पागलपन के कीटाणु उसके पति के अंदर शुरू ही से मौजूद होंगे जो अब एकदम उभर आए हैं। लेकिन सवाल यह है कि अब महमूदा क्या करेगी? उसका तो यहाँ कोई रिश्तेदार भी नहीं। कुछ शादी करने लाहौर से आए थे और वापस चले गए थे। क्या महमूदा ने अपने माँ-बाप को लिखा होगा? नहीं, नहीं, उसके माँ-बाप तो जैसा कि कुलसुम ने एक बार कहा था, उसके बचपन में ही मर गए थे। शादी उसके चचा ने की थी। डोंगरी, डोंगरी में शायद उसकी जान-पहचान का कोई हो। लेकिन नहीं, अगर जान-पहचान का कोई होता तो वह फ़ाके क्यों करती? कुलसुम क्यों न उसे अपने यहाँ ले आए? पागल हुए हो मुस्तक़ीम, होश के नाख़ून लो।

मुस्तक़ीम ने एक बार फिर इरादा किया कि वह महमूदा के बारे में नहीं सोचेगा, इसलिए कि उससे कोई लाभ नहीं होगा, बेकार मग़ज़मारी की।

बहुत दिनों के बाद कुलसुम ने एक रोज़ उसे बताया कि महमूदा का पति, जिसका नाम जमील था, क़रीब-क़रीब पागल हो गया है।

मुस्तक़ीम ने पूछा, “क्या मतलब?”

कुलसुम ने जवाब दिया, “मतलब यह कि वह अब रात के एक सेकेंड के लिए नहीं सोता। जहाँ खड़ा है, बस वहीं घंटों ख़ामोश खड़ा रहता है। महमूदा ग़रीब रोती रहती है। मैं कल उसके पास गयी थी। बेचारी का कई दिन का फ़ाक़ा था। मैं बीस रुपये दे आयी, क्योंकि मेरे पास इतने ही थे।”

मुस्तक़ीम ने कहा, “बहुत अच्छा किया तुमने। जब तक उसका पति ठीक नहीं होता कुछ-न-कुछ दे आया करो, ताकि ग़रीब को फ़ाक़ो की नौबत तो न आए।”

कुलसुम ने कुछ सोच-विचार के बाद विचित्र स्वर में कहा–“असल में बात कुछ और है...”

“क्या मतलब?”

महमूदा का ख़याल है कि जमील ने महज एक ढोंग रचा रखा है। वह पागल-वागल हरगिज़ नहीं। बात यह है कि वह...।”

“वह क्या?”

“वह...औरत के क़ाबिल नहीं।...यह कमज़ोरी दूर करने के लिए वह फ़क़्क़ीरों और संन्यासियों से टोने-टोटके लेता रहता है।”

मुस्तक़ीम ने कहा, “यह बात तो पागल होने से ज़्यादा अफ़सोसनाक है। महमूदा के लिए तो यह समझो कि घरेलू ज़िंदगी एक ख़ला बनकर रह गयी है।”

मुस्तक़ीम अपने कमरे में चला गया और महमूदा की दुर्दशा के बारे में सोचने लगा। ऐसी स्त्री का जीवन क्या होगा जिसका पति सर्वथा निष्क्रिय है? कितनी उमंगें होंगी उसके हृदय में उसके यौवन ने कितने कंपकंपा देने वाले स्वप्न देखे होंगे। उसने अपनी सहेलियों से क्या कुछ नहीं सुना होगा? कितनी निराशा हुई होगी बेचारी को जब उसे चारों ओर शून्य-ही-शून्य दिखायी दिया होगा? उसने अपनी गोद हरी करने के बारे में भी कई बार सोचा होगा। जब डोंगरी में किसी के यहाँ बच्चा होने की सूचना उसे मिली होगी तो बेचारी के दिल पर एक घूँसा-सा लगा होगा। अब क्या करेगी? ऐसा न हो, कहीं आत्महत्या कर ले! दो वर्ष तक उसने किसी को यह राज न बताया, परंतु उसका सीना फट गया। ख़ुदा उसके हाल पर रहम करे।

बहुत दिन गुज़र गए। मुस्तक़ीम और कुलसुम छुट्टियों में पंचगनी चले गए। वहाँ ढाई महीने रहे। वापस आए तो एक मास के पश्चात कुलसुम के यहाँ लड़का पैदा हुआ; वह महमूदा के घर न जा सकी। लेकिन एक दिन उसकी एक सहेली जो महमूदा को जानती थी, उसे बधाई देने आयी। उसने बातों-बातों में कुलसुम से कहा, “कुछ सुना तुमने? वह महमूदा है ना, बड़ी-बड़ी आँखों वाली...”

कुलसुम ने कहा, “हाँ-हाँ डोंगरी में रहती है।”

“ख़ाविंद की बेपरवाही ने ग़रीब को बुरी बातों पर मजबूर कर दिया है,” कुलसुम की सहेली की आवाज़ में दर्द था।”

कुलसुम ने बड़े दुख-भरे स्वर में पूछा, “कैसी बुरी बातों पर?”

“अब उसके यहाँ गैर मर्दों का आना-जाना हो गया है।”

“झूठ!” कुलसुम का दिल धक-धक करने लगा।

कुलसुम की सहेली ने कहा, “नहीं कुलसुम, मैं झूठ नहीं कहती। मैं परसों उससे मिलने गयी थी, दरवाज़े पर दस्तक देने ही वाली थी कि अंदर

से एक नौजवान मर्द जो मैमन मालूम होता था, बाहर निकला और तेज़ी से नीचे उतर गया। मैंने उससे मिलना मुनासिब न समझा और वापस चली आयी।"

"यह तुमने बहुत बुरी ख़बर सुनायी। ख़ुदा उसे गुनाह के रास्ते से बचाये रखे! हो सकता है वह मैमन उसके ख़ाविंद का कोई दोस्त हो," कुलसुम ने ख़ुद को धोखा देते हुए कहा।

उसकी सहेली मुस्करायी, "दोस्त चोरों की तरह दरवाज़ा खोलकर भागा नहीं करते।"

कुलसुम ने अपने पति से बात की तो उसे बहुत दुख हुआ। वह कभी नहीं रोया था, लेकिन कुलसुम ने जब उसे यह दर्दनाक बात बतायी कि महमूदा पाप-मार्ग पर जा रही है तो उसकी आँखों से आँसू आ गए। उसने उसी समय निश्चय कर लिया कि महमूदा उनके यहाँ रहेगी। अत: उसने अपनी पत्नी से कहा, "यह बड़ी भयानक बात है। तुम ऐसा करो, अभी जाओ और महमूदा को यहाँ ले आओ।"

कुलसुम ने बड़े रूखेपन से कहा, "मैं उसे अपने घर में नहीं रख सकती।"

"क्यों?" मुस्तक़ीम के स्वर में विस्मय था।

"बस मेरी मर्जी! वह मेरे घर में क्यों रहे? इसलिए कि आपको उसकी आँखें पसंद है?" कुलसुम के बोलने का ढंग बहुत विषैला और व्यंग्यपूर्ण था।

मुस्तक़ीम को बहुत क्रोध आया, किंतु वह उसे पी गया। कुलसुम से बहस करना व्यर्थ था। अब केवल यही हो सकता था कि वह कुलसुम को निकालकर महमूदा को ले आए। पर वह ऐसा क़दम उठाने के बारे में सोच ही नहीं सकता था। मुस्तक़ीम की नीयत बिलकुल नेक थी और उसे ख़ुद इसका एहसास था। अमल में उसने किसी गंदे दृष्टिकोण से महमूदा को देखा ही नहीं था। हों, उसकी आँखें उसे ज़रूर पसंद थीं, इतनी कि वह बयान नहीं कर सकता था।

वह पाप के मार्ग पर अग्रसर हो चुकी थी। अभी उसने सिर्फ़ कुछ क़दम उठाए थे उसे विनाश के गड्ढे से बचाया जा सकता था। मुस्तक़ीम ने कभी नमाज़ नहीं पड़ी थी कभी रोज़ा नहीं रखा था, कभी ख़ैरात नहीं दी थी। ख़ुदा ने उसे कितना अच्छा मौका दिया था कि वह महमूदा को गुनाह के रास्ते पर घसीटकर ले आए और तलाक वगैरह दिलवाकर उसकी किसी और से शादी

कर दे। मगर वह यह सबाब का काम नहीं कर सकता था, इसलिए कि वह अपनी बीवी का दबेल था।

बहुत देर तक मुस्तक़ीम का अंतःकरण उसे झिड़कता रहा। एक-दो बार उसने यत्न किया कि उसकी पत्नी सहमत हो जाए, पर जैसा कि मुस्तक़ीम को मालूम था, ऐसा प्रयत्न निरर्थक था।

मुस्तक़ीम का विचार था कि और कुछ नहीं तो कुलसुम महमूदा से मिलने ज़रूर जाएगी। मगर उसे निराशा हुई। कुलसुम ने उस रोज़ के बाद महमूदा का नाम तक न लिया।

अब क्या हो सकता था, मुस्तक़ीम ख़ामोश रहा।

लगभग दो वर्ष बीत गए। एक दिन घर से निकलकर मुस्तक़ीम ऐसे ही दिल बहलाने के लिए फुटपाथ पर चहलकदमी कर रहा था कि उसने कसाइयों की बिल्डिंग की ग्राउंड की खोली के बाहर थड़े पर महमूदा की आँखों की झलक देखी। मुस्तक़ीम दो कदम आगे निकल गया था, फ़ौरन मुड़कर उसने देखा महमूदा ही थी। वही बड़ी-बड़ी आँखें थीं, वह एक यहूदन के साथ जो उस खोली में रहती थी, बातें करने में व्यस्त थी।

इस यहूदन को सारा माहिम जानता था। अधेड़ उम्र की औरत थी। उसका काम ऐयाश मर्दों के लिए जवान लड़कियाँ उपलब्ध करना था। उसकी अपनी दो जवान लड़कियाँ थी जिनसे वह पेशा कराती थी। मुस्तक़ीम ने जब महमूदा का चेहरा बड़े ही बेहूदा तरीके से मेकअप किए हुए देखा तो वह लरज़ उठा। अधिक देर तक यह दुखद दृश्य देखने की शक्ति उसमें न थी; वहाँ से फ़ौरन चल दिया।

घर पहुँचकर उसने कुलसुम से इस घटना का जिक्र न किया, क्योंकि अब ज़रूरत ही नहीं रही थी। महमूदा अब पूर्णतया शरीर बेचने वाली औरत बन चुकी थी। मुक़ीम के सामने जब भी उसका बेहूदा, कामोत्तेजक रूप से मेकअप किया हुआ चेहरा आता तो उसकी आँखों में आँसू आ जाते। उसका अंतःकरण उससे कहता—"मुस्तक़ीम, जो कुछ तुमने देखा है, उसका कारण तुम हो। क्या हो जाता यदि तुम अपनी बीवी की कुछ दिनों की नाराज़गी बर्दाश्त कर लेते! ज़्यादा से ज़्यादा इस अरसे में वह मैके चली जाती। मगर

महमूदा की ज़िंदगी उस गंदगी से तो बच जाती जिसमें वह इस समय धँसी हुई है। क्या तुम्हारी नीयत नेक नहीं थी? अगर तुम सच्चाई पर थे और सच्चाई पर रहते तो कुलसुम एक-न-एक दिन अपने आप ठीक हो जाती। तुमने बड़ा ज़ुल्म किया, बहुत बड़ा पाप किया।"

मुस्तक़ीम अब क्या कर सकता था? कुछ भी नहीं। पानी सिर से गुज़र चुका था। चिड़ियाँ सारा खेत चुग गयी होगी। अब कुछ नहीं हो सकता था। मरते हुए रोगी को अंतिम समय ऑक्सीजन सुँघाने वाली बात थी।

थोड़े दिनों के बाद बंबई का वातावरण सांप्रदायिक दंगों के कारण बड़ा भयंकर हो गया था। बँटवारे के कारण देश के चारों ओर विनाश और लूट का बाज़ार गर्म था। लोग धड़ाधड़ हिंदुस्तान छोड़कर पाकिस्तान आ रहे थे। कुलसुम ने मुस्तक़ीम को मजबूर किया कि वह भी बंबई छोड़ दे। अत: जो पहला जहाज़ मिला, उसकी सीटें बुक कराके मियाँ-बीवी कराची पहुँच गए और छोटा-मोटा कारोबार शुरू कर दिया।

ढाई बरस बाद इस कारोबार में उन्नति होने लगी। इसलिए मुस्तक़ीम ने नौकरी का विचार त्याग दिया। एक रोज़ शाम को दुकान से उठकर वह टहलते हुए सदर जा निकला। जी चाहा एक पान खाए; बीस-तीस क़दम के फ़ासले पर उसे एक दुकान नज़र आयी जिस पर काफ़ी भीड़ थी। आगे बढ़कर वह दुकान के पास पहुँचा; क्या देखता है कि महमूदा बैठी पान लगा रही है; झुलसे हुए चेहरे पर उसी क़िस्म का भद्दा मेकअप है, लोग उससे गंदे-गंदे मज़ाक़ कर रहे हैं और वह हँस रही है। मुस्तक़ीम के होशोहवास ग़ायब हो गए। सोच रहा था कि वहाँ से भाग जाए कि महमूदा ने उसे पुकारा, "इधर आओ दूल्हा मियाँ, तुम्हें एक फस्ट क्लास पान खिलाएँ। हम तुम्हारी शादी में शरीक़ थे।"

मुस्तक़ीम बिलकुल पथरा गया।

❑

शिकारी औरतें

मैं आज आपको चन्द शिकारी औरतों के किस्से सुनाऊँगा। मेरा ख़याल है कि आपका भी कभी उनसे वास्ता पड़ा होगा।

मैं बंबई में था। फ़िल्मिस्तान से आम तौर पर बिजली की ट्रेन से छ: बजे घर पहुँच जाया करता था, लेकिन उस रोज़ मुझे देर हो गयी। इसलिए कि 'शिकारी' की कहानी पर वाद-विवाद होता रहा।

मैं जब बंबई सेंट्रल के स्टेशन पर उतरा तो मैंने एक लड़की को देखा जो थर्ड क्लास कंपार्टमेंट से बाहर निकली। उसका रंग गहरा साँवला था। नाक-नक़्शा ठीक-ठाक था। जवान थी। उसकी चाल अनोखी-सी थी। ऐसा लगता था कि फिल्म का दृश्य लिख रही है।

मैं स्टेशन के बाहर आया और पुल पर विक्टोरिया गाड़ी का इंतज़ार करने लगा। मैं तेज़ चलने का आदी हूँ, इसलिए मैं दूसरे मुसाफ़िरों से बहुत पहले बाहर निकल आया था।

विक्टोरिया आयी और मैं उसमें बैठ गया। मैंने कोचवान से कहा कि आहिस्ता-आहिस्ता चले, इसलिए कि फ़िल्मिस्तान में कहानी पर बहस करते-करते मेरी तबीयत परेशान हो गयी थी। मौसम सुहावना था। विक्टोरिया वाला आहिस्ता-आहिस्ता पुल से उतरने लगा।

जब हम सीधी सड़क पर पहुँचे तो एक आदमी सिर पर टाट से ढका हुआ मटका उठाए आवाज़ लगा रहा था–"कुल्फ़ी...कुल्फ़ी!"

जाने क्यों मैंने कोचवान से विक्टोरिया रोक लेने को कहा और उस कुल्फ़ी बेचने वाले से कहा कि एक कुल्फ़ी दो। मैं असल में अपनी तबीयत की परेशानी किसी न किसी तरह दूर करना चाहता था।

उसने मुझे एक दोने में कुल्फ़ी दी। मैं खाने ही वाला था कि अचानक कोई धम्म से विक्टोरिया में आन घुसा। काफ़ी अँधेरा था। मैंने देखा तो वही गहरे रंग की साँवली लड़की थी।

मैं बहुत घबराया–वह मुस्करा रही थी। दोने में मेरी कुल्फ़ी पिघलना शुरू हो गयी।

उसने कुल्फ़ी वाले से बड़े बेतकल्लुफ़ अंदाज़ में कहा, "एक मुझे भी दो।"

उसने दे दी।

गहरे साँवले रंग की लड़की ने उसे एक मिनट में चट कर दिया और विक्टोरिया वाले से कहा–"चलो।"

मैंने उससे पूछा, "कहाँ?"

"जहाँ भी तुम जाना चाहते रहते हो।"

"मुझे तो अपने घर जाना है।"

"तो घर ही चलो।"

"तुम कौन हो?"

"कितने भोले बनते हो।"

मैं समझ गया कि वह किस तरह की लड़की है। चुनांचे मैंने उससे कहा, "घर जाना ठीक नहीं और यह विक्टोरिया भी गलत है–कोई टैक्सी ले लेते हैं।"

वह मेरे इस मशवरे पर बहुत ख़ुश हुई। मेरी समझ में नहीं आता था कि उस से नजात कैसे हासिल करूँ। उसे धक्का देकर बाहर निकालता तो ऊधम मच जाता। फिर मैंने यह भी सोचा कि औरत जात है। इससे फ़ायदा उठाकर कहीं वह यह बावेला न मचा दे कि मैंने उससे अभद्र मज़ाक़ किया है।

विक्टोरिया चलती रही और मैं सोचता रहा कि यह मुसीबत कैसे टल सकती है। आख़िर हम वेबी अस्पताल के पास पहुँच गए। वहाँ टैक्सियों का अड्डा था। मैंने विक्टोरिया वाले को उसका किराया अदा किया और एक टैक्सी ले ली। हम दोनों उसमें बैठ गए।

ड्राइवर ने पूछा–"किधर जाना है, साहब?"

मैं अगली सीट पर बैठा था। थोड़ी देर सोचने के बाद मैंने उससे, फुसफुसा कर कहा, "मुझे कहीं नहीं जाना है–यह लो दस रुपये–इस लड़की को जहाँ भी तुम ले जाना चाहो, ले जाओ।"

वह बहुत ख़ुश हुआ।

दूसरे मोड़ पर उसने गाड़ी ठहराई और मुझसे कहा, "साहब, आपको सिगरेट लेनी थी–उस ईरानी के होटल से सस्ती मिल जाएँगी।"

मैं फ़ौरन दरवाज़ा खोलकर बाहर निकला। गहरे साँवले रंग की लड़की ने कहा—"दो पैकेट लाना।"

ड्राइवर उससे मुख़ातिब हुआ—"तीन ले आएँगे।" और उसने मोटर स्टार्ट की और यह जा, वह जा। बंबई का वाकया है, मैं अपने फ्लैट में अकेला बैठा था। मेरी बीवी शापिंग के लिए गयी हुई थी कि एक घाटन, जो बड़े तीखे नक्शों वाली थी, बेधड़क अंदर चली आयी। मैंने सोचा, शायद नौकरी की तलाश में आयी है, मगर वह आते ही कुर्सी पर बैठ गयी। मेरे सिगरेट-केस से एक सिगरेट निकाला और उसे सुलगाकर मुस्कराने लगी।

मैंने उससे पूछा—"कौन हो तुम?"

"तुम पहचानते नहीं?"

"मैंने आज पहली दफ़ा तुम्हें देखा है।"

"साला, झूठ मत बोलो—दो रोज़ देखा है।"

मैं बड़ी उलझन में गिरफ़्तार हो गया—लेकिन थोड़ी देर बाद मेरा नौकर फ़ज़लदीन आ गया। उसने उस तीखे नक्शों वाली घाटन को अपने क़ब्ज़े में ले लिया।

यह वाकया लाहौर का है।

मैं और मेरा एक दोस्त रेडियो स्टेशन जा रहे थे। जब हमारा ताँगा असेंबली हाल के पास पहुँचा तो एक ताँगा हमारे पीछे से निकलकर आगे आ गया। उसमें एक बुर्कापोश औरत थी, जिसका नक़ाब अधखुला था।

मैंने जब उसकी तरफ देखा तो उसकी आँखों में अजीब क़िस्म की शरारत नाचने लगी। मैंने अपने दोस्त से, जो पिछली सीट पर बैठा था, कहा—"यह औरत बदचलन मालूम होती है।"

"तुम ऐसे फ़ैसले एकदम मत दिया करो।"

"अच्छा जनाब—मैं आइंदा एहतियात से काम लूँगा।"

बुर्कापोश औरत का ताँगा हमारे ताँगे के आगे-आगे था। वह टकटकी लगाए हमें देख रही थी। मैं बड़ा बुज़दिल हूँ, लेकिन उस वक़्त मुझे शरारत सूझी और मैंने उसे हाथ के इशारे से आदाब अर्ज़ कर दिया।

उस आधे ढके चेहरे पर मुझे कोई प्रतिक्रिया नज़र न आयी, जिससे मुझे बड़ी मायूसी हुई।

मेरा दोस्त गटकने लगा। उसको मेरी इस नाकामी से बड़ी ख़ुशी हुई। लेकिन जब हमारा ताँगा शिमला पहाड़ी के पास पहुँच रहा था तो बुक़ापोश औरत ने अपना ताँगा ठहरा लिया और (मैं ज़्यादा विस्तार में जाना नहीं चाहता) वह थोड़ी उठी हुई नक़ाब के अंदर से मुस्कराती हुई आयी और हमारे ताँगे में बैठ गई—मेरे दोस्त के साथ।

मेरी समझ में न आया, क्या किया जाए। मैंने उस बुक़ापोश औरत से कोई बात न की और ताँगे वाले से कहा कि वह रेडियो स्टेशन का रुख करे।

मैं उसे अंदर ले गया। डायरेक्टर साहब से मेरे दोस्ताना ताल्लुक़ थे। मैंने उनसे कहा, "यह ख़ातून हमें रास्ते में पड़ी हुई मिल गई। आपके पास ले आया हूँ और दरख़्वास्त करता हूँ कि इन्हें यहाँ कोई काम दिलवा दीजिए।"

उन्होंने उसकी आवाज़ का इम्तहान करवाया जो काफ़ी संतोषजनक था। जब वह आडिशन देकर आयी तो उसने बुक़ा उतारा हुआ था। मैंने उसे गौर से देखा। उसकी उम्र पच्चीस के क़रीब होगी। रंग गोरा, आँखें बड़ी-बड़ी, लेकिन उसका जिस्म ऐसा मालूम होता था जैसे शकरकंदी की तरह भूबल में डालकर बाहर निकाला गया है।

हम बातें कर रहे थे कि इतने में चपरासी आया। उसने कहा, "बाहर एक ताँगे वाला खड़ा है। वह किराया माँगता है।" मैंने सोचा, शायद ज़्यादह अरसा गुज़रने पर वह तंग आ गया है। चुनांचे मैं बाहर निकला। मैंने अपने ताँगे वाले से पूछा, "भई, क्या बात है, हम कहीं भाग तो नहीं गए।"

वह बड़ा हैरान हुआ, "क्या बात है सरकार?"

"तुमने कहला भेजा है कि मेरा किराया अदा कर दो।"

"मैंने जनाब, किसी से कुछ भी नहीं कहा।"

उसके ताँगे के साथ दूसरा ताँगा खड़ा था। उसका कोचवान जो घोड़े को घास खिला रहा था, मेरे पास आया और बोला—"वह औरत, जो आपके साथ गयी थी कहाँ है?"

"अंदर है—क्यों?"

"जी उसने दो घंटे मेरे ख़राब किए हैं—कभी इधर जाती थी, कभी उधर—मैं तो समझता हूँ कि उसको मालूम ही नहीं था कि उसे कहाँ जाना है।"

"अब तुम क्या चाहते हो?"

"जी, मैं अपना किराया चाहता हूँ।"

"मैं उससे लेकर आता हूँ।"

मैं अंदर गया। उस बुर्क़ापोश औरत से जो अपना बुर्क़ा उतार चुकी थी, कहा, "तुम्हारा ताँगेवाला किराया माँगता है।"

वह मुस्करायी–"मैं दे दूँगी।"

मैंने उस का पर्स जो सोफे पर पड़ा था, उठाया–उसको खोला–मगर उसमें एक पैसा भी नहीं था। बस के चन्द टिकट थे और दो बालों की पिनें और एक वाहियात क़िस्म की लिपस्टिक।

मैंने वहाँ डायरेक्टर के दफ्तर में कुछ कहना मुनासिब न समझा। उनसे विदा माँगी। बाहर आकर उसके ताँगे वाले को दो घंटे का किराया अदा किया और उस औरत को अपने दोस्त की मौजूदगी में कहा–"तुम्हें इतना तो ख़याल होना चाहिए था कि तुमने ताँगा किया है और तुम्हारे पास एक कौड़ी भी नहीं।"

वह खिसियानी-सी हो गयी–"मैं...मैं...आप बड़े अच्छे आदमी हैं।"

"मैं बहुत बड़ा हूँ–तुम बड़ी अच्छी हो–कल से रेडियो स्टेशन आना शुरू कर दो–तुम्हारी आमदनी की सूरत पैदा हो जाएगी–यह बकवास जो तुमने शुरू कर रखी है, उसे छोड़ दो।"

मैंने उसे मजंग के पास छोड़ दिया। मेरा दोस्त वापस चला गया। संयोगवश मुझे एक काम से वहाँ जाना पड़ा। देखा कि मेरा दोस्त और वह औरत इकट्ठे जा रहे थे। यह भी लाहौर ही का वाकया है।

चंद रोज़ हुए मैंने एक दोस्त को मजबूर किया कि वह मुझे दस रुपये दे। उस दिन बैंक बंद थे। उसने क्षमा माँगी, लेकिन जब मैंने उस पर जोर दिया कि वह किसी-न-किसी तरह दस रुपये पैदा करे, इसलिए कि मुझे अपनी इल्लत पूरी करनी है जिससे तुम बख़ूबी वाक़िफ़ हो तो उसने कहा, "अच्छा, मेरा एक दोस्त है। वह शायद इस वक़्त कॉफ़ी हाउस में होगा। वहाँ चलते हैं, उम्मीद है, काम बन जाएगा।"

हम दोनों ताँगे में बैठकर कॉफ़ी हाउस पहुँचे। माल रोड पर बड़े डाकख़ाने के ख़रीब एक ताँगा जा रहा था। उसमें कत्थई रंग का बुर्क़ा पहने एक औरत बैठी थी। उसका नक़ाब पूरा का पूरा उठा हुआ था।

वह ताँगे वाले से बड़े बेतकल्लुफ़ अंदाज़ में गुफ़्तगू कर रही थी। हमें उसके शब्द सुनाई नहीं दिए, लेकिन उसके होंठों की जुंबिश से जो कुछ मालूम होना था, हो गया। हम कॉफ़ी हाउस पहुँचे तो उस औरत का ताँगा भी वहीं रुक गया। मेरे दोस्त ने अंदर जाकर दस रुपयों का बंदोबस्त किया और बाहर निकला। वह औरत कत्थई बुर्के में जाने किसका इंतज़ार कर थी।

हम वापस घर आने लगे तो रास्ते में ख़रबूज़ों के ढेर नज़र आ गए। हम दोनों ताँगे से उतरकर ख़रबूज़े परखने लगे।

हमने आपस में फ़ैसला किया कि अच्छे नहीं निकलेंगे, क्योंकि उनकी शक्ल-व-सूरत बेढंगी थी। जब उठे तो क्या देखते है कि वही कत्थई बुर्का ताँगे में बैठा ख़रबूज़े देख रहा है।

मैंने अपने दोस्त से कहा, "ख़रबूज़ा ख़रबूज़े को देखकर रंग पकड़ता है-आपने अभी तक एक कत्थई रंग नहीं पकड़ा।"

उसने कहा, "हटाओ जी, यह सब बकवास है।"

हम वहाँ से उठकर ताँगे में बैठे। मेरे दोस्त को क़रीब एक ही कैमिस्ट के पास जाना था। वहाँ दस मिनट लगे। बाहर निकले तो देखा, कत्थई बुर्का उसी ताँगे में बैठा जा रहा था।

मेरे दोस्त को बड़ी हैरत हुई-"यह क्या बात है? यह औरत बेकार क्यों घूम रही है?"

मैंने कहा, "कोई न कोई बात तो ज़रूर होगी।"

हमारा ताँगा माल रोड को मुड़ने ही वाला था कि वह कत्थई बुर्का फिर नज़र आया। मेरे दोस्त यद्यपि कुँवारे हैं, लेकिन बड़े ज़ाहिद। उनको जाने क्यों उकसाहट पैदा हुई कि उस कत्थई बुर्के से बड़ी बुलंद आवाज़ में कहा, "आप क्यों आवारा फिर रही हैं-आइए हमारे साथ।"

उसके ताँगे ने फ़ौरन रुख बदला और मेरा दोस्त सख़्त परेशान हो गया। जब वह कत्थई बुर्का उससे बात करने लगा तो उसने उससे कहा, "आपको ताँगे में आवारागर्दी करने की क्या ज़रूरत है? मैं आपसे शादी करने के लिए तैयार हूँ।" मेरे दोस्त ने उस कत्थई बुर्के से शादी कर ली।

दूदा पहलवान

स्कूल में पढ़ता था तो सुन्दरतम् लड़का माना जाता था। उस पर बड़े-बड़े अमरदपरस्तों के बीच बड़ी ख़ूँखार लड़ाइयाँ हुईं। एक-दो इसी सिलसिले में मारे भी गए।

वह वाक़ई सुन्दर था। बड़े मालदार घराने की आँखों का नूर था। इसलिए उसको किसी चीज़ की कमी नहीं थी। मगर जिस मैदान में वह कूद पड़ा था उसको एक संरक्षक की ज़रूरत थी जो वक़्त पर उसके काम आ सके। शहर में यूँ तो सैकड़ों बदमाश और गुंडे मौजूद थे—जो सुन्दर और ख़ूबसूरत सलाहो के एक इशारे पर मरने को तैयार थे। मगर दूदा पहलवान में एक निराली बात थी। वह बहुत ग़रीब था। बहुत बदमिज़ाज और अक्खड़ तबीयत का था। मगर इसके बावजूद उसमें ऐसा बाकाँपन था कि सलाहो ने इसे देखते ही पसंद कर लिया और उनकी दोस्ती हो गई।

सलाहो को दूदा पहलवान की दोस्ती से बहुत फ़ायदे हुए। शहर के दूसरे गुंडे जो सलाहो के रास्ते में रुकावटें पैदा करने का कारण बन सकते थे दूदा की वजह से ख़ामोश रहे। स्कूल से निकलकर सलाहो कॉलेज में दाख़िल हुआ तो उसने और पर व पुर्ज़े निकाले और थोड़े ही समय में उसकी सरगर्मियों ने नया रुख़ अपना लिया। इसके बाद ख़ुदा का करना ऐसा हुआ कि सलाहो का बाप मर गया। अब वह अपनी तमाम जायदाद का अकेला मालिक था। पहले तो उसने नक़दी पर ही हाथ साफ़ किया फिर मकान गिरवी रखने शुरू कर दिए। फिर वे मकान बिक गए। हीरा मंडी की तमाम वेश्याएँ सलाहो के नाम से परिचित थीं। मालूम नहीं इसमें कहाँ तक सच्चाई है लेकिन लोग कहते हैं कि हीरा मंडी में बूढ़ी नायिकाएँ अपनी जवान बेटियों को सलाहो की निगाहों से छुपा-छुपाकर रखती थीं कि कहीं ऐसा न हो कि वह उनके दुश्मन के चक्कर में फँस जाएँ। लेकिन इन सावधानियों के बावजूद जैसा कि सुनने में आया है कई कुँवारी वेश्या-कन्याएँ उसके इश्क़ में गिरफ़्तार हुईं और उलटे रास्ते पर चलकर अपनी ज़िंदगी के सुनहरे दिन उसकी वासना की नज़र कर बैठीं।

सलाहो खुल खेल रहा था। दूदा को मालूम था कि यह खेल देर तक जारी नहीं रहेगा। वह उम्र में सलाहो से दुगुना बड़ा था। उसने हीरा मंडी में बड़े-बड़े सेठों की ख़ाक उड़ते देखी थी। वह जानता था कि हीरा मंडी एक ऐसा अंधा कुआँ है जिसको दुनियाभर के सेठ मिलकर भी अपनी दौलत से नहीं भर सकते। मगर वह उसको कोई नसीहत नहीं देता था। शायद इसलिए कि वह संसार को जानने वाला होने के कारण अच्छी तरह समझता था कि जो भूत उसके हसीन व जमील बाबू के सिर पर सवार है उसे कोई टोना-टोटका उतार नहीं सकता।

दूदा पहलवान हर वक़्त सलाहो के साथ होता था। शुरू-शुरू में जब सलाहो ने हीरा मंडी का रुख़ किया तो उसका ख़याल था कि दूदा भी उसके ऐश में शामिल होगा। मगर आहिस्ता-आहिस्ता उसे मालूम हुआ, उसको इस क़िस्म के ऐश से कोई दिलचस्पी नहीं थी, जिसमें वह दिन-रात डूबा रहता था। वह गाना सुनता था, शराब पीता था। वेश्याओं से अश्लील मज़ाक़ भी करता था। मगर उससे आगे कभी नहीं गया था। उसका बाबू रात-भर अंदर किसी माशूक़ को बग़ल में दबाए पड़ा रहता था और वह बाहर किसी पहरेदार की तरह जागता रहता।

लोग समझते थे दूदा ने अपना घर भर लिया है। दौलत की जो लूट मची है उससे यक़ीनन उसने अपने हाथ रंगे हैं। इसमें कोई शक नहीं कि जब सलाहो इश्क़ की दाद देने निकलता था तो हज़ारों के नोट दूदा के ही पास होते थे। मगर यह सिर्फ़ उसी को मालूम था कि पहलवान ने इसमें से एक पाई भी कभी इधर-उधर नहीं की। उसको सिर्फ़ सलाहो से दिलचस्पी थी जिसको वह अपना मालिक समझता था और यह लोग भी जानते थे कि दूदा किस हद तक उसका ग़ुलाम है। सलाहो उसे डाँट-डपट लेता था। कभी-कभी शराब पीकर उसे नशे में मारपीट भी लेता था। मगर वह ख़ामोश रहता। हसीन व जमील सलाहो उसका देवता था। वह उसके हुज़ूर में कोई गुस्ताख़ी नहीं कर सकता था।

एक दिन संयोग से दूदा बीमार था। सलाहो जो रात को सामान्य रूप से ऐश करने के लिए हीरा मंडी पहुँचा, वहाँ किसी वेश्या के कोठे पर गाना सुनने के दौरान उसकी झड़प एक तमाशबीन से हो गई और हाथापाई में उसके

माथे पर हलकी-सी ख़राश आ गई। दूदा को जब इसका पता चला तो उसने दीवार के साथ टक्करें मार-मारकर अपना सारा सिर ज़ख़्मी कर लिया। ख़ुद को अनगिनत गालियाँ दीं। बहुत भला-बुरा कहा। उसको इतना अफ़सोस हुआ कि दस-पन्द्रह दिन तक सलाहो के सामने उसका सिर झुका रहा। एक शब्द भी उसके मुँह से नहीं निकला। उसको यह महसूस होता था कि उससे कोई बहुत बड़ा पाप हो गया है। चुनाँचे लोगों का कहना है कि वह बहुत देर तक नमाज़ पढ़-पढ़कर अपने दिल का बोझ हलका करता रहा।

सलाहो की वह इस तरह ख़िदमत करता था जिस तरह पुराने किस्से-कहानियों के वफ़ादार नौकर करते हैं। वह उसके जूते पालिश करता था। उसके हर आराम और ऐश का ख़्याल रखता था जैसे वह उसके पेट से पैदा हुआ हो।

कभी-कभी सलाहो नाराज़ हो जाता। यह वक़्त दूदा पहलवान के लिए बड़ी परीक्षा का वक़्त होता था। दुनिया से बेज़ार हो जाता। फ़क़्क़ीरों के पास जाकर गंडे-तावीज़ लेता। ख़ुद को तरह-तरह के शारीरिक कष्ट पहुँचाता। आख़िर जब सलाहो मौज में आकर उसे बुलाता तो उसे महसूस होता जैसे उसे दोनों जहान मिल गए। दूदा को अपनी ताक़त पर नाज़ नहीं था। उसे यह भी घमंड नहीं था कि वह छुरी मारने की कला में बेजोड़ है। उसे अपनी ईमानदारी और भलमनसाहत पर भी कोई गर्व नहीं था। लेकिन वह अपनी इस बात पर बहुत मान करता था कि लंगोट का पक्का है। वह अपने दोस्तों-यारों को बड़े गर्व से सुनाया करता था कि उसकी जवानी में सैकड़ों मर्द और औरतें आईं। चलित्तरों के बड़े-बड़े मंत्र उस पर फूँके, मगर वह...शाबाश है उसके उस्ताद को, लंगोट का पक्का रहा।

उन लोगों को जो दूदा पहलवान के लँगोटिये थे, अच्छी तरह मालूम था कि उसका दामन औरत की तमाम वासनाओं से पाक है। कई बार कोशिश की गई कि वह गुमराह हो जाए मगर नाकामी हुई। वह अपनी बात पर दृढ़ रहा।

ख़ुद सलाहो ने कई बार इम्तहान लिया। अजमेर के उस पर आने के लिए मेरठ की एक बदनाम वेश्या अनवरी को इस बात पर तैयार किया कि वह दूदा पहलवान पर डोरे डाले। उसने अपने तमाम गुर इस्तेमाल कर डाले मगर दूदा पर कोई असर न हुआ। उस ख़त्म होने पर जब वह लाहौर रवाना हुए तो उसने गाड़ी में सलाहो से कहा, "बाऊ, बस अब मेरा कोई और इम्तहान

न लेना। यह साली अनवरी बहुत आगे बढ़ गई थी। तुम्हारा ख़याल था वरना गला घोट देता हरामज़ादी का।"

उसके बाद सलाहो ने उसका कोई इम्तहान न लिया। दूदा के ये धमकी-भरे शब्द ही काफ़ी थे जो उसने बड़े गंभीर लहज़े में कहे थे।

सलाहो ऐश-व-इशरत में पहले की तरह ग़र्क़ था। इसलिए कि अभी तीन-चार मकान बाक़ी थे। हीरा मंडी की तमाम वेश्याएँ एक-एक करके उसके पहलू में आ चुकी थीं। अब उसने झूठे जामों का दौर शुरू कर दिया था। उसी दौरान न जाने कहाँ से एक वेश्या अलमास पैदा हुई जो सारी हीरा मंडी पर छा गई। देखा किसी ने भी नहीं था मगर इसके बावजूद उसके हुस्न के चर्चे आम थे, हाथ लगाए मैली होती है। पानी पीती है तो उसके ग़ोरे हलक़ में साफ़ नज़र आता है। हिरनी की-सी आँखें जिनमें ख़ुदा ने अपने हाथ से सुरमा लगाया है। बदन ऐसा मुलायम है कि निगाहें फिसल-फिसल जाती हैं। सलाहो जहाँ भी जाता था इस परी चेहरा हूर के हुस्न व तेज़ की बातें सुनता था।

दूदा पहलवान ने फ़ौरन पता लगा लिया और अपने बाबू को बताया कि वह अलमास कश्मीर से आई है। वाक़ई ख़ूबसूरत है। अधेड़ उम्र की माँ उसके साथ है जो उस पर कड़ी निगरानी रखती है। इसलिए कि वह लाखों के ख़्वाब देखती है।

जब अलमास का मुजरा शुरू हुआ तो उसके कोठे पर वही महानुभाव जाते थे जिनका लाखों का कारोबार था। सलाहो के पास अब इतनी दौलत नहीं थी कि वह इतने तगड़े दौलतमंद अय्याशों का मुक़ाबला ख़म ठोककर कर सके। आठ-दस मुजरों में ही उसकी हजामत हो जाती। चुनाँचे वह इस ख़याल के मुताबिक ख़ामोश रहा और पेच-ओ-ताब खाता रहा। दूदा पहलवान अपने बाबू की यह बेचारगी देखता तो बहुत दुखी होता। मगर वह क्या कर सकता था? उसके पास था ही क्या। एक सिर्फ़ उसकी जान थी मगर वह इस मामले में क्या काम दे सकती थी। बहुत सोच-विचार के बाद आख़िर दूदा ने एक तरकीब सोची जो यह थी कि सलाहो अलमास की माँ इक़बाल से संबंध पैदा करे और उस पर ज़ाहिर करे कि वह उसके इश्क़ में गिरफ़्तार हो गया है। इस तरह जब मौक़ा मिले तो अलमास को अपने क़ब्ज़े में कर ले।

सलाहो को यह तरकीब पसंद आई। चुनाँचे उस पर अमल करना शुरू हो गया। इक़बाल बहुत ख़ुश हुई कि इस ढलती उम्र में उसे सलाहो जैसा जवान चाहने वाला मिल गया। यह सिलसिला देर तक जारी रहा। इस दौरान सैकड़ों बार अलमास सलाहो के सामने आई। कभी-कभी उसके पास बैठकर बात भी करती रही और उसके हुस्न से काफ़ी प्रभावित हुई। उसकी हैरत थी कि वह उसकी माँ से क्यों दिलचस्पी ले रहा है। जबकि वह उसकी आँखों के सामने मौजूद है। लेकिन उसकी यह हैरत बहुत देर तक क़ायम न रही जब उसको सलाहो की हरकतों में मालूम हो गया कि वह चाल चल रहा है। यह बात साफ़ होते ही उसे ख़ुशी हुई। अंदरूनी तौर पर उसके जवानी के अहसास को ठेस पहुँच रही थी।

बातों-बातों में एक दिन सलाहो का ज़िक्र आया तो अलमास ने उसकी ख़ूबसूरती की तारीफ़ ज़रा चटखारे के साथ बयान की जो उसकी माँ को बहुत नागवार मालूम हुई। चुनाँचे उन दोनों में ख़ूब चख़-चख़ हुई। अलमास ने अपनी माँ को साफ़ कह दिया कि सलाहो उसे बेवकूफ़ बना रहा है। इक़बाल को बहुत दुख हुआ। यहाँ अब बेटी का सवाल नहीं था बल्कि रक़ीब और मौत का चुनाव था। दूसरे दिन जब सलाहो आया तो उसने सबसे पहले उससे पूछा, "आप किसे पसंद करते हैं? मुझे या मेरी बेटी अलमास को?"

सलाहो अजब परेशानी में फँस गया। सवाल बड़ा टेढ़ा था। थोड़ी देर सोचने के बाद अंत में उसे यही कहना पड़ा, "तुम्हें, मैं तो सिर्फ़ तुम्हें पसंद करता हूँ।" और फिर उसे इक़बाल को और भी यक़ीन दिलाने के लिए और बहुत-सी बातें गढ़नी पड़ीं। इक़बाल यूँ तो बड़ी चालाक थी मगर उसको किसी हद तक यक़ीन आ ही गया। शायद इसलिए कि वह अपनी उम्र के एक ऐसे मोड़ पर पहुँच चुकी थी जहाँ से उसे कुछ छोटी बातों को भी सच्चा समझना ही पड़ता था।

जब यह बात अलमास तक पहुँची तो वह बहुत जिज़-बिज़ हुई। ज्यों ही उसे मौक़ा मिला उसने सलाहो को पकड़ लिया और उससे सच उगलवाने की कोशिश की। सलाहो ज्यादा देर तक अपनी जिरह बरदाश्त न कर सका। आख़िर उसे मानना ही पड़ा कि उसे इक़बाल से कोई दिलचस्पी नहीं। असल में तो अलमास का हुसूल ही उसकी नज़र के सामने था।

यह क़बूलवाने पर अलमास की तसल्ली हो गई। मगर वह आत्मीयता, वह लगाव जो उसके दिल-ओ-दिमाग़ में सलाहो के बारे में पैदा हुआ था ग़ायब हो गया। और उसने ठेठ वेश्या बनकर अपनी माँ को समझाया कि बचपना छोड़ दो और उससे मेरे दाम वसूल करो। तुम्हें वह क्या देगा। अपनी लड़की की अक़्ल वाली बात इक़बाल की समझ में आ गई और वह सलाहो को दूसरी नज़र से देखने लगी।

सलाहो भी समझ गया कि उसका वार ख़ाली गया है। अब इसके सिवाय और कोई चारा नहीं था कि वह नीलाम में अलमास की सबसे बढ़कर बोली दे। दूदा पहलवान ने इधर-उधर से कुरेद कर मालूम किया कि अलमास की नथनी उतर सकती है अगर सलाहो 25 हज़ार रुपये उसकी माँ के क़दमों में ढेर कर दे।

सलाहो अब पूरी तरह जकड़ा जा चुका था। 'जान जाए पर वचन न जाए' वाला मामला था। उसने दो मकान बेचे और 25 हज़ार रुपये लेकर इक़बाल के पास पहुँचा। उसका ख़याल था कि वह इतनी रकम पैदा नहीं कर सकेगा। जब वह ले आया तो वह बौखला-सी गई। अलमास से सलाह की तो उसने कहा, "इतनी जल्दी कोई फ़ैसला नहीं करना चाहिए। पहले उससे कहो कि हमारे साथ कलियर शरीफ के उर्स पर चले। सलाहो को जाना पड़ा। नतीजा यह हुआ कि पूरे पंद्रह हज़ार रुपये मुजरों में लुट गए। उसकी उन तमाशबीनों पर जो उर्स में शामिल हुए थे, धाक तो बैठ गई मगर उसके पच्चीस हज़ार रुपयों को दीमक लग गई। वापस आए तो बाक़ी का रुपया आहिस्ता-आहिस्ता अलमास की फ़रमाइशों की नज़र हो गया। दूदा अंदर ही अंदर में उबल रहा था। उसका जी चाहता था कि इक़बाल और अलमास दोनों के सिर उड़ा दे। मगर उसे अपने बाबू का ख़याल था। उसके दिल में बहुत-सी बातें भी जो वह सलाहो को बताना चाहता था। मगर बता नहीं सकता था। इससे उसे और भी झुँझलाहट होती थी। सलाहो बहुत बुरी तरह अलमास पर लट्टू था। पच्चीस हज़ार रुपये ठिकाने लग चुके थे। अब दस हज़ार रुपये उस मकान को गिरवी रखकर उजाड़ रहा था जिसमें उसकी नेकचलन माँ रहती थी। यह रुपया कब तक उसका साथ देता। इक़बाल और अलमास दोनों जोंक की

तरह चिमटी हुई थीं। आख़िर वह दिन भी आ गया जब उस पर नालिश हुई और अदालत ने कुर्की का हुक्म दे दिया।

सलाहो बहुत परेशान हुआ। उसे कोई सूरत नज़र नहीं आती थी। कोई ऐसा आदमी नहीं था जो उसे क़र्ज देता। ले-देकर एक मकान था सो वह गिरवी था और कुर्की आई हुई थी। और बेल्फ सिर्फ़ दूदा पहलवान की वजह से रुके हुए थे जिसने उनको यक़ीन दिलाया था कि वह बहुत जल्द रुपये का बंदोबस्त कर देगा।

सलाहो बहुत हँसा था कि दूदा कहाँ से रुपये का बंदोबस्त करेगा। सौ-दो सौ रुपये की बात होती तो उसे यक़ीन आ जाता। मगर सवाल पूरे दस हज़ार रुपये का था। चुनाँचे उसने पहलवान का खूब मज़ाक़ उड़ाया कि वह उसे बचकानी तसल्लियाँ दे रहा है। पहलवान ने यह लान-तान ख़ामोशी से बरदाश्त की और चला गया। दूसरे दिन आया तो उसका सिंगरफ जैसा चेहरा जर्द था। ऐसा मालूम होता था कि वह रोगी शय्या से उठकर आया है। सिर न्योढ़ाकर उसने अपने डब में से रूमाल निकाला जिसमें सौ-सौ के कई नोट थे और सलाहो से कहा, "ले लो...ले आया हूँ।"

सलाहो ने नोट गिने पूरे दस हज़ार थे। टुकुर-टुकुर पहलवान का मुँह देखने लगा। "ये रुपया कहाँ से पैदा किया तुमने?"

दूदा ने उदास लहज़े में जवाब दिया, "हो गया, पैदा कहाँ से..."

सलाहो कुर्की को भूल गया। इतने सारे नोट देखे तो उसके क़दम फिर अलमास के कोठे की तरफ उठने लगे। मगर पहलवान ने उसे रोका।

"नहीं बाऊ...अलमास के पास न जाओ। यह रुपया कुर्की वालों को दे दो।"

सलाहो ने बिगड़े हुए बच्चे की तरह कहा, "क्यूँ?...मैं जाऊँगा अलमास के पास।"

दूदा ने कड़े लहज़े में कहा, "तू नहीं जाएगा...।"

सलाहो तैश में आ गया, "तू कौन होता है मुझे रोकने वाला?"

दूदा की आवाज़ नर्म हो गई, "मैं तेरा गुलाम हूँ, बाऊ...पर अब अलमास के पास जाने का कोई फ़ायदा नहीं।"

"क्यों?"

दूदा की आवाज़ में लर्जिश-सी पैदा हो गई, "न पूछो, बाऊ, यह रुपया मुझे उसी ने दिया है।"

सलाहो क़रीब-क़रीब चीख उठा, "यह रुपया अलमास ने दिया है...तुम्हें दिया है।"

"हाँ, बाऊ! उसी ने दिया है। मुझ पर बहुत देर से मरती थी साली, पर मैं उसके हाथ नहीं आता था। तुझ पर तकलीफ़ का वक़्त आ गया तो मेरे मन ने कहा, "दूदा छोड़ अपनी कसम को। तेरा बाऊ तुझसे कुर्बानी माँगता है। सो मैं कल रात उसके पास गया और...और उससे सौदा कर लिया।"

दूदा की आँखों से टप-टप आँसू गिरने लगे।

❑

मेरा नाम राधा है

यह उस समय की घटना है जब उस लड़ाई का नामोनिशान भी न था। शायद आठ-नौ बरस पहले की बात है जब ज़िंदगी में हंगामे बड़े सलीके से आते थे। आजकल की तरह नहीं कि बेहंगम तरीक़े बेमतलब के लड़ाई-झगड़े और घटनाएँ होते हैं।

उस समय मैं चालीस रुपया माहवार पर एक फ़िल्म कंपनी में नौकर था, और मेरी ज़िंदगी बड़े हमवार तरीक़े से उफ़्ता-ओ-ख़ेजां गुज़र रही थी। यानी प्रात: दस बजे स्टूडियो पर गए। नियाज़ मुहम्मद विलेन की बिल्लियों को दो पैसे का दूध पिलाया। चालू फ़िल्म के लिए चालू क़िस्म के संवाद लिखे। बंगाली ऐक्ट्रेस से, जो उस ज़माने में बंगाल की बुलबुल कहलाती थी, थोड़ी देर मज़ाक़ किया और दादा गोरे की जो उस स्थान का सबसे बड़ा फ़िल्म डायरेक्टर था, थोड़ी-सी ख़ुशामद की और घर चले आए।

जैसाकि मैं बतला चुका हूँ कि ज़िंदगी की गाड़ी बड़ी नर्मी से आहिस्ता-आहिस्ता गुज़र रही थी। स्टूडियो का मालिक हरमुज्जी फ्रामजी जो मोटे-मोटे लाल गालोंवाला मौजी क़िस्म का ईरानी था, एक अधेड़ उम्र की ख़ोज़ा ऐक्ट्रेस के प्रेम में फँसा हुआ था। हर नई लड़की के स्तन टटोलकर देखना उसका काम था। कलकत्ता के बऊ बाजार की एक मुसलमान वेश्या थी—जो अपने डायरेक्टर, साउंड रिकार्डिस्ट और स्टोरी राइटर तीनों के साथ इश्क़ लड़ा रही थी। उस इश्क़ का असल में मतलब यह था कि उन तीनों का प्रेम उसके लिए विशेष रूप से मौजूद रहे।

'बन की सुंदरी' की शूटिंग चल रही थी। नियाज़ मुहम्मद विलेन की जंगली-बिल्लियों को जो उसने ख़ुदा मालूम स्टूडियो के लोगों पर क्या असर पैदा करने के लिए पाल रखी थीं, दो पैसे का दूध पिलाकर मैं हर रोज़ उस 'बन की सुन्दरी' के लिए मुश्किल भाषा में संवाद लिखा करता था। उस फ़िल्म की कहानी क्या थी, प्लाट कैसा था, स्पष्ट है कि इसका पता मुझे कुछ नहीं था। क्योंकि उस ज़माने में, मैं एक मुंशी था—जिसका काम केवल

आज्ञा मिलने पर जो कुछ कहा जाए ग़लत-सलत उर्दू में—जो डायरेक्टर साहब की समझ में आ जाए पेंसिल से एक काग़ज़ पर लिखकर देना होता था। ख़ैर, 'बन की सुंदरी' की शूटिंग चल रही थी और अफ़वाह यह थी कि 'दलीप' का पार्ट अदा करने के लिए एक नया चेहरा सेठ हरमुज़जी फ्राम जी कहीं से ला रहे हैं। हीरो का पार्ट राजकिशोर को दिया गया था।

राजकिशोर रावलपिंडी का एक सुंदर स्वस्थ युवक था। उसके शरीर के बारे में लोगों का ख़्याल था कि बहुत मरदाना और सुडौल है। मैंने कई बार उसके बारे में गौर किया लेकिन मुझे उसके शरीर में जो कि निश्चय ही कसरती और गठीला था, कोई खिंचाव नज़र न आया। लेकिन उसका कारण यह भी हो सकता है कि मैं बहुत ही दुबला और मरियल क़िस्म का आदमी हूँ और अपने भाई-बन्दों के शरीरों की निरख-परख करने का इतना आदी नहीं जितना उनके दिल-दिमाग़ और आत्मा के बारे में सोचने का आदी हूँ।

मुझे राजकिशोर से घृणा नहीं थी, इसलिए कि मैंने अपनी उम्र में शायद ही किसी आदमी से घृणा की है। लेकिन वह मुझे कुछ ज़्यादा पसंद नहीं था। इसका कारण मैं आहिस्ता-आहिस्ता बताऊँगा।

राजकिशोर की भाषा एवं बोलचाल का तरीका ठेठ रावलपिंडी का थे, जो कि मुझे बहुत ही पसंद था। मेरा विचार है कि पंजाबी भाषा में यदि कहीं बढ़िया शेर मिलते हैं तो वे रावलपिंडी की भाषा में ही आपको मिल सकते हैं। उस शहर की भाषा में एक अजीब तरह का मरदानापन है, जिसमें भारी आकर्षण और मिठास है। यदि रावलपिंडी की कोई स्त्री आपसे बात करें तो ऐसा लगता है कि मीठे आम का रस आपके मुँह में चुआया जा रहा है। लेकिन मैं आमों की नहीं राजकिशोर की बात कर रहा था, जो मुझे आम से बहुत कम प्रिय था। राजकिशोर जैसा कि मैं कह चुका हूँ, सुंदर एवं स्वस्थ युवक था। यहाँ तक बात ख़त्म हो जाती तो मुझे कोई आपत्ति नहीं होती, लेकिन परेशानी यह थी कि उसे यानी राजकिशोर को ख़ुद अपने स्वास्थ्य और सौंदर्य का ज्ञान था, ऐसा ज्ञान जो कम-से-कम मेरे लिए स्वीकार्य नहीं था।

स्वस्थ होना बहुत अच्छी चीज़ है, किंतु अपने स्वास्थ्य को दूसरों पर बीमारी बनाकर लादना बिलकुल दूसरी चीज़ है। राजकिशोर को यही बड़ा बुरा मर्ज़ था कि वह अपना स्वास्थ्य, अपना सुडौलपन, प्रदर्शित कर-करके दूसरे कमज़ोर लोगों को अपमानित करने की कोशिश किया करता था।

इसमें कोई शक नहीं कि मैं दमा का मरीज़ हूँ, कमज़ोर हूँ मेरे एक फेफड़े में हवा खींचने की बहुत कम ताक़त है लेकिन ख़ुदा साक्षी है कि मैंने आज तक अपनी कमज़ोरी का प्रोपेगंडा नहीं किया। हालाँकि मुझे इसका पूरा-पूरा ज्ञान है कि आदमी अपनी कमज़ोरियों में इसी तरह फ़ायदा उठा सकता है जिस तरह कि अपनी ताक़त से उठा सकता है। लेकिन मेरा ईमान है कि हमें ऐसा नहीं करना चाहिए।

सौंदर्य मेरे लिए वह सौंदर्य है जिसकी लोग चिल्ला-चिल्लाकर नहीं वरन मन ही मन में प्रशंसा करें।

मैं उस सेहत को बीमारी समझता हूँ जो कि निगाहों के साथ पत्थर बनकर टकराती रहे।

राजकिशोर में ये सब सौंदर्य मौजूद थे जो एक युवक में होने चाहिए। लेकिन मुझे दुख है कि उसे उन सौंदर्यों का बहुत ही भौंडा प्रदर्शन करने की आदत थी। आपसे बात कर रहा है और अपने एक बाजू के पट्ठे अकड़ा रहा है और ख़ुद ही दाद दे रहा है। बहुत ही गंभीर वार्ता हो रही है, यानी स्वराज की बात छिड़ी है और वह अपने खादी कुर्ते की बटन खोलकर अपने वक्ष की चौड़ाई का अंदाज़ा कर रहा है।

मैंने खादी के कुर्ते का ज़िक्र किया तो मुझे याद आया कि राजकिशोर पक्का कांग्रेसी था। हो सकता है कि वह इसी कारण से खादी के कपड़े पहनता हो। लेकिन मेरे दिल में हमेशा इस बात की खटक रही है कि उसे अपने देश से इतना प्यार नहीं था, जितना कि उसे स्वयं से था।

बहुत लोगों का ख़याल था कि राजकिशोर के बारे में जो मैंने राय क़ायम की है बिलकुल ही ग़लत थी। इसलिए कि स्टूडियो और स्टूडियो के बाहर हर आदमी उसके शरीर, विचारों और सादगी का प्रशंसक था। यही नहीं उसकी भाषा जो रावलपिंडी की थी, दूसरों के साथ-साथ मुझे भी पसंद थी।

दूसरे ऐक्टरों की तरह वह अलग-अलग रहने का आदी नहीं था। कांग्रेस पार्टी का कोई जलसा होता तो राजकिशोर को वहाँ आप ज़रूर मौजूद पाएँगे। कोई साहित्यिक गोष्ठी हो रही है तो राजकिशोर ज़रूर पहुँचेगा। अपने व्यस्त जीवन में से वह अपनी जान-पहचान और दुख-दर्द वाले लोगों के लिए भी समय निकाल लिया करता था।

सारे फ़िल्म प्रोड्यूसर उसकी इज़्ज़त करते थे क्योंकि उसके चाल-चलन की पवित्रता की बहुत प्रसिद्धि थी। फ़िल्म प्रोड्यूसरों को छोड़िए, पब्लिक को भी इस बात का अच्छा ज्ञान था कि राजकिशोर बहुत ही अच्छे चरित्र का आदमी है।

फ़िल्मी दुनिया में रहकर पाप के धब्बों से बचे रहना किसी भी आदमी के लिए बहुत बड़ी बात है। यों तो राजकिशोर एक सफल हीरो था, लेकिन उसके इस एक गुण ने भी उसे बहुत ऊँचा स्थान दिया था।

नागपाड़े में मैं जब शाम को पान वाले की दुकान पर बैठता था, तो प्रायः ऐक्टर और ऐक्ट्रसों की बातें हुआ करती थीं। लगभग सब ऐक्टर और ऐक्ट्रसों के संबंध में कोई न कोई स्कैंडल प्रसिद्ध था। लेकिन राजकिशोर का जब भी ज़िक्र आता तो श्यामलाल पनवाड़ी बड़े मज़ेदार लहज़े में कहा करता–"मंटो साहब, राज भाई ही एक ऐसा ऐक्टर है जो लंगोट का भारी पक्का है।"

मालूम नहीं श्यामलाल उसे राज भाई कैसे कहने लगा था, लेकिन उसके बारे में मुझे इतना अधिक आश्चर्य भी नहीं हुआ, इसलिए राज भाई की मामूली से मामूली बात भी एक कारनामा बनकर लोगों तक पहुँच जाती थी। उदाहरण के तौर पर बाहर के लोगों को उसकी आमदनी का पूरा-पूरा ज्ञान था। अपने बाप को महीने का खर्च क्या देता है, अनाथालयों को महीने का चंदा कितना देता है, उसका अपना जेब-खर्च क्या है–ये सब बातें लोगों को इस तरह मालूम थीं जैसे वे चीज़ें उन्हें जुबानी याद कराई गई हैं।

श्यामलाल ने एक दिन मुझे बताया कि राज भाई का अपनी सौतेली माँ के साथ बहुत ही अच्छा व्यवहार है। उस ज़माने में अब आमदनी का कोई ज़रिया नहीं था, बाप और उसकी नई बीवी उसे तरह-तरह के दुःख देते थे, लेकिन राज भाई की तारीफ़ है कि उन्होंने अपना कर्त्तव्य पूरा किया और उनको अपने सिर-आँखों पर जगह दी। अब दोनों पलंग पर बैठे राज करते हैं। हर रोज़ सुबह-सवेर राज अपनी सौतेली माँ के पास जाता है और उसके चरण छूता है, बाप के सामने हाथ जोड़कर खड़ा हो जाता है और जो आज्ञा मिले उसका तुरन्त पालन करता है।

आप बुरा न मानिए, मुझे हमेशा राजकिशोर की बड़ाई सुनकर उलझन-सी होती थी। ख़ुदा जाने क्यों? मैं जैसा पहले कह चुका हूँ मुझे उससे कोई ईर्ष्या

या घृणा नहीं थी। उसने मुझे कभी ऐसा मौका नहीं दिया था और उस ज़माने में जब मुंशियों की कोई इज़्ज़त-ओ-वक़अंत ही नहीं थी, वह मेरे साथ घंटों बातें किया करता था। मैं नहीं कह सकता कि क्या कारण था। लेकिन ईमान की बात है कि मेरे दिल-दिमाग़ के किसी अँधेरे कोने में यह शक बिजली की तरह कौंध जाता कि राज बन रहा है। राज की ज़िंदगी बिलकुल बनावटी है, लेकिन परेशानी यह थी कि मेरे विचारों का कोई नहीं था। लोग देवताओं की तरह उसकी पूजा करते थे और मैं दिल ही दिल में कुढ़ता था।

राज की बीवी थी। राज के चार बच्चे थे। वह अच्छा पति और अच्छा पिता था। उसकी ज़िंदगी पर से चादर का कोई भी कोना हटाकर देखा जाता तो आपको कोई धब्बेदार चीज़ नज़र न आती। यह सब कुछ था लेकिन उसके होते हुए भी मेरे दिल में बराबर शक बना रहता था।

ख़ुदा की क़सम मैंने अपने दिल को लानत-मलामत दी कि भई, तुम बड़े ही वाहियात हो कि ऐसे अच्छे आदमी को जिसे सारी दुनिया अच्छा कहती है और जिसके बारे में तुम्हें कोई शिकायत भी नहीं क्यों बेकार में शक की नज़रों से देखते हो। यदि एक आदमी अपना सुडौल बदन बार-बार देखता है तो यह कौन-सी बुरी बात है। तुम्हारा बदन भी यदि ऐसा ही ख़ूबसूरत होता तो बहुत संभव है कि तुम भी यही हरकत करते।

कुछ भी हो, लेकिन मैं अपने दिलो-दिमाग़ को कभी तैयार न कर सका कि वह राजकिशोर को उसी नज़र से देखूँ जिससे दूसरे देखते थे। यही कारण था कि मैं बातचीत के बीच में उससे उलझ जाया करता था। मेरी तबीयत के ख़िलाफ़ कोई बात की और मैं हाथ धोकर उसके पीछे पड़ गया। लेकिन ऐसी छुटपुट घटनाओं के बाद हमेशा उसके चेहरे पर मुस्कराहट और मेरे हलक में एक अवर्णनीय कड़वाहट रही। मुझे उससे और भी ज्यादा उलझन होती थी। इसमें कोई शक नहीं कि उसकी ज़िंदगी में कोई स्कैंडल नहीं था। अपनी बीवी के सिवा किसी दूसरी स्त्री का मैला या उजला दामन उससे बँधा नहीं था। मैं यह भी मानता हूँ कि वह सब ऐक्ट्रसों को बहन कहकर पुकारा करता था और वे भी उसे प्रत्युत्तर में भाई कहा करती थीं, लेकिन दिल ने हमेशा मेरे दिमाग़ में यही सवाल किया कि संबंध क़ायम करने की ऐसी ज्यादा ज़रूरत ही क्या है।

भाई-बहन का संबंध कुछ और है। लेकिन किसी स्त्री को अपनी बहन कहना उस भाव से जैसे यह बोर्ड लगाया जा रहा है कि 'सड़क बंद है' या 'यहाँ पेशाब करना मना है' बिलकुल दूसरी बात है।

यदि तुम किसी स्त्री से गहरा संबंध करना नहीं चाहते तो उसका ढिंढोरा पीटने की क्या ज़रूरत है। यदि तुम्हारे दिल में तुम्हारी बीवी के सिवा किसी स्त्री का ख़याल नहीं आ सकता तो उसका इशतहार देने की क्या ज़रूरत है। यह और इस तरह की दूसरी बातें चूँकि मेरी समझ में नहीं आती थीं इसलिए मुझे अजीब क़िस्म की उलझन होती थी।

खैर!

'बन की सुंदरी' की शूटिंग चल रही थी। स्टूडियो में ख़ासी चहल-पहल थी। हर रोज़ एक्स्ट्रा लड़कियाँ आती थीं जिनके साथ हमारा दिन हँसी-मज़ाक़ में गुज़र जाता था।

एक दिन नियाज़ मुहम्मद विलेन के कमरे में मेकअप मास्टर जिसे हम उस्ताद कहते थे, यह ख़बर लेकर आया कि वैम्प के रोल के लिए जो लड़की आने वाली थी, आ गई है और जल्दी काम शुरू हो जाएगा।

उस समय चाय का दौर चल रहा था। कुछ उसकी हरारत थी, कुछ इस ख़बर ने हमको गरमा दिया। स्टूडियो में एक नई लड़की का आना हमेशा ख़ुशी का समाचार हुआ करता है। इसलिए हम सब नियाज़ मुहम्मद विलेन के कमरे से निकलकर बाहर चले आए ताकि उसके दर्शन किए जा सकें।

शाम के वक़्त जब सेठ हरमुज़ जी फ्राम जी आफ़िस से निकलकर असली तबलची की चाँदी की डिबिया से दो खुशबूदार तंबाकू वाले पान निकालकर अपने चौड़े गले में दबाकर बिलियर्ड खेलने वाले कमरे का रुख़ कर रहे थे, कि हमें वह नई लड़की नज़र आई।

साँवले रंग की स्त्री थी, मैं केवल इतना ही देख सका, क्योंकि वह जल्दी-जल्दी सेठ के साथ हाथ मिलाकर स्टूडियो की मोटर में बैठकर चली गई कुछ देर के बाद नियाज़ मुहम्मद ने बताया कि उस स्त्री के होंठ मोटे थे। शायद वह केवल होंठ ही देख सका था। उस्ताद जिसने शायद इतनी झलक भी न देखी थी, सिर हिला कर बोला, 'हूँ...कंडम'–यानी बकवास है।

चार-पाँच दिन गुज़र गए, लेकिन वह नई लड़की स्टूडियो में नहीं आई। पाँचवें या छठे दिन जब मैं गुलाब के होटल से चाय पीकर निकल रहा था, अचानक मेरी और उसकी मुठभेड़ हो गई।

मैं हमेशा स्त्रियों को चार आँखों से देखने का आदी हूँ। यदि कोई स्त्री एकदम मेरे सामने आ जाए तो मुझे उसका कुछ भी नज़र नहीं आता। चूँकि अप्रत्याशित रूप से उसकी मेरी मुठभेड़ हुई थी इसलिए मैं उसकी शक्ल-सूरत के बारे में कोई अंदाज़ा नहीं कर सका। हाँ, पैर मैंने ज़रूर देखें जिनमें नई चाल के स्लीपर थे।

लेबोरेटरी से स्टूडियो तक जो रोड जाती है उस पर मालिकों ने बजरी बिछा रखी थी। उस बजरी में बेशुमार गोल-गोल पट्टियाँ हैं जिन पर से जूता बार-बार फिसलता है। चूँकि उसके पाँव में खुले स्लीपर थे, इसलिए चलने में उसे कुछ ज़्यादा तकलीफ़ हो रही थी।

उस मुलाक़ात के बाद धीरे-धीरे मिस नीलम से मेरी दोस्ती हो गई। स्टूडियो के लोगों को ख़ैर इसका ज्ञान नहीं था। लेकिन उसके साथ मेरे संबंध बहुत ही घनिष्ठ थे। उसका असली नाम 'राधा' था। मैंने जब एक बार उससे पूछा कि, तुमने इतना प्यारा नाम क्यों छोड़ दिया तो उसने जवाब दिया–"यों ही..." लेकिन फिर कुछ देर बाद कहा–"यह नाम इतना प्यारा है कि इसे फ़िल्म में इस्तेमाल नहीं करना चाहिए।"

आप शायद सोचें कि राधा धार्मिक प्रवृत्ति की स्त्री है। जी नहीं, उसका धर्म और उसकी तवहहुमात से दूर का भी नाता न था। लेकिन जिस तरह मैं हर नया काम शुरू करने से पहले काग़ज़ पर 'बिसमिल्लाह' अर्थात् जय प्रभु के दो शब्द ज़रूर लिखता हूँ, इसी तरह शायद उसे भी अनजाने में ही राधा नाम से अधिक प्रेम था।

चूँकि वह चाहती थी कि उसे राधा न कहा जाए इसलिए मैं आगे चलकर उसे नीलम ही कहूँगा। नीलम बनारस की वेश्या की पुत्री थी। वहाँ की बोलचाल और भाव में जो बहुत अच्छ मालूम होता था, मेरा नाम सआदत होने पर भी सादिक़ कहा करती थी। एक दिन मैंने उससे कहा था–"नीलम,

मैं जानता हूँ तुम मुझे सआदत कह सकती हो; फिर मेरी समझ में नहीं आता कि तुम अपनी ग़लती ठीक क्यों नहीं करती।" यह सुनकर उसके साँवले होंठों पर जो बहुत ही पतले थे, एक हलकी-सी मुस्कराहट आ गई और उसने जवाब दिया–"जो ग़लती मुझसे एक बार हो जाए, मैं उसे ठीक करने की कोशिश नहीं किया करती।"

मेरा ख़याल है कि बहुत कम लोगों को मालूम है कि वह स्त्री जिसे स्टूडियो के तमाम लोग एक मामूली ऐक्ट्रेस समझते थे, विचित्र प्रकार के गुणों की खान थी। उसमें दूसरी ऐक्ट्रेसों का-सा ओछापन बिलकुल नहीं था। उसकी गंभीरता, जिसे स्टूडियो का हर आदमी अपनी ऐनक से गलत रंग में देखता था, बहुत प्यारी चीज़ थी।

उसके साँवले चेहरे पर जिसकी त्वचा बहुत ही साफ़ और एक-सी थी यह गंभीरता, यह साफ़ तबीयत तथा प्रसन्न मुद्रा उसके हित में अहित बन गई थी। इसमें कोई शक नहीं, उससे उसकी आँखों में, उसके पतले होंठों के कोनों में दुख की बेमालूम तल्ख़ियाँ घुल गई थीं, लेकिन यही एक बात थी जिसने उसे दूसरी स्त्रियों से बिलकुल भिन्न बना दिया था।

मैं उस समय भी आश्चर्य में था और अब भी वैसा ही हैरान हूँ कि नीलम को 'बन की सुंदरी' में वैम्प के रोल के लिए क्यों चुना गया था, इसलिए कि उसमें तेज़ी औ तर्रारी नाम मात्र को भी न थी। जब वह पहली बार अपने वाहियात पार्ट को अदा करने के लिए तंग चोली पहनकर सेट पर आई तो मेरी निगाहों को बहुत दुख हुआ। वह दूसरों की स्थिति को तुरंत ही भाँप लिया करती थी, इसलिए मुझे देखते ही उसने कहा–"डायरेक्टर साहब कह रहे थे कि तुम्हारा पार्ट चूँकि शरीफ़ स्त्रियों का नहीं है इसलिए तुम्हें इस तरह की वेशभूषा दी गई है। मैंने उनसे कहा–यदि यह वेशभूषा है तो में आपके साथ नंगी चलने के लिए तैयार हूँ।"

मैंने उससे पूछा–"डायरेक्टर साहब ने यह सुनकर क्या कहा?" नीलम के होंठों पर एक अर्थपूर्ण हलकी मुस्कराहट खेल गई–"उन्होंने तसव्वर में मुझे नंगी देखना शुरू कर दिया...ये योग भी कितने अहमक़ हैं, यानी उस वेशभूषा में मुझे देखकर बेचारे को तसव्वर पर ज़ोर डालने की ज़रूरत ही

क्या थी?" सुदृढ़ मानसिक स्थिति के लिए नीलम का यह साहस ही काफ़ी था। अब मैं उन घटनाओं की ओर आता हूँ जिनकी मदद से मैं यह कहानी पूर्ण करना चाहता हूँ।

बंबई में जून के महीने से बारिश शुरू हो जाती है और सितंबर के मध्य तक जारी रहती है। पहले दो-ढाई महीनों में इतना अधिक पानी बरसता है कि स्टूडियो में काम नहीं हो सकता। 'बन की सुंदरी' की शूटिंग अप्रैल के अंत में हुई थी। जब पहली बारिश हुई तो हम अपना तीसरा सैट पूरा कर रहे थे। एक छोटा-सा सीन बाक़ी रह गया था जिसमें कोई विशेष काम नहीं था। इसलिए बारिश में भी हमने अपना काम जारी रखा। लेकिन जब यह काम ख़तम हो गया तो हम काफ़ी समय के लिए बेकार हो गए।

उस बीच में स्टूडियो के लोगों को एक-दूसरे के साथ मिलकर बैठने का मौका मिलता है। मैं लगभग सारे दिन गुलाब के होटल में बैठा चाय पीता रहता था। जो भी आदमी अंदर आता था या तो सारे का सारा भीगा होता था या आधा। बाहर की सब मक्खियाँ शरण लेने के लिए अंदर जमा हो जाती थीं। इतना गंदा दृश्य था कि जी बिगड़ता था। एक कुर्सी पर चाय छानने का कपड़ा पड़ा है तो दूसरी कुर्सी पर प्याज़ काटने की बदबूदार छुरी पड़ी झक मार रही है। गुलाब साहब पास खड़े हैं और अपने गोश्त लगे दाँतों के नीचे बंबई की रुई चबा रहे हैं–"तुम उधर जाने को नहीं सकता... हम उधर से जाके आया...बहुत लफड़ा होगा...हाँ... बड़ा बांदा हो जाएगा... "

उस होटल में जिसकी छत कोरोगेटेड स्टील की थी, सेठ हरमज़ जी फ़्राम जी, उनके साले एंडल जी और हीरोइनों के सिवा सब लोग आते थे। नियाज़ मुहम्मद को तो दिन में कई बार वहाँ आना पड़ता था, क्योंकि वह चुन्नी-मुन्नी नाम की दो बिल्लियाँ पाल रहा था। राजकिशोर दिन में एक चक्कर लगा जाता था। ज्यों ही वह अपने लंबे क़दावर कसरती बदन के साथ दरवाज़े पर आता मेरे सिवाय होटल में बैठे हुए तमाम लोगों की आँखें चमक उठतीं। एक्स्ट्रा लड़के उठ-उठकर राज भाई को कुर्सी देते और जब वह उनमें से किसी की दी हुई कुर्सी पर बैठ जाता तो वे सारे परवानों की तरह उसके चारों ओर जमा हो जाते। उसके बाद दो तरह की बातें सुनने में

आतीं। एक्स्ट्रा लड़कों की जुबान पर पुराने फ़िल्मों में राज भाई के काम की तारीफ़ की और ख़ुद राजकिशोर की जुबान पर उसके स्कूल छोड़कर कॉलेज और कॉलेज छोड़कर फ़िल्मी दुनिया में घुसने का इतिहास—चूँकि मुझे यह सब बातें जुबानी याद हो चुकी थीं इसलिए ज्यों ही राजकिशोर होटल में दाख़िल होता तो मैं उससे दुआ-सलाम करने के बाद बाहर चला जाता।

एक दिन जब बारिश थमी हुई थी और हरमज़ जी फ्राम जी का अलसेशियन कुत्ता नियाज़ मुहम्मद की दो बिल्लियों से डरकर गुलाब के होटल की ओर दुम दबाए भागा आ रहा था मैंने मौलसिरी के पेड़ के नीचे बने हुए गोल चबूतरे पर नीलम और राजकिशोर को बातें करते हुए देखा।

राजकिशोर खड़ा हुआ अपनी साधारण आदत के अनुसार धीमे-धीमे हिल रहा था, जिसका मतलब यह था कि वह अपने ख़याल के अनुसार बहुत ही दिलचस्प बातें कर रहा है। मुझे याद नहीं कि नीलम से राजकिशोर का परिचय कैसे और कब हुआ था। लेकिन नीलम तो उसे फ़िल्मी दुनिया में आने से पहले ही अच्छी तरह जानती थी और शायद एक-दो बार उसने मुझसे उसके अंदर स्वस्थ शरीर के बारे में ज़िक्र भी किया था।

मैं गुलाब होटल से निकलकर रिकार्डिंग रूम के छज्जे तक पहुँचा तो राजकिशोर ने अपने चौड़े कंधे पर से खादी का थैला एक झटके के साथ उतारा और उसे खोलकर एक मोटी कापी बाहर निकाली। मैं समझ गया—यह राजकिशोर की डायरी हैं।

प्रतिदिन सब कामों से निवृत्त होकर अपनी सौतेली माँ का आशीर्वाद लेकर राजकिशोर सोने से पहले अपनी डायरी लिखने का आदी है। यों तो उसे पंजाबी बोली बहुत प्रिय है, लेकिन वह रोज़नामचा अंग्रेज़ी में लिखता है जिसमें कहीं टैगोर के नाजुक स्टाइल की और कहीं गांधी के राजनीतिक ढंग की झलक नज़र आती है—उसकी लेखनी पर शेक्सपियर के ड्रामों का प्रभाव काफ़ी है। लेकिन मुझे उस स्टाइल में लिखनेवालों का व्यक्तित्व कभी नज़र नहीं आया। यदि यह डायरी आपको कभी मिल जाए तो आपको राजकिशोर की ज़िंदगी के दस-पंद्रह बरसों का हाल मालूम हो सकता है। उसने कितने रुपये चन्दे में दिए, कितने ग़रीबों को खाना खिलाया, कितने जुलूसों में भाग

लिया, क्या पहना, क्या उतारा—और यदि मेरा अंदाज़ ठीक है तो आपको उस डायरी के किसी पृष्ठ पर मेरे नाम के साथ पैंतीस रुपये भी नज़र आ जाएँगे जो मैंने उससे एक बार उधार लिए थे और इस विचार में अभी तक वापस नहीं किए कि वह अपनी डायरी में उनकी वापसी का ज़िक्र भी नहीं करेगा।

ख़ैर; वह नीलम को उस डायरी के कुछ पृष्ठ पढ़कर सुना रहा था। मैंने दूर से ही उसके ख़ूबसूरत होंठों की सिकुड़न से मालूम कर लिया कि शेक्सपियर के अंदाज़ में प्रभु की प्रार्थना कर रहा है।

नीलम मौलसिरी के पेड़ के नीचे गोल सीमेंट के बने चबूतरे पर चुपचाप बैठी थी। उसके चेहरे पर राजकिशोर के डायरी-पाठ से कोई परिवर्तन के चिह्न दृष्टिगोचर नहीं हो रहे थे।

वह राजकिशोर की उभरी हुई छाती की ओर देख रही थी। उसके कुर्ते के बटन खुले थे और सफ़ेद बटन पर उसकी छाती के काले बाल बहुत ही ख़ूबसूरत मालूम होते थे।

स्टूडियो में चारों ओर हर चीज़ सलीके से लगी थी। नियाज़ मुहम्मद की दो बिल्लियाँ भी जो आम तौर पर गंदी रहा करती थीं, उस दिन बहुत साफ़-सुथरी दिखाई दे रही थीं। वे दोनों सामने बेंच पर लेटी नरम-नरम पंजों से अपना मुँह धो रही थीं। नीलम जॉर्जट की बेदाग़ सफ़ेद साड़ी पहनी हुई थी। ब्लाउज़ सफ़ेद लिनन का था जो उसकी साँवली और सुडौल बाँहों के साथ बहुत ही अच्छा ख़ुशगवार और मद्धम सा तज़ाद पैदा कर रहा था

"नीलम इतनी मुख़्तलिफ़ (प्रभावरहित) क्यों दिखाई दे रही है?" एक क्षण के लिए यह प्रश्न मेरे दिमाग़ में पैदा हुआ और जब एकदम उसकी और मेरी आँखें चार हुईं तो मुझे उसकी निगाह के किरण-पुँज में अपने प्रश्न का उत्तर मिल गया—नीलम प्रेमपाश में बँध चुकी है। उसने हाथ के इशारे से मुझे बुलाया, थोड़ी देर इधर-उधर की बातें हुईं। जब राजकिशोर चला गया तो उसने मुझसे कहा—"आज आप मेरे साथ चलिएगा।" शाम को छह बजे मैं नीलम के मकान पर था। ज्यों ही हम अंदर पहुँचे, उसने अपना बैग सोफ़े पर फेंका और मुझसे नज़र मिलाए बिना कहा—"आपने जो कुछ सोचा है, ग़लत है।"

मैं उसका मतलब समझ गया था। इसलिए मैंने जवाब दिया—“तुम्हें कैसे मालूम हुआ कि मैंने क्या सोचा था?” उसके पतले होंठों पर अर्थपूर्ण धीमी-सी मुस्कराहट आ गई—“इसलिए कि हम दोनों ने एक ही बात सोची थी... आपने शायद बाद में ध्यान नहीं दिया, लेकिन मैं बहुत सोच-विचार के बाद इस नतीजे पर पहुँची हूँ कि हम दोनों ग़लत थे।”

“यदि मैं कहूँ कि हम दोनों सही थे?”

उसने सोफ़े पर बैठते हुए कहा—“तो हम दोनों बेवकूफ़ हैं।” यह कहकर तुरंत ही उसके चेहरे की संजीदगी और ज़्यादा बढ़ गई। “सादिक़, यह कैसे हो सकता है। मैं बच्ची हूँ जो मुझे अपने दिल का हाल मालूम नहीं—तुम्हारे विचार से मेरी उम्र क्या होगी?”

“बाईस बरस।”

“बिलकुल ठीक—लेकिन तुम नहीं जानते कि दस बरस की उम्र से मुझे प्रेम के अर्थ मालूम थे—अर्थ क्या हुआ जी, ख़ुदा की क़सम प्रेम करती थी। दस से लेकर सोलह बरस तक मैं एक खतरनाक प्रेम में बँधी रही हूँ। मेरे दिल में अब क्या ख़ाक किसी की मुहब्बत पैदा होगी...” यह कहकर उसने मेरे आश्चर्यचकित चेहरे की ओर देखा और उसी निराश भाव से कहा, “तुम भी कभी नहीं मानोगे, चाहे मैं तुम्हारे सामने अपना दिल निकालकर ही क्यों न रख दूँ, फिर भी तुम यक़ीन नहीं करोगे। मैं अच्छी तरह जानती हूँ। भई! ख़ुदा की क़सम, वह मर जाए तो तुमसे झूठ बोले...मेरे दिल में अब किसी की मुहब्बत पैदा नहीं हो सकती। लेकिन इतना ज़रूर है कि...” यह कहते-कहते वह एकदम रुक गई।

मैंने उससे कुछ न कहा क्योंकि वह भारी चिंता में डूब गई थी। वह शायद सोच रही थी कि ‘इतना ज़रूर’ क्या है?

थोड़ी देर के बाद उसके पतले होंठों पर वही हलकी अर्थपूर्ण मुस्कराहट आई जिससे उसके चेहरे की संजीदगी में थोड़ी-सी बुद्धिमानी की-सी शरारत पैदा हो जाती थी। सोफ़े पर से एक झटके के साथ उठकर उसने कहना शुरू किया, “मैं इतना ज़रूर कह सकती हूँ कि यह मुहब्बत नहीं है। कोई और बात हो तो मैं कह नहीं सकती...सादिक़, मैं तुम्हें यक़ीन दिलाती हूँ।”

मैंने तुरंत ही कहा, "यानी तुम अपने आपको यक़ीन दिलाती हो?"

वह जल गई–"तुम बहुत कमीने हो...कहने का एक ढंग होता है, आख़िर तुम्हें यक़ीन दिलाने की मुझे ज़रूरत ही क्या पड़ी है...मैं अपने आपको यक़ीन दिला रही हूँ। लेकिन परेशानी यह है कि आ नहीं रहा...क्या तुम मेरी मदद नहीं कर सकते?"...यह कहकर यह मेरे पास बैठ गई और दाहिने हाथ की उँगलियाँ पकड़कर मुझसे पूछने लगी, "राजकिशोर के बारे में तुम्हारा क्या विचार है–मेरा मतलब है कि तुम्हारे विचार के अनुसार राजकिशोर में वह कौन-सी चीज़ है जो मुझे पसंद आई है?" उँगलियाँ छोड़कर उसने एक-एक करके दूसरी उँगलियाँ पकड़नी शुरू कीं–"मुझे उसकी बातें पसंद नहीं–मुझे उसकी ऐक्टिंग पसंद नहीं–मुझे उसकी डायरी पसंद नहीं। न जाने आज क्या खुराफ़ात सुना रहा था।" ख़ुद ही तंग आकर वह उठ खड़ी हुई–"समझ में नहीं आता कि मुझे क्या हो गया है...बस केवल यह जी चाहता है कि एक शोर हो, बिल्लियों की लड़ाई की तरह शोर मचे, धूल उड़े और मैं पसीना-पसीना हो जाऊँ..." फिर एकदम वह मेरी ओर पलटी–"सादिक़, तुम्हारा क्या ख़याल है...मैं कैसी स्त्री हूँ?"

मैंने मुस्कराकर जवाब दिया, "बिल्लियाँ और औरतें हमेशा मेरी समझ में अच्छी रही हैं।"

उसने एकदम पूछा–"क्यों?"

मैंने थोड़ी देर सोचकर जवाब दिया, "हमारे घर में एक बिल्ली रहती थी। साल में एक बार उस पर रोने के दौरे पड़ते थे। उसका रोना-धोना सुनकर कहीं से एक बिलौटा आ जाया करता था। फिर उन दोनों में इतनी लड़ाई और ख़ून-ख़राबा होता था कि अलअमाँ लेकिन इसके बाद वह खाला बिल्ली चार बच्चों की माँ बन जाया करती थी।"

नीलम का मानो मुँह का स्वाद ख़राब हो गया–"थू...तुम कितने गंदे हो।" फिर थोड़ी देर के बाद इलायची से मुँह का स्वाद ठीक करने के बाद उसने कहा–"मुझे औलाद से नफ़रत है, ख़ैर हटाओ जी इस क़िस्से को।"

यह कहकर नीलम ने पानदान खोलकर अपनी पतली उँगलियों से मेरे लिए पान लगाना शुरू कर दिया। चाँदी की छोटी-छोटी कुल्हियों से उसने बड़ी नफ़ासत से चमची के साथ चूना और कत्था निकालकर फैले हुए पान पर लगाया और गिलौरी बनाकर मुझे दी–"सादिक़, तुम्हारा क्या विचार है?"

यह कहकर वह चुप हो गई। मैंने पूछा–"किस बारे में?"

उसने सरौते से भुनी हुई छालिया काटते हुए कहा–"इसी बकवास के बारे में जो बेकार में शुरू हो गई है–यह बकवास नहीं तो क्या है–यानी मेरी समझ में तो कुछ आता ही नहीं। ख़ुद ही फाड़ती हूँ और ख़ुद ही सीती हूँ।...यदि यह बकवास इसी तरह जारी रही तो न जाने क्या होगा...तुम नहीं जानते हो, मैं बहुत ज़बरदस्त औरत हूँ।"

"ज़बरदस्त से तुम्हारा क्या मतलब है?"

नीलम के होंठों पर वही हलकी अर्थपूर्ण मुस्कान आ गई–"तुम बड़े बेशर्म हो, सब कुछ समझते हो लेकिन बारीक-बारीक चुटकियाँ लेकर मुझे उकसाओगे ज़रूर..." यह कहते हुए उसकी आँखों की सफ़ेदी गुलाबी रंगत में बदल गई। "तुम, समझते क्यों नहीं कि मैं बहुत गरम मिज़ाज की औरत हूँ।" यह कहकर वह उठ खड़ी हुई–"अब तुम जाओ–मैं नहाना चाहती हूँ।"

मैं चला गया।

इसके बाद बहुत दिनों तक नीलम ने राजकिशोर के बारे में मुझसे कुछ न कहा। लेकिन उस बीच हम दोनों एक-दूसरे के विचारों से परिचित थे। जो कुछ वह सोचती थी, मुझे मालूम हो जाता था और जो कुछ मैं सोचता था, उसे मालूम हो जाता था। कई दिन तक यही मौन विनिमय जारी रहा।

एक दिन डायरेक्टर कृपलानी, जो 'बन की सुंदरी' बना रहा था, हीरोइन का रिहर्सल सुन रहा था। हम सब म्यूज़िक रूम में जमा थे। नीलम एक कुर्सी पर बैठी अपने पाँव की गति से धीमे-धीमे ताल दे रही थी। एक बाज़ारू क़िस्म का गाना था लेकिन धुन अच्छी थी। जब रिहर्सल ख़त्म हुआ तो राजकिशोर कंधे पर खादी का थैला रखे कमरे में घुसा। डायरेक्टर कृपलानी म्यूज़िक डायरेक्टर घोष, साउंड रिकार्डिस्ट पी० एन० मोघा, इन सबको उसने अंग्रेज़ी में आदाब किया। हीरोइन मिस ईदनबाई को हाथ जोड़कर नमस्कार किया और कहा–"ईदन बहन, कल मैंने आपको क्राफर्ड मार्किट में देखा, मैं तब आपकी भाभी के लिए मौसंबियाँ ख़रीद रहा था कि आपकी मोटर नज़र आई..." हिलते-हिलते उसकी नज़रें नीलम पर पड़ीं जो पियानो के पास एक ऊँची कुर्सी में धँसी हुई थी। एकदम उसके हाथ नमस्कार के लिए उठे। यह

देखते ही नीलम उठ खड़ी हुई। "राज साहब, मुझे बहन न कहिएगा।" नीलम ने यह बात इस ढंग से कही कि म्यूज़िक रूम में बैठे हुए सब आदमी एक क्षण के लिए स्तब्ध रह गए। राजकिशोर खिसियाना-सा हो गया और केवल इतना कह सका–"क्यों?" नीलम जवाब दिए बिना बाहर निकल गई।

तीसरे दिन मैं नागपाड़े में दोपहर के समय श्यामलाल पनवाड़ी की दुकान पर गया तो वहाँ उसी घटना के बारे में चर्चाएँ हो रही थीं।

श्यामलाल बड़े मज़ेदार तरीक़े से कह रहा था–"साली का अपना मन मैला होगा नहीं तो राज भाई किसी को बहन कहे और यह बुरा माने...कुछ भी हो, उसकी इच्छा कभी पूरी नहीं होगी। राज भाई लंगोट का बहुत पक्का है।"

राज भाई के लंगोट से मैं बहुत तंग आ गया था, लेकिन मैंने श्यामलाल से कुछ न कहा और चुप बैठा उसकी और उसके मित्र ग्राहकों की बातें सुनता रहा, जिनमें अतिशयोक्ति अधिक और असलियत बहुत कम थी।

स्टूडियो में उस म्यूज़िक रूम की घटना का सबको पता था और तीन रोज़ से बातचीत का विषय केवल यही चीज़ बन रही थी कि राजकिशोर को मिस नीलम ने क्यों एकदम बहन कहने से मना किया। मैंने राजकिशोर से उस बारे में कुछ न कुछ सुना, लेकिन उसके एक मित्र से मालूम हुआ कि उसने अपनी डायरी में उस पर बहुत ही मजेदार रिमार्क लिखा है–और प्रार्थना की है कि मिस नीलम का दिल-दिमाग़ पाक-साफ़ हो जाए।

इस घटना को कई दिन गुज़र गए लेकिन कोई और विशेष बात न हुई। नीलम पहले से कुछ ज़्यादा गंभीर हो गई थी और राजकिशोर के कुर्ते के बटन अब हर समय खुले रहते थे, जिससे उसकी सफ़ेद और उभरी हुई छाती के काले बाल बाहर झाँकते रहते थे।

चूँकि एक-दो रोज़ से बारिश थमी हुई थी और 'बन की सुंदरी' का चौथे सेट का रंग सूख गया था, इसलिए डायरेक्टर कृपलानी ने नोटिस बोर्ड पर सूटिंग का ऐलान कर दिया। वह सीन जो अब लिया जाने वाला था, नीलम और राजकिशोर के बीच था अर्थात् दोनों को भाग लेना था। चूँकि मैंने ही उसके संवाद लिखे थे, इसलिए मुझे मालूम था कि राजकिशोर बातें करते-करते नीलम का हाथ चूमेगा।

इस सीन में चूमने की बिलकुल गुंजाइश नहीं थी। लेकिन चूँकि जनता की भावनाओं को उकसाने के लिए आम तौर पर फ़िल्मों में स्त्रियों को ऐसी वेशभूषा पहनाई जाती है जो लोगों की भावनाओं को भड़काए, इसलिए डायरेक्टर कृपलानी ने पुराने नुस्ख़े के मुताबिक़ चुंबन का यह टच रख दिया था।

जब शूटिंग शुरू हुई तो मैं धड़कते दिल के साथ सेट पर मौजूद था। राजकिशोर और नीलम का हाल क्या होगा, इस विचार से ही मेरे दिल में सनसनी की एक लहर दौड़ जाती थी। किंतु सारा सीन पुरा हो गया और कुछ न हुआ। हर संवाद के बाद एक थका देने वाली मनहूसियत के साथ आकाशदीप जलते और बुझते जाते, स्टार्ट और कट की आवाज़ें गरजतीं और शाम को जब सीन के क्लाईमेक्स का समय आया तो राजकिशोर ने बड़ी भावुकता से नीलम का हाथ पकड़ा, लेकिन कैमरे की ओर पीठ करके अपना हाथ चूमा और अलग कर दिया।

मेरा ख़याल था कि नीलम अपना हाथ खींचकर राजकिशोर के मुँह पर ऐसा चाँटा जड़ेगी कि रिकार्डिंग रूम में पी० एन० मोघा के कानों के परदे फट जाएँगे, लेकिन इसके विरुद्ध नीलम के पतले होंठों पर एक नीरस मुस्कान दिखाई दी। जिसमें स्त्री की कोमल भावनाओं का कोई चिह्न मौजूद न था।

मुझे भारी निराशा हुई थी। लेकिन मैंने उसका ज़िक्र नीलम से नहीं किया। दो-तीन दिन गुज़र गए और जब उसने भी मुझसे उस बारे में कुछ न कहा तो मैंने यह नतीजा निकाला कि उसे उस हाथ चूमने वाली बात की गंभीरता का ज्ञान नहीं था, वरना यों कहना चाहिए कि उसके बेफ़िक्र दिमाग़ में उसका ख़याल तक नहीं आया था और उसकी वजह सिर्फ़ यह हो सकती थी कि वह उस वक़्त राजकिशोर की जुबान से जो औरत को बहन कहने का आदी था, प्रेमालाप सुन रही थी।

नीलम का हाथ चूमने के बजाय राजकिशोर ने अपना हाथ क्यों चूमा था–क्या उसने बदला लिया था?...क्या उसने स्त्री को अपमानित करने की कोशिश की थी? ऐसे कई प्रश्न मेरे दिमाग़ में पैदा हुए, लेकिन कोई जवाब न मिला।

चौथे दिन जब में अपनी आदत के अनुसार नागपाड़े में श्यामलाल की दुकान पर गया तो उसने मुझसे शिकायत-भरे स्वर में कहा–"मंटो साहब, आप

तो हमें अपनी कंपनी की कोई बात सुनाते ही नहीं—आप बताना नहीं चाहते या फिर आपको कुछ मालूम नहीं होता...पता है, राज भाई ने क्या किया?"

इसके बाद उसने अपने तरीके से वह कहानी कहनी शुरू की कि 'बन की सुंदरी' में एक सीन था जिसमें डायरेक्टर साहब ने राज भाई को मिस नीलम का मुँह चूमने का आर्डर दिया था, "ना साहब, मैं ऐसा काम कभी न करूँगा। मेरी अपनी पत्नी है, इस गंदी औरत का मुँह चूमकर क्या मैं उसके पवित्र होंठों से अपने होंठ मिला सकूँगा...बस साहब, तुरंत डायरेक्टर साहब को सीन बदलना पड़ा और राज भाई ने कहा, अच्छा भई, तुम मुँह न चूमो, हाथ चूम लो। लेकिन राज भाई ने भी कच्ची गोलियाँ नहीं खेलीं, जब वक़्त आया तो उसने इस सफ़ाई से अपना हाथ चूमा कि देखने वालों को यही मालूम हुआ कि उस माली का हाथ चूमा है।"

"मैंने उस बातचीत का ज़िक्र नीलम से नहीं किया, इसलिए कि जब वह सारे किस्से से ही बेख़बर थी तो उसे व्यर्थ दुखी करने से क्या लाभ।

बंबई में मलेरिया आम तौर से फैल जाता है। मालूम नहीं कौन-सा महीना था और कौन-सी तारीख़ थी। केवल इतना याद है कि 'बन की सुंदरी' का पाँचवाँ सेट लग रहा था और बारिश बड़े ज़ोरों पर थी कि नीलम अचानक बहुत तेज़ बुखार से ग्रस्त हो गई। चूँकि मुझे स्टूडियो में कोई काम नहीं था इसलिए में घंटों उसके पास बैठा उसकी तीमारदारी करता रहा। मलेरिया ने उसके चेहरे के साँवलेपन में एक अजीब क़िस्म का दुखदायी पीलापन पैदा कर दिया था...उसकी आँख और उसके पतले होंठों के कोनों में जिनमें अवर्णनीय मुस्कराहट खेलती थी, अब उनमें बेबसी की झलक दिखाई देती थी।

कुनैन के टीकों से उसका शरीर काफ़ी कमज़ोर हो गया था, इसलिए उसे अपनी कमज़ोर आवाज़ को ज़ोर लगाकर ऊँचा उठाना पड़ता था। उसका विचार था कि शायद मेरे कान भी ख़राब हो गए हैं।

एक दिन जब उसका बुखार बिलकुल दूर हो गया और वह बिस्तर पर लेटी नम्र स्वर में ईदन बाई की बीमारी में सहायक होने का धन्यवाद दे रही थी, तभी नीचे से मोटर के हॉर्न की आवाज़ आई। मैंने देखा कि वह आवाज़ सुनकर नीलम के बदन पर एक ठंडी फुरफुरी-सी दौड़ गई।

थोड़ी देर बाद कमरे का संगीन सागवानी दरवाज़ा खुला और राजकिशोर शादी के सफ़ेद कुर्ते और तंग पायजामे में अपनी पुरानी क़िस्म की बीवी के साथ कमरे में घुसा। ईदन बाई को ईदन बहन कहकर सलाम किया। मेरे साथ हाथ मिलाया और अपनी बीवी को जो तीखे-तीखे कट वाली घरेलू क़िस्म की स्त्री थी, हम सबसे परिचित कराकर वह नीलम के पलंग पर बैठ गया। कुछ क्षणों तक वह यों ही मुस्कराता रहा, फिर उसने नीलम की ओर देखा और पहली बार उसकी धुली हुई आँखों में एक भारी भावुकता का बेड़ा तिरता हुआ देखा।

मैं अभी पूरी तरह सँभल भी न पाया था कि उसने क्षमा याचना के भाव से कहना शुरू किया–"मैं बहुत दिनों से इरादा कर रहा था कि आपकी बीमारी की हालत देखने आऊँ, लेकिन इस कमबख़्त मोटर का इंजन कुछ ऐसा ख़राब हुआ कि दस दिन कारखाने में पड़ी रही। आज आई तो मैंने (अपनी बीवी की ओर इशारा करके) शांति से कहा–"भई चलो, इसी वक़्त उठो–रसोई का काम कोई और कर लेगा, आज इत्तफ़ाक़ से रक्षाबन्धन का त्यौहार भी है"–नीलम बहन की कुशलता भी पूछ आएँगे और उनसे राखी भी बँधवाएँगे, यह कहकर उसने अपने खादी के कुर्ते से एक रेशमी फुँदने वाला गजरा निकाला–नीलम के चेहरे पर पीलापन और ज्यादा दुखदायी हो गया।

राजकिशोर जान-बूझकर नीलम की ओर नहीं देख रहा था, इसलिए उसने ईदन बाई से कहा–"लेकिन ऐसे नहीं, ख़ुशी का मौक़ा है, बहन बीमार बनकर राखी नहीं बाँधेगी...शांति, चलो उठो...इनको लिपस्टिक आदि लगाओ। मेकअप-बॉक्स कहाँ है...?"

सामने मेंटल पीस पर नीलम का मेकअप-बॉक्स पड़ा था। राजकिशोर ने लंबे-लंबे पग उठाये और उसे ले आया। नीलम चुप थी। उसके पतले होंठ भिंच गये थे, जैसे वह अपनी चीख बड़ी मुश्किल से रोक रही थी।

जब शांति ने पतिव्रता स्त्री की भाँति उठकर नीलम का मेकअप करना चाहा, तो उसने कोई प्रतिवाद न किया। ईदन बाई ने एक बेजान लाश को सहारा देकर उठाया और जब शांति ने बहुत ही बेढंगेपन से होंठों पर लिपस्टिक लगाना शुरू किया तो वह मेरी ओर देखकर मुस्कराई...नीलम की वह मुस्कराहट एक मौन चीख थी।

मेरा ख़याल था–नहीं मुझे यक़ीन था कि एकदम कुछ होगा...नीलम के भिंचे हुए होंठ एक धमाके के साथ बंद हो गए और जिस तरह बरसात में पहाड़ी नाले बड़े-बड़े मज़बूत बंध तोड़कर दीवानों की तरह आगे बढ़ जाते हैं, उसी तरह नीलम अपनी रुकी हुई भावुकता के तूफ़ानी बहाव में हम सबके क़दम उखाड़कर ख़ुदा जाने किन गहराइयों में धकेल ले जाएगी। लेकिन आश्चर्य है कि वह बिलकुल चुप रही–उसके चेहरे का दुखदायी पीलापन गजरे और लाली के ढेर में छिपता रहा और वह पत्थर की मूर्ति की भाँति बेबस बनी रही। अंत में जब मेकअप पूरा हो गया तो उसने राजकिशोर से आश्चर्यजनक रूप से दृढ़तापूर्वक कहा–“लाइए, अब मैं राखी बाँध दूँ।”

रेशमी कुंदनों वाला गजरा थोड़ी देर में राजकिशोर की कलाई में था और नीलम जिसके हाथ काँपने चाहिए थे, बड़े धैर्य और शांति के साथ उसमें गाँठ दे रही थी। इस कार्य के बीच में एक बार फिर मुझे राजकिशोर की धुली हुई आँखों में एक कोमल भावुकता की झलक नज़र आई जो तुरंत ही उसकी हँसी में ग़ायब हो गई।

राजकिशोर ने एक लिफ़ाफ़े में रीति के अनुसार नीलम को कुछ रुपये दिए जो उसने धन्यवाद देकर अपने तकिये के नीचे रख लिये–जब वे लोग चले गए, मैं और नीलम अकेले रह गए तो उसने मुझ पर एक उजड़ी नज़र हुई निगाह डाली, और तकिये पर सिर रखकर चुपचाप लेट गई। पलंग पर राजकिशोर अपना थैला भूल गया था। जब नीलम ने उसे देखा तो पाँव से एक ओर रख दिया। मैं लगभग दो घंटे तक उसके पास अखबार पढ़ता रहा। जब उसने कोई बात न की, तो मैं बिना पूछे चला गया।

इस घटना के तीन दिन बाद मैं नागपाड़े में अपनी नौ रुपये माहवार की कोठरी में बैठा शेव कर रहा था और दूसरी कोठरी में अपनी साथिन मिसेज फ़र्नेंडिज़ की गालियाँ सुन रहा था कि एकदम कोई अंदर आया। मैंने पलटकर देखा, नीलम थी। एक क्षण के लिए मैंने सोचा कि नहीं कोई और है–उसके होंठों पर गहरे लाल रंग की लिपस्टिक कुछ इस तरह फैली हुई थी जैसे मुँह से ख़ून निकलकर बहता रहा और पोंछा नहीं गया–सिर का एक बाल भी सही

हालत में नहीं था। सफ़ेद साड़ी की बूटियाँ अड़ी हुई थीं। ब्लाउज़ के तीन-चार हुक खुले हुए थे और उसकी साँवली छातियों पर ख़राशें नज़र आ रही थीं।

नीलम को उस हालत में देखकर मुझसे पूछा ही न गया कि तुम्हें क्या हुआ है... और मेरी कोठरी का पता लगाकर कैसे पहुँची हो।

पहला काम मैंने यह किया कि दरवाज़ा बंद कर दिया। जब मैं कुर्सी खींचकर उसके पास बैठा तो उसने अपने लिपस्टिक से लिथड़े हुए होंठ खोले और कहा–“मैं सीधी यहाँ आ रही हूँ।”

मैंने धीमे से पूछा–“कहाँ से?”

“अपने घर से...और मैं तुमसे यह कहने आई हूँ कि अब वह जो बकवास शुरू हुई थी, ख़तम हो गई है।”

“कैसे?”

“मुझे मालूम था कि वह फिर मकान पर आएगा। उस वक़्त जब और कोई नहीं होगा। और वह आया...अपना थैला लेने के लिए”–यह कहते हुए उसके पतले होंठों पर जो लिपस्टिक ने बिलकुल बेशक्ल कर दिये थे, हलकी-सी अर्थपूर्ण मुस्कराहट आई। “वह अपना थैला लेने आया था–मैंने कहा चलिए दूसरे कमरे में पड़ा है। मेरा भाव शायद बदला हुआ था क्योंकि वह कुछ घबरा-सा गया...मैंने कहा, घबराइए नहीं...जब हम दूसरे कमरे में घुसे तो मैं थैला देने के बजाय ड्रेसिंग टेबल के सामने बैठ गई और मेकअप करना शुरू कर दिया।” इतना कहकर वह चुप हो गई–सामने मेरी टूटी हुई मेज़ पर शीशे के गिलास में पानी पड़ा था। उसे उठाकर नीलम गटागट पी गई। और साड़ी के छोर से अपने होंठ पोंछकर उसने कहना जारी किया–“मैं एक घंटे तक मेकअप करती रही। जितनी लिपस्टिक होंठों पर थोप सकती थी, मैंने थोपी...जितनी लाली मेरे गालों पर चढ़ सकती थी, मैंने चढ़ाई। वह चुप एक कोने में मेरी शक्ल देखता रहा।

जब मैं बिलकुल चुड़ैल बन गई तो मज़बूत पैरों के साथ चलकर मैंने दरवाज़ा बन्द कर दिया।”

“फिर क्या हुआ?”

मैंने जब अपने सवाल का जवाब पाने के लिए नीलम की ओर देखा तो वह मुझे बिलकुल दूसरी नज़र आई। साड़ी से होंठ पोंछने के बाद उसके होंठों की रंगत कुछ अजीब-सी हो गई थी। इसके अलावा उसका भाव उतना ही दबा हुआ था, जितना लाल गरम किए हुए लोहे का, जिसे हथौड़े से पाटा जा रहा हो–उस समय तो वह चुड़ैल नज़र नहीं आ रही थी। लेकिन जब उसने मेकअप किया होगा तो ज़रूर चुड़ैल दिखाई देती होगी।

मेरे प्रश्न का जवाब उसने तुरंत ही नहीं दिया–टाट की चारपाई से उठकर वह मेरी मेज़ पर बैठ गई और कहने लगी–“मैंने उसको झँझोड़ दिया...जंगली बिल्ली की तरह मैं उसके साथ चिपट गई। उसने मेरा मुँह नोचा, मैंने उसका... बहुत देर तक हम दोनों एक-दूसरे के साथ कुश्ती लड़ते रहे...ओह...उसमें बला की ताक़त थी...लेकिन लेकिन...जैसा कि मैं तुमसे एक बार कह चुकी हूँ...मैं बहुत ज़बरदस्त औरत हूँ...मेरी कमज़ोरी...वह कमज़ोरी जो मलेरिया ने पैदा की थी मुझे बिलकुल न मालूम हुई, मेरा शरीर तप रहा था। मेरी आँखों से चिंगारियाँ निकल रही थीं।...मेरी हड्डियाँ कड़ी हो रही थी। मैंने उसे पकड़ लिया–“मैंने उससे बिल्लियों की तरह लड़ना शुरू किया... मुझे मालूम नहीं था क्यों...मुझे पता नहीं था किसलिए...बिना सोचे-समझे उससे भिड़ गई...हम दोनों ने कोई भी ऐसी बात ज़ुबान से न निकाली जिसका मतलब कोई दूसरा समझ सके...मैं चीख़ती रही...वह केवल हूँ-हूँ करता रहा...उसके सफ़ेद खादी के कुर्ते की कई बोटियाँ मैंने उन उँगलियों से नोचीं...उसने मेरे बाल...कई लटें जड़ से निकाल डालीं...उसने अपनी सारी ताक़त ख़र्च कर दी। लेकिन मैंने इरादा कर लिया था कि विजय मेरी ही रहेगी...इसलिए वह कालीन पर मुर्दे की तरह लेटा था...और मैं इतनी हाँफ रही थी, ऐसा लगता था कि मेरी साँस एकदम रुक जाएगी...इतना हाँफते हुए भी मैंने उसके कुर्ते को चिंदी-चिंदी कर दिया। उस समय जब मैंने उसका चौड़ा चकला सीना देखा तो मुझे मालूम हुआ कि वह बकवास क्या थी...वही बकवास जिसके बारे में हम दोनों सोचते थे और कुछ समझ नहीं सकते थे...यह कहकर वह तेज़ी से उठ खड़ी हुई और अपने बिखरे हुए बालों को सिर के हिलाने से एक ओर हटाकर कहने

लगी–सादिक़, कमबख़्त का शरीर वास्तव में ही सुंदर है...जाने मुझे क्या हुआ...एकदम मैं उस पर झुकी और उसे काटना शुरू कर दिया...वह सी-सी करता रहा। लेकिन जब मैंने उसके होंठों से अपने लहू-भरे होंठ लगाए और उसे एक ख़तरनाक जलता हुआ चुंबन दिया तो वह फल बेचने वाली स्त्री की भाँति ठंडा हो गया...मैं उठ खड़ी हुई...मुझे उससे एकदम घृणा उत्पन्न हो गई...मैंने गौर से उसकी ओर नीचे देखा...उसके सुंदर शरीर पर मेरे ख़ून और लिपस्टिक की सुख़ीं ने बहुत बुरे बेल-बूटे बना दिये थे...मैंने अपने कमरे की ओर देखा तो हर चीज़ बनावटी नज़र आती।

इसलिए मैंने जल्दी से दरवाज़ा खोला कि शायद मेरा दम घुट जाएगा और सीधी तुम्हारे पास चली आई।

यह कहकर वह चुप हो गई...मुर्दे की तरह चुप। मैं डर गया। उसका एक हाथ जो चारपाई से नीचे लटक रहा था, मैंने छुआ, आग की तरह गरम था।

"नीलम...नीलम..."

मैंने कई बार उसे ज़ोर से पुकारा, लेकिन उसने कोई जवाब न दिया। आख़िर जब मैंने बहुत ज़ोर से भयानक आवाज़ में नीलम कहा तो वह चौंकी और उठकर जाते हुए उसने केवल यह कहा–"सआदत, मेरा नाम राधा है।"

बाबू गोपीनाथ

बाबू गोपीनाथ से मेरी मुलाक़ात सन् चालीस में हुई। उन दिनों मैं बंबई में एक साप्ताहिक पत्रिका एडिट किया करता था। दफ़्तर में अब्दुल रहीम सेनडो एक नाटे कद के आदमी के साथ दाख़िल हुआ। मैं उस व 'लीड' लिख रहा था। सेनडो ने अपने विशेष अंदाज़ में ऊँचे स्वर में मुझे आदाब किया और अपने साथी से परिचय कराया, "मंटो साहब, बाबू गोपीनाथ से मिलिए।"

मैंने उठकर उससे हाथ मिलाया। सेनडो ने अपने स्वभावानुसार प्रशंसाओं के पुल बाँधने शुरू कर दिए–"बाबू गोपीनाथ, तुम हिंदुस्तान के नंबर वन रायटर से हाथ मिला रहे हो। लिखता है तो धड़न तख़्ता हो जाता है लोगों का। ऐसी कंटीन्यूइटिली मिलाता है कि तबीयत साफ़ हो जाती है। पिछले दिनों वह क्या चुटकुला लिखा था आपने मंटो साहब, मिस ख़ुर्शीद ने कार ख़रीदी। अल्लाह बड़ा कारसाज़ है। क्यों बाबू गोपीनाथ, है न ऐंटी की पैंटी पो?"

अब्दुल रहीम सेनडो का बातें करने का अंदाज़ बिलकुल निराला था–कंटीन्यूइटिली, धड़न तख़्ता और ऐंटी की पैंटी पो–ऐसे शब्द उसके अपने गढ़े हुए थे, जिनको वह बातचीत में बेतकल्लुफ़ प्रयोग करता था। मेरा परिचय कराने के बाद वह बाबू गोपीनाथ की तरफ़ संबोधित हुआ, जो बहुत प्रभावित दिखाई देता था–"आप हैं बाबू गोपीनाथ, बड़े खाना-ख़राब, लाहौर से झक मारते-मारते बंबई तशरीफ़ लाए हैं साथ काश्मीर की एक कबूतरी है।"

बाबू गोपीनाथ मुस्कराया।

अब्दुल रहीम सेनडो ने परिचय को अपर्याप्त समझकर कहा, "नंबर वन बेवकूफ़ हो सकता है तो वह आप हैं। लोग इनको मस्का लगाकर रुपया बटोरते हैं। मैं सिर्फ़ बातें करके इनसे हर रोज़ पोल्सन बटर के दो पैकेट वसूल करता हूँ। बस मंटो साहब, ये समझ लीजिए कि बड़े एंटी फ़्लू ज़स्टेन क़िस्म के आदमी हैं। आप आज शाम को इनके फ्लैट पर ज़रूर तशरीफ़ लाएँ।"

बाबू गोपीनाथ ने, जो ख़ुदा मालूम क्या सोच रहा था, चौंककर कहा–"हाँ, हाँ, ज़रूर तशरीफ़ लाइए मंटो साहब!" फिर सेनडो से पूछा, "क्यों सेनडो, क्या आप कुछ उसका शगल करते हैं?"

अब्दुल रहीम सेनडो ने जोर से कहकहा लगाया, "अजी हर क़िस्म का शगल करते हैं। तो मंटो साहब, आज शाम को ज़रूर आइएगा। मैंने भी पीनी शुरू कर दी है इसलिए कि मुफ़्त मिलती है।"

सेनडो ने मुझे फ्लैट का पता लिख दिया, जहाँ मैं वायदे के अनुसार शाम के छह बजे के क़रीब पहुँच गया। तीन कमरे का साफ़-सुथरा फ्लैट था, जिसमें बिलकुल नया फर्नीचर सजा हुआ था। सेनडो और बाबू गोपीनाथ के अलावा बैठने वाले कमरे में दो मर्द और दो औरतें मौजूद थीं, जिनसे सेनडो ने मुझे परिचित कराया।

एक था गफ़्फ़ार साईं, तहमदपोश, पंजाब ठेठ साईं गले में मोटे-मोटे दानों की माला। सेनडो ने उसके बारे में कहा, "आप बाबू गोपीनाथ के लीगल एडवाइज़र है। मेरा मतलब समझ जाइए आप। हर आदमी जिसकी नाक बहती हो या जिसके मुँह से थूक निकलता हो, पंजाब में ख़ुदा को पहुँचा हुआ दरवेश बन जाता है। ये भी बस पहुँचे हुए हैं या पहुँचने वाले हैं। लाहौर से बाबू गोपीनाथ के साथ आए हैं, क्योंकि इन्हें वहाँ कोई और बेवकूफ़ मलने की उम्मीद नहीं थी। यहाँ आप बाबू साहब क्रेवन ए के सिगरेट और स्काच व्हिस्की के पैग पीकर दुआ करते रहते हैं कि अंत नेक हो।"

गफ़्फ़ार साईं यह सुनकर मुस्कराता रहा।

दूसरे मर्द का नाम गुलाम अली था। लंबा-तगड़ा जवान, कसरती बदन, मुँह पर चेचक के दाग़। उसके बारे में सेनडो ने कहा, "मेरा शागिर्द है। अपने उस्ताद के नक्शे-ए-क़दम पर चल रहा है। लाहौर की एक नामी वेश्या की कुँवारी-लड़की इस पर आशिक हो गई। बड़ी-बड़ी कंटीन्यूइटिलियाँ मिलाई गईं उसको फाँसने के लिए, मगर उसने कहा, 'डू और डाई'–मैं लंगोट का पक्का रहूँगा। एक तकिये में बातचीत करते, पीते हुए बाबू गोपीनाथ से मुलाक़ात हो गई। बस, उस दिन से उसके साथ चिमटा हुआ है। हर रोज़ क्रेवन ए का डिब्बा और खाना-पीना मुकर्रर है।"

यह सुनकर गुलाम अली भी मुस्कराता रहा।

गोल चेहरे वाली एक सुर्ख़-सफ़ेद औरत थी। कमरे में दाख़िल होते ही मैं समझ गया था कि यह वही काश्मीरी कबूतरी है, जिसके बारे में सेनडो

ने दफ़्तर में ज़िक्र किया था। बहुत साफ़-सुथरी औरत थी। बाल छोटे थे। ऐसा लगता था कटे हैं, किन्तु वास्तव में ऐसा नहीं था। आँखें साफ़ और चमकीली थीं। चेहरे की रेखाओं से स्पष्ट लगता था कि अत्यन्त अल्हड़ और अनुभवहीन है। सेनडो ने उससे परिचय कराते हुए कहा–"ज़ीनत बेगम। बाबू साहब प्यार से जीनो कहते हैं। एक बड़ी खुर्राट नायिका काश्मीर से यह सेब तोड़कर लाहौर ले आई। बाबू गोपीनाथ को अपनी सी० आई० डी० से पता चला और एक रात ले उड़े। मुक़दमेबाज़ी हुई और लगभग दो महीने तक पुलिस ऐश करती रही। आख़िर बाबू साहब ने मुक़दमा जीत लिया और इसे यहाँ ले आए–धड़न तख़्ता।"

अब गहरे साँवले रंग की औरत बाक़ी रह गई थी, जो ख़ामोश बैठी सिगरेट पी रही थी। आँखें लाल थीं जिनसे काफ़ी बेहयाई प्रकट हो रही थी। बाबू गोपीनाथ ने उसकी तरफ़ संकेत किया और सेनडो से कहा, "इसके विषय में भी कुछ हो जाए।"

सेनडो ने उस औरत की रान पर हाथ मारा और कहा–"जनाब, यह हैं टीन पीपटी, फ़िल-फ़िल फूटी, मिसेज़ अब्दुल रहीम सेनडो उर्फ़ सरदार बेगम–आप भी लाहौर की पैदावार हैं। सन् छत्तीस में मुझसे इश्क़ हुआ। दो वर्षों ही में मेरा धड़ तख़्ता करके रख दिया। मैं लाहौर छोड़कर भागा। बाबू गोपीनाथ ने इसे यहाँ बुलवा लिया ताकि मेरा मन लगा रहे। इसको भी एक डिब्बा क्रेवन ए का राशन में मिलता है। प्रतिदिन शाम को ढाई रुपये का मोर्फ़िया का इंजेक्शन लेती है। रंग काला है मगर वैसे बड़ी 'टिट फार टेट' क़िस्म की औरत है।"

सरदार ने एक अदा से कहा–"बकवास न करो।" इस अदा में पेशावर औरत की बनावट थी।

सबसे परिचय कराने के बाद सेनडो ने अपने स्वभावानुसार मेरी प्रशंसा के पुल बाँधने शुरू कर दिए। मैंने कहा–"छोड़ो यार, आओ कुछ बातें करें।"

सेनडो चिल्लाया–"ब्वॉय, व्हिस्की एंड सोडा–बाबू गोपीनाथ, लगाओ हवा एक हरे को।"

बाबू गोपीनाथ ने जेब में हाथ डालकर सौ-सौ के नोटों का एक पुलिंदा निकाला और एक नोट सेनडो के हवाले कर दिया। सेनडो ने नोट

लेकर उसकी तरफ़ गौर से देखा और लड़खड़ाकर कहा, ओ गॉड—ओ मेरे रब्ब-उल-आलमीन...वह दिन कब आएगा जब मैं भी लब लगाकर यूँ नोट निकाला करूँगा...जाओ भाई गुलाम अली, दो बोतलें जानी वॉकर स्टिल गोइंग स्ट्रांग की ले आओ।"

बोतलें आईं तो सबने पीना शुरू किया। यह शग़ल दो-तीन घंटे तक जारी रहा। इस दौरान में सबसे ज़्यादा बातें सामान्य तौर पर अब्दुल रहीम ने कीं। पहला गिलास एक ही साँस में ख़त्म करके वह चिल्लाया—धड़न तख़्ता, मंटो साहब, व्हिस्की हो तो ऐसी। हलक में उतरकर पेट में इंक़लाब ज़िंदाबाद लिखती चली गई है—जिओ, बाबू गोपीनाथ, जिओ!"

बाबू गोपीनाथ बेचारा ख़ामोश रहा। कभी-कभी अलबत्ता वह सेनडो की हाँ में हाँ मिला देता था। मैंने सोचा, इस शख़्स की अपनी कोई राय नहीं है, दूसरा जो भी कहे, मान लेता है। विश्वास के कच्चे होने का प्रमाण गफ़्फ़ार साईं मौजूद था जिसे वह सेनडो के कथनानुसार अपना लीगल एडवाइज़र बताकर लाया था। सेनडो का उससे वास्तव में यह मतलब था कि बाबू गोपीनाथ की उस पर श्रद्धा थी। यूँ भी मुझे वार्तालाप के दौरान मालूम हुआ कि लाहौर में उसका प्राय: वक़्त फ़क़ीरों और दरवेशों की संगत में कटता था। यह चीज़ मैंने विशेष रूप से नोट की कि वह खोया-खोया-सा था, कुछ सोच रहा है। अत: मैंने उससे एक बार कहा—"बाबू गोपीनाथ, क्या सोच रहे हैं आप?"

वह चौंक पड़ा, "जी, मैं...मैं...कुछ नहीं।" यह कहकर वह मुस्कराया और ज़ीनत की तरफ़ एक आशिक़ाना निगाह डाली—"उन हसीनों के बारे में सोच रहा हूँ—और हमें क्या सोच होगी।"

सेनडो ने कहा, "बड़े खाना-ख़राब हैं ये मंटो साहब, बड़े खाना-ख़राब हैं—लाहौर की कोई ऐसी वेश्या नहीं, जिसके साथ बाबू साहब की कंटीन्यूइटली न रह चुकी हो।"

बाबू गोपीनाथ ने यह सुनकर बड़े भौंडे ढंग के साथ कहा—"अब कमर में वह दम नहीं, मंटो साहब!"

उसके बाद वाहियात गुफ़्तगू शुरू हो गई। लाहौर की वेश्याओं के सब घराने गिने गए—कौन डेरादार थी? कौन नटनी थी? नथुनी उतारने का बाबू गोपीनाथ ने क्या दिया था वग़ैरा वग़ैरा। यह गुफ़्तगू सरदार, सेनडो, गफ़्फ़ार

साईं और गुलाम अली के बीच होती रही। ठेठ लाहौर के कोठों की भाषा में मतलब तो समझता रहा, मगर कुछ विशेष शब्द समझ में न आए।

ज़ीनत बिलकुल ख़ामोश बैठी रही। कभी-कभी किसी बात पर मुस्करा देती। मगर मुझे ऐसा महसूस हुआ कि उसे उस गुफ़्तगू से कोई दिलचस्पी नहीं थी। हलकी व्हिस्की का एक गिलास भी पिया, बिना किसी दिलचस्पी के। सिगरेट भी पीती थी तो मालूम होता था, उसको तम्बाकू और उसके धुएँ से कोई लगाव नहीं, लेकिन लुत्फ़ यह है कि सबसे ज़्यादा सिगरेट उसी ने पिये। बाबू गोपीनाथ से उसे मुहब्बत थी, इसका पता मुझे किसी बात से न मिला। इतना अलबत्ता प्रकट था कि बाबू गोपीनाथ को इनका काफ़ी ख़याल था क्योंकि ज़ीनत की सुविधा के लिए हर सामान उपलब्ध था। लेकिन एक बात मुझे मालूम हुई कि उन दोनों में कुछ अजीब-सा चाव था। मेरा मतलब है, वे दोनों एक-दूसरे के क़रीब होने की बजाय कुछ हटे हुए लगते थे।

आठ बजे के लगभग सरदार, डॉक्टर मजीद के घर चली गई, क्योंकि उसे मॉर्फ़िया का इंजेक्शन लेना था। गफ़्फ़ार साईं तीन पैग पीने के बाद अपनी तस्बीह (माला) उठाकर कालीन पर सो गया। गुलाम अली को होटल से खाना लेने के लिए भेज दिया गया। सेनडो ने अपनी दिलचस्प बकवास जब कुछ समय के लिए बंद की तो बाबू गोपीनाथ ने, जो अब नशे में था, ज़ीनत की ओर वही आशिक़ाना निगाह डालकर कहा–"मंटो साहब, मेरी ज़ीनत के बारे में आपका क्या ख़याल है?"

मैंने सोचा, क्या कहूँ? ज़ीनत की ओर देखा तो वह झेंप गई। मैंने ऐसे ही कह दिया–"बड़ा नेक ख़याल है?"

बाबू गोपीनाथ ख़ुश हो गया, "मंटो साहब, है भी बड़ी नेक। ख़ुदा की कसम, न ज़ेवर का शौक़ है न किसी और चीज़ का। मैंने कई बार कहा जानेमन, मकान बनवा दूँ? जवाब क्या दिया, मालूम है आपको?–क्या करूँगी मकान लेकर, मेरा कौन है? मंटो साहब, मोटर कितने में आ जाएगी?"

मैंने कहा–"मालूम नहीं।"

बाबू गोपीनाथ ने आश्चर्य से कहा–"क्या बात करते हैं मंटो साहब! आपकी और कारों की क़ीमत मालूम न हो! कल चलिए मेरे साथ। ज़ीनू के लिए एक मोटर लेंगे। मैंने अब देखा है कि बंबई में मोटर लेनी ही चाहिए।"

ज़ीनत का चेहरा प्रतिक्रिया से खाली रहा।

बाबू गोपीनाथ का नशा थोड़ी देर के बाद बहुत तेज़ हो गया। भावातुर होकर उसने मुझसे कहा, "मंटो साहब, आप बड़े योग्य आदमी हैं। मैं तो बिलकुल गधा हूँ–लेकिन आप मुझे बताइए, मैं आपकी क्या सेवा कर सकता हूँ? कल बातों-बातों में सेनडो ने आपका ज़िक्र किया। मैंने उसी वक़्त टैक्सी मँगवाई और उससे कहा–"मुझे ले चलो मंटो साहब के पास। मुझसे कोई गुस्ताख़ी हो गई हो तो माफ़ कर दीजिएगा। बड़ा गुनहगार आदमी हूँ–व्हिस्की मँगाऊँ आपके लिए और?"

मैंने कहा–"नहीं, नहीं–बहुत पी चुके हैं।"

वह और अधिक भावुक हो गया–"और पीजिए मंटो साहब!" यह कहकर जेब से सौ-सौ के नोटों का पुलिंदा निकाला और एक नोट अलग करने लगा, लेकिन मैंने सब नोट उसके हाथ से लिये और वापस उसकी जेब में ठूँस दिए, "सौ रुपये का एक नोट आपने गुलाम अली को दिया था, उसका क्या हुआ?"

मुझे वस्तुतः कुछ दिलचस्पी हो गयी थी बाबू गोपीनाथ से। कितने आदमी ग़रीब के साथ जोंक की तरह लिपटे हुए थे। मेरा ख़याल था, बाबू गोपीनाथ बिलकुल गधा था, लेकिन वह मेरा इशारा समझ गया और मुस्कराकर कहने लगा, "मंटो साहब, उस नोट में से जो कुछ बाक़ी बचेगा वह या तो गुलाम अली की जेब में गिर पड़ेगा या..."

बाबू गोपीनाथ ने वाक्य भी पूरा नहीं किया था कि गुलाम अली ने कमरे में दाख़िल होकर बड़े दुःख के साथ यह सूचना दी कि होटल में किसी हरामज़ादे ने उसकी जेब के सौ रुपये निकाल लिये। बाबू गोपीनाथ मेरी ओर देखकर मुस्कराया। फिर सौ का नोट जेब से निकाला और गुलाम अली को देकर कहा, "जल्दी खाना ले आओ।"

पाँच-छह मुलाक़ातों के बाद मुझे बाबू गोपीनाथ के सही व्यक्तित्व का पता लगा। पूरी तरह तो खैर इनसान किसी को भी नहीं जान सकता, लेकिन मुझे उसके बहुत से हालात मालूम हुए ,जो बेहद दिलचस्प हैं।

पहले तो मैं यह कहना चाहता हूँ, मेरा यह ख़याल कि परले दरजे का चुग़द है, ग़लत साबित हुआ! उसको इस बात का पूरा अहसास था कि सेनडो,

गुलाम अली और सरदार वगैरा, जो उसके दरबारी बने हुए थे, स्वार्थी हैं। वह इनसे झिड़कियाँ, गालियाँ सब कुछ सुनता था, लेकिन क्रोध प्रकट नहीं करता था। उसने मुझसे कहा–"मंटो साहब, मैंने आज तक किसी की सलाह रद्द नहीं की। जब भी कोई मुझे राय देता है, मैं कहता हूँ, सुभान अल्लाह। वे मुझे बेवकूफ़ समझते हैं, लेकिन मैं उन्हें अक्लमंद समझता हूँ। इसलिए कि उनमें कम से कम इतनी अक्ल तो थी, जो मुझमें ऐसी बेवकूफ़ी को पहचान लिया, जिससे उनका स्वार्थ सिद्ध हो सकता है। बात वास्तव में यह है कि मैं शुरू से फ़क़ीरों और कंजरों की संगत में रहा हूँ। मुझे इनसे कुछ मुहब्बत-सी हो गई है। मैं इनके बग़ैर नहीं रह सकता। मैंने सोच रखा है, अब मेरी दौलत बिलकुल ख़त्म हो जाएगी तो किसी तकिये में जा बैठूँगा। रंडी का कोठा और पीर का मज़ार-बस ये दो जगह हैं जहाँ मेरे मन को शांति मिलती है। रंडी का कोठा तो छूट जाएगा, इसके लिए जेब ख़ाली होने वाली है, लेकिन हिंदुस्तान में हज़ारों पीर हैं। किसी एक के मज़ार पर चला जाऊँगा।"

मैंने उससे पूछा–"रंडी के कोठे और तकिये आपको क्यों पसंद हैं?"

कुछ देर सोचकर उसने जवाब दिया, "इसलिए कि इन दोनों जगहों पर फर्श से लेकर अर्श तक धोखा ही धोखा होता है। जो आदमी स्वयं को धोखा देना चाहे उसके लिए इनसे अच्छा स्थान और क्या हो सकता है!"

मैंने एक और सवाल किया–"आपको वेश्याओं का गाना सुनने का शौक़ है। क्या आप संगीत की समझ रखते हैं?"

उसने जवाब दिया–"बिलकुल नहीं और यह अच्छा है, क्योंकि मैं कनसुरी से कनसुरी वेश्या के घर जाकर भी अपना सिर हिला सकता हूँ–मंटो साहब, मुझे गाने से कोई दिलचस्पी नहीं, लेकिन जेब में से दस या सौ रुपये का नोट निकालकर गाने वाली को दिखाने में बहुत मज़ा आता है। नोट निकाला और उसको दिखाया। वह उसे लेने के लिए एक अदा से उठी। पास आई तो नोट जुराब में उड़स लिया। उसने झुककर उसे बाहर निकाला तो हम ख़ुश हो गए। ऐसी बहुत फ़िज़ूल-फ़िज़ूल-सी बातें हैं जो हम ऐसे तमाशवीनों को पसंद हैं अन्यथा कौन नहीं जानता कि रंडी के कोटे पर माँ-बाप अपनी औलाद से पेशा कराते हैं, और मकबरों और तकियों में इनसान अपने ख़ुदा से।"

बाबू गोपीनाथ की वंशावली तो मैं नहीं जानता, लेकिन इतना मालूम हुआ कि वह एक बहुत बड़े कंजूस बनिये का बेटा है। बाप के मरने पर उसे दस लाख रुपये की जायदाद मिली, जो उसने अपनी इच्छानुसार उड़ाना शुरू कर दी। बंबई आते वक़्त वह अपने साथ पचास हज़ार रुपये लाया था। उस ज़माने में सब चीज़ें सस्ती थीं, लेकिन फिर भी हर रोज़ लगभग सौ सवा सौ रुपये ख़र्च हो जाते थे।

ज़ीनू के लिए उसने फ़िएट मोटर ख़रीदी। याद नहीं आ रहा, लेकिन शायद तीन हज़ार रुपये में आई। ड्राइवर रखा, लेकिन वह भी लफंगे टाइप का। बाबू गोपीनाथ को कुछ ऐसे ही आदमी पसंद थे।

हमारी मुलाक़ातों का सिलसिला बढ़ गया। बाबू गोपीनाथ से मुझे तो सिर्फ़ दिलचस्पी थी, लेकिन उसे मुझसे श्रद्धा हो गई थी। यही वजह है कि वह दूसरों की अपेक्षा मेरा बहुत अधिक सत्कार करता था।

एक दिन शाम के लगभग जब मैं फ्लैट पर गया तो मुझे वहाँ शफ़ीक़ को देखकर अत्यंत आश्चर्य हुआ। मुहम्मद शफ़क़ तूसी कहूँ तो शायद आप समझ लें कि मेरा मतलब किस आदमी से है। यूँ तो शफ़ीक़ काफ़ी मशहूर आदमी है। कुछ तो अपनी गाने की उपज के कारण और कुछ अपने विनोदप्रिय स्वभाव के कारण, लेकिन उसके जीवन का एक भाग अत्यधिक गुप्त है। बहुत कम आदमी जानते हैं कि तीन सगी बहनों को, एक के बाद दूसरी को, तीन-तीन चार-चार वर्ष के अंतर के बाद रखैल बनाने से पहले उसका संबंध उनकी माँ से भी था। यह भी बहुत मशहूर है कि उसको अपनी पहली पत्नी जो थोड़े ही समय में मर गई थी, इसलिए पसंद नहीं थी कि उसमें वेश्याओं के नाज़-नखरे नहीं थे, लेकिन यह तो ख़ैर प्रत्येक व्यक्ति, जो शफ़ीक़ तूसी से थोड़ा-बहुत भी परिचय रखता है, जानता है कि चालीस वर्ष (यह हम ज़माने की आयु है) की वेश्याओं ने उसे रखा। अच्छे से अच्छा कपड़ा पहना, उत्तम से उत्तम भोजन किया। अवस्था में सैकड़ों शानदार से शानदार मोटर रखी, मगर उसने अपनी गिरह में किसी वेश्या पर दमड़ी भी ख़र्च न की।

औरतों के लिए, विशेषकर जो पेशेवर हो, उसकी विनोदप्रिय तबीयत, जिसमें मीरासियों के मिज़ाज की झलक थी, बहुत आकर्षक थी। वह कोशिश किए बिना उनको अपनी तरफ खींच लेता था।

मैंने जब उसे हँस-हँसकर ज़ीनत से बातें करते देखा तो मुझे इसलिए हैरत न हुई कि वह ऐसा क्यों कर रहा है। मैंने केवल यह सोचा कि वह अचानक यहाँ पहुँचा कैसे। एक सेनडो उसे जानता था, मगर उसकी बोलचाल एक अरसे से बंद थी, लेकिन बाद में मुझे मालूम हुआ कि सेनडो ही उसे लाया था। उन दोनों में सुलह-सफ़ाई हो गई थी। बाबू गोपीनाथ एक तरफ़ बैठा हुक्का पी रहा था। मैंने शायद इससे पहले, ज़िक्र नहीं किया। वह सिगरेट बिलकुल नहीं पीता था। मुहम्मद शफ़ीक़ तूसी मीरासियों के लतीफ़े सुना रहा था, जिसमें ज़ीनत किसी क़दर कम और सरदार बहुत दिलचस्पी ले रही थी। शफ़ीक़ ने मुझे देखा और कहा, "ओह, बिस्मिल्लाह, बिस्मिल्लाह, क्या आपका गुज़र भी इस वादी में होता है?"

सेनडो ने कहा, "तशरीफ़ ले आइये, इज़राइल साहब, यहाँ धड़न तख़्ता।..."

मैं इसका मतलब समझ गया।

थोड़ी देर गप्पबाजी होती रही। मैंने नोट किया कि ज़ीनत और मुहम्मद शफ़ीक़ तूसी की निगाहें आपस में टकराकर कुछ और भी कह रही हैं। ज़ीनत इस फ़न में बिलकुल कोरी थी, लेकिन शफ़ीक़ की मुहारत ज़ीनत की कमियों को छुपाती रही। सरदार दोनों की निगाहबाज़ी को कुछ इस तरह से देख रही थी जैसे ख़लीफ़े अखाड़े के बाहर बैठकर अपने पट्ठों के दाँव-पेंचों को देखते हैं।

इस दौरान मैं भी ज़ीनत से काफ़ी बेतकल्लुफ़ हो गया था। वह मुझे भाई कहती थी जिस पर मुझे एतराज़ नहीं था। अच्छी मिलनसार तबीयत की औरत थी। कम बोलने वाली, सीधी-सादी, साफ़-सुथरी।

शफ़ीक़ से मुझे उसकी निगाहबाज़ी पसंद नहीं आई थी। अव्वल तो उसमें भोंडापन था। इसके अलावा कुछ यूँ कहिये कि इस बात का भी उसमें दख़ल था कि वह मुझे भाई कहती थी। शफ़ीक़ और सेनडो उठकर बाहर गए तो मैंने शायद बड़ी बेरहमी के साथ उससे निगाहबाज़ी के विषय में सवाल किया क्योंकि फ़ौरन उसकी आँखों में ये मोटे-मोटे आँसू आ गए और वह रोती-रोती दूसरे कमरे में चली गई। बाबू गोपीनाथ एक कोने में बैठा हुक्का पी रहा था, उठकर तेज़ी से उसके पीछे चला गया। सरदार ने आँखों

ही आँखों में उससे कुछ कहा लेकिन मैं मतलब नहीं समझा। थोड़ी देर बाद बाबू गोपीनाथ कमरे से बाहर निकला और 'आइये मंटो साहब' कहकर मुझे अपने साथ अंदर ले गया।

ज़ीनत पलंग पर बैठी थी। मैं अंदर दाख़िल हुआ तो वह दोनों हाथों से मुँह ढाँप कर लेट गई। मैं और बाबू गोपीनाथ दोनों पलंग के पास कुर्सियों पर बैठ गए। बाबू गोपीनाथ ने बड़ी संजीदगी के साथ कहना शुरू किया–"मंटो साहब, मुझे इस औरत से बहुत मुहब्बत है। दो वर्ष से यह मेरे पास है। मैं हज़रत ग़ौस-ए-आज़म जीलानी की क़सम खाकर कहता हूँ कि इसने मुझे कभी शिकायत का मौक़ा नहीं दिया। इसकी दूसरी बहनें, मेरा मतलब है इस पेशे की दूसरी औरतें, दोनों हाथ से मुझे लूटकर खाती रहीं मगर इसने कभी एक पैसा ज्यादा भी मुझसे नहीं लिया। मैं अगर किसी दूसरी औरत के यहाँ हफ़्तों पड़ा रहा तो इस ग़रीब ने अपना कोई ज़ेवर गिरवी रखकर गुज़ारा किया। मैं जैसाकि आपसे एक बार कह चुका हूँ, बहुत जल्द इस दुनिया को त्यागने वाला हूँ, मेरी दौलत अब कुछ दिन की ही मेहमान है। मैं नहीं चाहता हूँ कि इसकी जिंदगी ख़राब हो। मैंने लाहौर में इसको बहुत समझाया कि तुम अन्य वेश्याओं की ओर देखो, जो कुछ वह करती हैं, सीखो। मैं आज दौलतमंद हूँ। कल मुझे भिखारी होना ही है। तुम लोगों के जीवन में सिर्फ़ एक दौलतमंद काफ़ी नहीं। मेरे बाद तुम किसी और को नहीं फाँसोगी तो काम नहीं चलेगा। लेकिन मंटो साहब, इसने मेरी एक न सुनी। सारा दिन शरीफ़ज़ादियों की तरह घर में बैठी रहती। मैंने गफ़्फ़ार साईं से परामर्श किया। उसने कहा, बंबई ले जाओ। उसे मालूम था कि उसने ऐसा क्यों कहा। बंबई में उसकी दो जानने वाली वेश्यायें ऐक्ट्रसें बनी हुई है। लेकिन मैंने सोचा, बंबई ठीक है। दो महीने हो गए है इसे यहाँ लाए हुए। सरदार को लाहौर से बुलाया है कि इसको सब गुर सिखायें। गफ़्फ़ार साईं से भी यह बहुत कुछ सीख सकती है। यहाँ मुझे कोई नहीं जानता। इसको यह ख़याल था कि बाहर तुम्हारी बेइज़्ज़ती होगी। मैंने कहा, तुम छोड़ो इसको। बंबई बहुत बड़ा शहर है। लाखों रईस हैं। मैंने तुम्हें मोटर ले दी है। कोई अच्छा आदमी तलाश कर लो–मंटो साहब, मैं ख़ुदा की क़सम खाकर कहता हूँ, मेरी दिली ख़्वाहिश है कि यह अपने पैरों पर खड़ी हो जाए। अच्छी तरह होशियार हो जाए। मैं इसके नाम आज ही बैंक में दस

हज़ार रुपया जमा कराने को तैयार हूँ। मगर मुझे मालूम है कि दस दिन के अंदर-अंदर यह बाहर बैठी होगी। सरदार इसकी एक-एक पाई अपनी जेब में डाल लेगी...आप भी इसे समझाइए कि चालाक बनने की कोशिश करे। जब से मोटर ख़रीदी है, सरदार इसे हर शाम अपोलो बंदर ले जाती है, लेकिन अभी तक कामयाब नहीं हुई। सेनडो आज बड़ी मुशिकलों से मुहम्मद शफ़ीक़ को यहाँ लाया है। आपका क्या ख़याल है इस विषय में?"

मैंने अपना विचार प्रकट करना अनुचित न समझा, लेकिन बाबू गोपीनाथ ने स्वयं कहा–"अच्छा खाता-पीता आदमी मालूम होता है और ख़ूबसूरत भी है। क्यों ज़ीनो जानी–पसंद है तुम्हें?"

ज़ीनू ख़ामोश रही।

बाबू गोपीनाथ से जब मुझे ज़ीनत को बंबई लाने के उद्देश्य ना पता चला तो मेरा दिमाग़ चकरा गया। मुझे यक़ीन न आया कि ऐसा भी हो सकता है, लेकिन बाद में अनुभव ने मेरी हैरत दूर कर दी। बाबू गोपीनाथ की हार्दिक इच्छा थी कि ज़ीनत बंबई में किसी मालदार आदमी की रखैल बन जाए या ऐसे तरीक़े सीख जाए जिनसे वह विभिन्न लोगों से रुपया वसूल करते रहने में सफल हो सके।

ज़ीनत से यदि केवल छुटकारा ही प्राप्त करना होता तो यह कोई इतनी कठिन बात न थी। बाबू गोपीनाथ एक दिन में ये काम कर सकता था। चूँकि उसकी नीयत नेक थी इसलिए उसने ज़ीनत के भविष्य के लिए हर संभव प्रयत्न किया। उसको ऐक्ट्रेस बनाने के लिए इसने कई जाली डायरेक्टरों को दावतें दीं। घर में टेलीफोन लगवाया, लेकिन ऊँट किसी करवट न बैठा।

मुहम्मद शफ़ीक़ तूसी लगभग डेढ़ महीना आता रहा। कई रातें उसने ज़ीनत के साथ गुज़ारीं, लेकिन वह ऐसा आदमी नहीं था, जो किसी औरत का सहारा बन सके। बाबू गोपीनाथ ने एक दिन बड़े दुख के और रंग के साथ कहा, "शफ़ीक़ साहब तो खाली जैंटलमैन ही निकले। ठस्सा देखिए, बेचारी ज़ीनत से चार चादरें, छह तकिये के गिलाफ़ और दो सौ रुपये नक़द हथिया कर ले गए। सुना है, आजकल एक लड़की अलमास से इश्क़ लड़ा रहे हैं।"

यह ठीक था। अलमास, नज़ीर जान पटियाले वाले की सबसे छोटी और आख़िरी लड़की थी। इससे पहले तीन बहनें शफ़ीक़ की रखैल रह चुकी

थीं। दो सौ रुपये, जो उसने ज़ीनत से लिये थे, मुझे पता है कि अलमास पर खर्च हुए थे। बहनों के साथ लड़-झगड़कर अलमास ने ज़हर खा लिया था।

मुहम्मद शफ़ीक़ तूसी ने जब आना-जाना बंद कर दिया तो ज़ीनत ने कई बार मुझे टेलीफोन किया और कहा–"उसे ढूँढ़कर मेरे पास लाइये।" मैंने उसे तलाश किया, लेकिन किसी को उसका पता ही नहीं था कि वह कहाँ रहता है। एक दिन संयोगवश रेडियो स्टेशन पर भेंट हुई। सख़्त परेशानी की स्थिति में था। जब मैंने उससे कहा कि तुम्हें ज़ीनत बुलाती है तो उसने जवाब दिया, "मुझे यह संदेश और माध्यमों से भी मिल चुका है। अफ़सोस है, आजकल मुझे बिलकुल फुर्सत नहीं है। ज़ीनत बहुत-अच्छी औरत है, लेकिन अफ़सोस है कि बेहद शरीफ़ हैं–ऐसी औरतों से, जो बीवियों जैसी लगें, मुझे कोई दिलचस्पी नहीं।"

शफ़ीक़ से जब मायूसी हुई तो ज़ीनत ने सरदार के साथ फिर अपोलो बंदर जाना शुरू किया। पंद्रह दिनों में बड़ी कठिनाइयों से कई गैलन पेट्रोल फूँकने के बाद सरदार ने दो आदमी फाँसे। उनसे ज़ीनत को चार सौ रुपये मिले। गोपीनाथ ने समझा कि स्थितियाँ आशाजनक हैं, क्योंकि इनमें से एक ने, जो रेशमी कपड़ों की मिल का मालिक था, ज़ीनत से कहा था कि मैं तुमसे शादी करूँगा। एक महीना बीत गया, लेकिन वह आदमी फिर ज़ीनत के पास न आया।

एक दिन मैं न जाने किस काम से हार्नबी रोड पर जा रहा था। मुझे फुटपाथ के पास ज़ीनत की मोटर खड़ी नज़र आई। पिछली सीट पर मुहम्मद यासीन बैठा था। नगीना होटल का मालिक। मैंने उससे पूछा, "यह मोटर तुमने कहाँ से ली?"

यासीन मुस्कराया–"तुम जानते हो मोटर वाली को?"

मैंने कहा, "जानता हूँ।

"तो, बस समझ लो, मेरे पास कैसे आयी...अच्छी लड़की है या...।" यासीन ने मुझे आँख मारी। मैं मुस्कराया।

उसके चौथे रोज़ बाबू गोपीनाथ टैक्सी लेकर मेरे दफ़्तर आया। उससे मुझे मालूम हुआ कि ज़ीनत से यासीन की मुलाक़ात कैसे हुई। एक शाम अपोलो बंदर से एक आदमी लेकर सरदार और ज़ीनत नगीना होटल गई। वह आदमी

जो किसी बात पर झगड़कर चला गया, लेकिन होटल के मालिक से ज़ीनत की दोस्ती हो गई।

बाबू गोपीनाथ संतुष्ट था क्योंकि दस-पंद्रह दिन की दोस्ती के दौरान यासीन ने ज़ीनत को छह बहुत ही सुंदर और क़ीमती साड़ियाँ लें दी थीं। बाबू गोपीनाथ यह सोच रहा था कि कुछ दिन और बीत जाएँ, ज़ीनत और यासीन की दोस्ती और मज़बूत हो जाए तो लाहौर वापस चला जाए—मगर ऐसा न हुआ।

नगीना होटल में एक क्रिश्चयन औरत ने कमरा किराये पर लिया। उसकी युवा लड़की मेमोरियल से यासीन की आँख लड़ गई। चुनाँचे ज़ीनत बेचारी होटल में बैठी रहती और यासीन उसकी मोटर में सुबह-शाम उस लड़की को घुमाता रहता। बाबू गोपीनाथ को इसका पता लगने पर बहुत दुख हुआ। उसने मुझसे कहा, "मंटो साहब, ये कैसे लोग हैं? भई दिल उचाट हो गया है तो साफ़ कह दो। लेकिन ज़ीनत भी अजीब है। अच्छी तरह मालूम है कि क्या हो रहा है मगर मुँह से इतना भी नहीं कहती, मियाँ अगर तुमने इस क्रिश्चयन छोकरी से इश्क़ लड़ाना है तो अपनी मोटर कार का बंदोबस्त करो। मेरी मोटर क्यों इस्तेमाल करते हो...मैं क्या करूँ मंटो साहब! बड़ी शरीफ़ और नेकबख़्त औरत है-कुछ समझ में नहीं आता-थोड़ी-सी चालाक तो बनना चाहिए।"

यासीन से संबंध समाप्त होने पर ज़ीनत ने कोई आघात महसूस नहीं किया।

बहुत दिनों तक कोई नई बात देखने में नहीं आई। एक दिन टेलीफोन किया तो पता लगा, बाबू गोपीनाथ गुलाम अली और गफ़्फ़ार साईं के साथ लाहौर चला गया है रुपये का बंदोबस्त करने, क्योंकि पचास हज़ार ख़त्म हो चुके थे। जाते समय वह ज़ीनत से कह गया था कि उसे लाहौर में ज़्यादा दिन लगेंगे क्योंकि उसे कुछ मकान बेचने पड़ेंगे।

सरदार को मोर्फ़िया के टीकों की ज़रूरत थी, सेनडो को पोल्सन मक्खन की। चुनाँचे दोनों ने मिल-जुलकर कोशिश की और प्रतिदिन दो-तीन आदमी फाँसकर लाते। ज़ीनत से कहा गया कि बाबू गोपीनाथ वापस नहीं आएगा, इसलिए उसे अपनी चिंता करनी चाहिए। सवा सौ रुपये रोज़ के हो जाते हैं, जिनमें से आधे ज़ीनत को मिलते, बाक़ी सेनडो और सरदार बाँट लेते।

मैंने एक दिन ज़ीनत से कहा, "यह तुम क्या कर रही हो?"

उसने बड़े अल्हड़पन से कहा, "मुझे कुछ मालूम नहीं है भाई जान! ये लोग जो कुछ कहते हैं, मान लेती हूँ।"

जी चाहा कि देर तक पास बैठकर समझाऊँ कि जो कुछ तुम कर रही हो, ठीक नहीं। सेनडो और सरदार अपना उल्लू सीधा करने के लिए तुम्हें भी बैच डालेंगे, मगर मैंने कुछ न कहा। ज़ीनत उकता देने वाली हद तक बेसमझ, बेउमंग और बेजान औरत थी। उस कमबख़्त को अपनी जिंदगी की कुछ क़दर-ब-क़ीमत ही मालूम न थी। शरीर बेचती, मगर उसमें बेचने वालों का कोई अंदाज़ तो होता। इस तरह मुझे बहुत कोफ़्त होती थी उसे देखकर। सिगरेट से, शराब से, खाने से, घर से टेलीफोन से, यहाँ तक कि उस सोफे से भी, जिस पर वह प्राय: लेटी रहती थी, उसे कोई दिलचस्पी नहीं थी।

बाबू गोपीनाथ पूरे एक माह के बाद लौटा। माहिम गया तो वहाँ फ्लैट में कोई और ही था। सेनडो और सरदार की सलाह से ज़ीनत ने बांद्रा में एक बंगले का ऊपरी भाग किराये पर ले लिया था। बाबू गोपीनाथ मेरे पास आया तो मैंने उसे पूरा पता बता दिया। उसने मुझसे ज़ीनत के विषय में पूछा। जो कुछ मुझे मालूम था मैंने कह दिया, लेकिन यह न कहा कि सेनडो और सरदार उससे पेशा करा रहे हैं।

बाबू गोपीनाथ इस बार दस हज़ार रुपये अपने साथ लाया था, जो उसने बड़ी कठिनाइयों से प्राप्त किए थे। गुलाम अली और गफ़्फ़ार साईं को वह लाहौर ही छोड़ आया। टैक्सी नीचे खड़ी थी। बाबू गोपीनाथ ने इशारा किया कि मैं भी उसके साथ चलूँ।

लगभग एक घण्टे में हम बांद्रा पहुँच गए। पाली हिल पर टैक्सी चढ़ ही थी कि सामने तंग सड़क पर सेनडो दिखाई दिया। बाबू गोपीनाथ ने उसे जोर से पुकारा–"सेनडो!"

सेनडो ने जब बाबू गोपीनाथ को देखा तो उसके मुँह से केवल इस कदर निकलना, "धड़न तख़्ता!"

बाबू गोपीनाथ ने उससे कहा, "आओ टैक्सी में बैठ जाओ और साथ चलो। लेकिन सेनडो ने कहा–"टैक्सी एक तरफ खड़ी कीजिए। मुझे आपसे कुछ प्राइवेट बातें करनी हैं।"

टैक्सी एक तरफ खड़ी की गई। बाबू गोपीनाथ बाहर निकला तो सेनडो उसे कुछ दूर ले गया। देर तक उनमें बातें होती रहीं। जब ख़त्म हुईं तो बाबू गोपीनाथ अकेला टैक्सी की तरफ़ आया। ड्राइवर से उसने कहा, "वापस ले चलो।"

बाबू गोपीनाथ खुश था। हम दादर के पास पहुँचे तो उसने कहा, "मंटो साहब, जीनू की शादी होने वाली है।"

मैंने हैरत से पूछा, "किससे?"

बाबू गोपीनाथ ने जवाब दिया, "हैदराबाद सिंध का एक दौलतमंद ज़मींदार है। ख़ुदा करे, दोनों ख़ुश रहें। यह भी अच्छा है जो मैं ठीक वक़्त पर आ पहुँचा। जो रुपये मेरे पास हैं, उनसे जीनू का दहेज बन जाएगा–क्यों, क्या ख़याल है आपका?"

मेरे दिमाग़ में उस वक़्त कोई ख़याल नहीं था। मैं सोच रहा था कि यह हैदराबाद सिंध का दौलतमंद ज़मींदार कौन है? सेनडो और सरदार की कोई जालसाजी तो नहीं? लेकिन बाद में इसकी पुष्टि हो गई। वह वास्तव में हैदराबाद का धनवान ज़मींदार है जो हैदराबाद सिंध ही के एक म्यूज़िक टीचर की मार्फ़त ज़ीनत से परिचित हुआ। यह म्यूज़िक टीचर ज़ीनत को गाना सिखाने की व्यर्थ कोशिश किया करता था। एक दिन यह अपने हितैषी गुलाम हुसैन (यह इस हैदराबाद सिंध के रईस का नाम था) को साथ लेकर आया। ज़ीनत ने ख़ूब आवभगत की। गुलाम हुसैन के तीव्र अनुरोध पर उसने गालिब की गजल–'नुक्ताचीं है गम-ए-दिल, उसको सुनाए न बने'–गाकर सुनायी। गुलाम हुसैन दिलो-जान से उस पर मोहित हो गया। इसका जिक्र म्यूज़िक टीचर ने ज़ीनत से किया। सरदार और सेनडो ने मिलकर मामला पक्का कर दिया और शादी तय हो गई।

बाबू गोपीनाथ ख़ुश था। एक बार सेनडो के मित्र के नाते वह ज़ीनत के पास गया। गुलाम हुसैन से उसकी भेंट हुई। उससे मिलकर बाबू गोपीनाथ की ख़ुशी दूनी हो गयी। मुझसे उसने कहा, "मंटो साहब, वह ख़ूबसूरत, जवान और बड़ा योग्य आदमी है–मैंने यहाँ आते हुए दातागंजबख़्श के हुज़ूर में जाकर दुआ माँगी थी जो क़ुबूल हुई–भगवान करे, दोनों ख़ुश रहें।"

बाबू गोपीनाथ ने बड़ी निःस्वार्थता और बड़े मन से ज़ीनत की शादी का प्रबंध किया। दो हज़ार के जेवर और दो हज़ार के कपड़े बनवाए और पाँच हज़ार नक़द दिए।

मुहम्मद शफ़ीक़ तूसी, मुहम्मद यासीन, प्रोप्राइटर नगीना होटल, सेनडो, म्यूज़िक टीचर, मैं और गोपीनाथ शादी में शामिल थे। दुल्हन की तरफ से सेनडो वकील था।

निकाह की रस्म अदा हुई। तो सेनडो ने आहिस्ता से कहा, "धड़न तख़्ता!"

ग़ुलाम हुसैन सर्ज का नीला सूट पहने था। सबने उसको मुबारकबाद दी, जो उसने सर-माथे पर क़ुबूल की। काफ़ी रोबदार आदमी था। बाबू गोपीनाथ उसके मुक़ाबले में छोटी-सी बटेर मालूम होता था।

शादी की दावतों पर खान-पान का जो भी सामान होता है, बाबू गोपीनाथ ने उपलब्ध किया था। दावत से जब सब लोग निपट गए तो बाबू गोपीनाथ ने सबके हाथ धुलवाए। मैं जब हाथ धोने के लिए आया तो उसने मुझसे बच्चों के से अंदाज़ में कहा, "मंटो साहब, ज़रा अंदर जाइए और देखिए, जीनू दुल्हन के लिबास में कैसी लगती है।"

मैं पर्दा हटाकर अंदर दाख़िल हुआ। ज़ीनत सुख़ ज़रबफ़्त का सलवार-कुर्ता पहने थी-दुपट्टा भी उसी रंग का था, जिस पर गोट लगी थी। चेहरे पर हलका-सा मेकअप था। हालाँकि मुझे होंठों पर लिपस्टिक की लाली बहुत बुरी मालूम होती थी, मगर ज़ीनत के होंठ सजे हुए थे। उसने शरमाकर मुझे आदाब किया तो बहुत प्यारी लगी। लेकिन जब मैंने दूसरे कोने में एक मसहरी देखी जिस पर फूल ही फूल थे तो मुझे बेअख़्तियार हँसी आ गई। मैंने ज़ीनत से कहा, "यह क्या मसखरापन है?"

ज़ीनत ने मेरी तरफ बिलकुल मासूम कबूतरी की तरह देखा-"आप मज़ाक़ करते हैं, भाईजान!" उसने यह कहा और आँखों में आँसू डबडबा आए।

मुझे अभी ग़लती का अहसास भी नहीं हुआ था कि बाबू गोपीनाथ अंदर दाख़िल हुआ। बड़े प्यार के साथ उसने अपने रूमाल से ज़ीनत के आँसू पोंछे और बड़े दुःख के साथ मुझसे कहा-"मंटो साहब, मैं समझा था, आप बड़े

समझदार और लायक आदमी है–जीनू का मज़ाक़ उड़ाने से पहले आपने कुछ सोच लिया होता।"

बाबू गोपीनाथ के स्वर में वह श्रद्धा, जो उसे मुझमें थी, ज़ख़्मी नज़र आई, लेकिन इससे पूर्व कि मैं उससे माफी माँगू, उसने ज़ीनत के सिर पर हाथ फेरा और बड़ी सद्भावना के साथ कहा–"ख़ुदा तुम्हें ख़ुश रखे।"

यह कहकर बाबू गोपीनाथ ने भीगी हुई आँखों से मेरी तरफ देखा। उनमें भर्त्सना थी–बहुत ही दुःख-भरी भर्त्सना–और चला गया।

❑

मम्मी

उसका नाम मिसेज़ स्टेला जैक्सन था, मगर सब उसे मम्मी कहते थे। दरमियाने क़द की अधेड़ उम्र की स्त्री थी। उसका पति जैक्सन पहले महायुद्ध में मारा गया था। उसकी पेंशन स्टेला को लगभग दस साल से मिल रही थी।

वह पूना में कैसे आई, कब से वहाँ थी, इसके बारे में मुझे कुछ पता नहीं। दरअसल मैंने उसके बारे में कुछ जानने की कभी कोशिश ही नहीं की। वह इतनी दिलचस्प औरत थी कि उससे मिलकर सिवाय उसकी शख़्सियत के और किसी चीज़ से दिलचस्पी नहीं बहती थी। उससे कौन-कौन जुड़ा हुआ है, यह जानने की ज़रूरत ही महसूस न होती थी, क्योंकि वह पूना के ज़र्रे-ज़र्रे से वाक़िफ़ थी, जो हो सकता है कि एक हद तक अतिशयोक्ति हो, लेकिन मेरे लिए पूना वही पूना है। उसके वही ज़र्रे उसके तमाम ज़र्रे हैं, जिनके साथ मेरी कुछ यादें जुड़ी हुई है–और मम्मी की अजीबोगरीब शख़्सियत उनमें हर एक में मौजूद है।

उससे मेरी पहली मुलाक़ात पूना में ही हुई...मैं बहुत ही सुस्त क़िस्म का आदमी हूँ। यों घुमक्कड़ी की बड़ी-बड़ी उमंगें मेरे दिल में मौजूद है, और अगर आप मेरी बातें सुनें तो आपको लगेगा कि मैं कंचनजंघा या हिमालय की इसी तरह की किसी अन्य चोटी को सर करने के लिए निकल जाने वाला हूँ। ऐसा हो सकता है, लेकिन इससे भी ज़्यादा उम्मीद इस बात की है कि वह चोटी सर करके मैं वहाँ का हो रहूँ।

ख़ुदा जाने कितने सालों से बंबई में था। आप इससे अंदाज़ा लगा सकते हैं कि जब मैं पूना गया तो बीवी मेरे साथ थी। एक लड़का होकर, उसको मरे क़रीब-क़रीब चार साल हो गए थे। इस बीच में...ठहरिए, मैं हिसाब लगा लूँ...आप यह सूझ लीजिए कि आठ बरस से बंबई में था, लेकिन उस बीच में मुझे वहाँ का विक्टोरिया गार्डन और म्यूज़ियम देखने की भी फुरसत नहीं मिली थी। यह तो केवल इत्तफ़ाक़ की बात थी कि मैं एकदम पूना जाने के लिए तैयार हो गया। जिस फ़िल्म कंपनी में नौकर था, उसके मालिकों से

एक मामूली-सी बात पर मनमुटाव हो गया और मैंने सोचा कि यह कड़वाहट दूर करने के लिए पूना हो आऊँ। वह भी इसलिए कि वह पास था और मेरे कुछ दोस्त वहाँ रहते थे।

मुझे प्रभात नगर जाना था, जहाँ मेरा फ़िल्मों का एक पुराना साथी रहता था। स्टेशन से बाहर निकलने पर मालूम हुआ कि वह जगह काफ़ी दूर है, लेकिन तब तक हम ताँगा ले चुके थे।

सुस्त रफ़्तार से चलने वाली चीज़ों से मेरी तबीयत बहुत घबराती है, लेकिन मैं अपने दिल की रंजिश को दूर करने के लिए यहाँ आया था, इसलिए मुझे प्रभात नगर जाने की बहुत जल्दी नहीं थी। ताँगा बहुत ही वाहियात क़िस्म का था, अलीगढ़ के इक्कों से भी ज़्यादा वाहियात, जिनमें हर समय गिरने का ख़तरा बना रहता है। घोड़ा आगे चलता है, और सवारियाँ पीछे। एक-दो गर्द से अटे बाज़ारों को पार करते-करते मेरी तबीयत घबरा गई। मैंने अपनी बीवी से मशविरा किया और पूछा कि ऐसी हालत में क्या करना चाहिए? उसने कहा कि धूप तेज़ है। मैंने जो और ताँगे देखे हैं, वे भी इसी तरह के हैं। अगर इसे छोड़ दिया तो पैदल चलना होगा, जो ज़ाहिर है कि इस सवारी से ज़्यादा तकलीफ़देह है। बात ठीक थी। धूप सचमुच बहुत तेज़ थी। घोड़ा एक फलांग आगे बढ़ा होगा कि पास से वैसा ही वाहियात क़िस्म का ताँगा गुज़रा। मैंने सरसरी तौर पर उधर देखा, तभी एकदम कोई चिल्लाया, "ओए मंटो के घोड़े!"

मैं चौंक पड़ा। चड्डा था, एक घिसी हुई मेम के साथ। दोनों साथ-साथ जुड़कर बैठे थे। मेरी पहली प्रतिक्रिया बड़ी दुखद थी कि चड्डा की सौंदर्य प्रियता कहाँ गई, जो ऐसी लगामी के साथ बैठा है। उस का ठीक अंदाज़ा तो मैंने उस समय नहीं किया था, मगर उस औरत की झुर्रियाँ पाउडर और रुज की तहों में से भी साफ़ दिखाई देती थीं। इतना शोख़ मेकअप था कि देखने से आँखों को तकलीफ़ होती थी।

मैंने चड्डा को काफ़ी समय के बाद देखा था। वह मेरा बेतकल्लुफ़ दोस्त था। 'ओए मंटो के घोड़े!' के जवाब में मैंने भी कुछ इसी क़िस्म का नारा लगाया होता, लेकिन उस औरत को उसके साथ देखकर मेरी बेतकल्लुफ़ी झर्रियाँ-झर्रियाँ हो गई। मैंने अपना ताँगा रुकवा लिया। चड्डा ने भी अपने

कोचवान को ठहरने के लिए कहा। फिर उसने उस औरत से अंग्रेजी में कहा, "मम्मी, जस्ट ए मिनट!"

ताँगे से कूदकर वह मेरी ओर अपना हाथ बढ़ाते हुए चिल्लाया, "तुम!... तुम यहाँ कैसे आए?" फिर अपना बढ़ा हुआ हाथ बड़ी बेतकल्लुफ़ी से मेरी पुरतकल्लुफ़ बीवी से मिलाते हुए कहा–"भाभी जान, आपने कमाल कर दिया। इस गुलमुहम्मद को आख़िर आप खींचकर यहाँ ले ही आईं।"

मैंने उससे पूछा, "तुम जा कहाँ रहे हो?"

चड्डा ने ऊँचे स्वर में कहा, "एक काम से जा रहा हूँ–तुम ऐसा करो सीधे..." वह एकदम पलटकर मेरे ताँगे वाले से मुख़ातिब हुआ, "देखो, साहब को हमारे घर ले जाओ; किराया-विराया मत लेना इनसे।" उधर से जल्द ही निपटकर उसने बेफ़िक्र-सा होकर मुझसे कहा, "तुम जाओ, नौकर वहाँ होगा, बाक़ी तुम देख लेना।"

और वह फुदककर अपने ताँगे में उस बूढ़ी मेम के साथ जा बैठा, जिसको उसने मम्मी कहा था। इससे मुझे एक प्रकार का सुकून मिला, बल्कि यों कहिए कि जो बोझ एकदम उन दोनों को साथ-साथ देखकर मेरे सीने पर आ पड़ा था, काफ़ी हद तक हलका हो गया था।

उसका ताँगा चलकर एक डाक बँगले की तरफ़ की इमारत के पास रुका। ताँगेवाला नीचे उतरकर बोला–"चलिए साहब..."

मैंने पूछा–"कहाँ?"

उसने जवाब दिया, "चड्डा साहब का मकान यही है।"

"ओह!" मैंने सवालिया नज़र से अपनी बीवी की ओर देखा। उसके तेवरों ने मुझे बताया कि वह चड्डा के मकान में रहने के हक़ में नहीं थी। सच पूछिए तो वह पूना आने के ही हक़ में नहीं थी। उसको यक़ीन था कि मुझको वहाँ पीने-पिलाने वाले दोस्त मिल जाएँगे। गम तकदूर करने का बहाना पहले से ही मौजूद है, इसलिए दिन-रात उड़ेगी। मैं ताँगे से उतर गया। छोटा-सा अटैची कैसा था, वह मैंने उठाया और अपनी बीवी से कहा–"चलो!"

वह शायद मेरे तेवरों से भाँप गई थी हर हालत में उसे मेरा फ़ैसला मानना होगा, इसलिए उसने कोई हील-हुज्जत न की और चुपचाप मेरे साथ चल पड़ी।

बहुत मामूली क़िस्म का मकान था। ऐसा मालूम होता था कि मिलिट्री वालों ने अस्थायी तौर पर एक छोटा-सा बंगला बनाया था। थोड़ी देर उसे इस्तेमाल किय और चलते बने। चूने और राच का काम बड़ा कच्चा था। जगह-जगह से पलस्तर उखड़ा हुआ था और घर के भीतर का भाग वैसा ही था जैसा कि लापरवाह कुँवारे का हो सकता है, जो फ़िल्मों का हीरो हो और ऐसी कंपनी में नौकर हो, जहाँ महीने की तनख़्वाह हर तीसरे महीने मिलती हो और वह भी कई किस्तों में।

मुझे इस बात का पूरा अहसास था कि वह औरत, जो बीवी हो, ऐसे गंदे माहौल में यक़ीनन परेशानी और घुटन महसूस करेगी। लेकिन मैंने सोचा कि चड्डा आ जाए तो उसके साथ ही प्रभात नगर चलेंगे। वहाँ जो मेरा फ़िल्मों का पुराना साथी रहता था, उसकी बीवी और बाल-बच्चे भी थे। वहाँ के माहौल में मेरी बीवी जैसे-तैसे दो-तीन दिन काट सकती थी।

नौकर भी अजीब बेफ़िक्र आदमी था। जब हम उस घर में पहुँचे तो सब दरवाज़े खुले थे, और वह मौजूद नहीं था। जब वह आया तो उसने हमारी मौजूदगी की ओर कोई ध्यान न दिया। जैसे हम बरसों से वहीं बैठे थे और इसी तरह बैठे रहने का इरादा किए हुए थे।

जब वह कमरे में दाख़िल होकर हमें देखे बिना पास से गुज़र गया तो मैंने समझा कि कोई मामूली ऐक्टर है, जो चड्डा के साथ रहता है; लेकिन जब मैंने उससे नौकर के बारे में पूछताछ की तो मालूम हुआ कि वही हुजूर चड्डा साहब के चहेते नौकर थे।

मुझे और मेरी बीवी दोनों को प्यास लग रही थी। उससे पानी लाने को कहा तो वह गिलास ढूँढ़ने लगा। बड़ी देर के बाद उसने एक टूटा हुआ जग अलमारी के नीचे से निकाला और बड़बड़ाया—"रात एक दर्जन गिलास साहब ने मँगवाए थे, मालूम नहीं किधर गए।"

मैंने उसके हाथ में पकड़े हुए जग की ओर इशारा किया—"क्या आप इसमें तेल लेने जा रहे हैं?"

'तेल लेने जाना' बंबई का एक ख़ास मुहावरा है। मेरी बीवी इसका मतलब न समझी, मगर हँस पड़ी। नौकर बौखला गया—"नहीं साहब...मैं...तलाश कर रहा था कि गिलास कहाँ है।

मेरी बीवी ने उसको पानी लाने से मना कर दिया। उसने वह टूटा हुआ जग वापस अलमारी के नीचे इस तरह से रखा जैसे वही उसकी जगह थी। अगर उसे कहीं और रख दिया तो सारी तरतीब बिगड़ जाएगी। इसके बाद वह यों कमरे से बाहर निकला जैसे उसे मालूम था कि हमारे मुँह में कितने दाँत हैं।

मैं पलंग पर बैठा था, जो शायद चड्डा का था। इससे कुछ दूर हटकर दो आरामकुर्सियाँ थीं। उनमें से एक पर मेरी बीवी बैठी पहलू बदल रही थी। काफ़ी देर तक हम दोनों ख़ामोश रहे। इतने में चड्डा आ गया। वह अकेला था। उसको इस बात का बिलकुल अहसास नहीं था कि हम उसके मेहमान हैं और इस लिहाज़ से उसे हमारी ख़ातिरदारी करनी चाहिए। कमरे में दाख़िल होते ही उसने मुझसे कहा—“वेट इज़ वेट... तो तुम आ गए ओल्ड ब्वॉय! चलो, ज़रा स्टूडियो तक हो आएँ। तुम साथ होगे तो एडवांस मिलने में आसानी हो जाएगी...आज शाम को...।” मेरी बीवी पर उसकी नज़र पड़ी तो वह रुक गया और खिल-खिलाकर हँसने लगा, “भाभी जान, कहीं आपने इसे मौलवी तो नहीं बना दिया?” फिर ज़ोर-ज़ोर से हँसा, “मौलवियों की ऐसी-तैसी! उठो मंटो, भाभी जान यहाँ बैठती हैं, हम अभी आ जाएँगे।”

मेरी बीवी जल-भुनकर पहले कोयला थी, तो अब बिलकुल राख हो गई थी। मैं उठा और चड्डा के साथ हो लिया। मुझे मालूम था कि थोड़ी देर तक गुस्सा होकर वह सो जाएगी। वही हुआ। स्टूडियो पास ही था। अफ़रा-तफ़री में मेहता जी के सिर चढ़कर चड्डा ने दो सौ रुपये वसूल कर लिए और पौन घंटे में जब हम वापस आए तो देखा कि वह बड़े मज़े से आरामकुर्सी पर सो रही थी। हमने उसे परेशान करना ठीक न समझा और दूसरे कमरे में चले गए, जो कबाड़खाने से मिलता-जुलता था। इसमें जो चीज़ें थीं, वे अजीब तरीके से टूटी हुई थीं, जो सब मिलकर एक मुकम्मल नज़ारा पेश कर रही थीं।

हर चीज़ पर गर्द जमी थी और उस जमी हुई गर्द में भी एक तरह का अपनापन था, जैसे उसकी मौजूदगी उस कमरे में ज़रूरी हो। चड्डा ने जल्द ही अपने नौकर को ढूँढ़ निकाला और उसे सौ रुपये का नोट देकर कहा, “चीन के शाहज़ादे! दो बोतलें थर्ड क्लास रम की ले आओ...मेरा मतलब है, ‘थ्री एक्स रम’ की और आधा दर्जन गिलास।”

मुझे बाद में मालूम हुआ कि उसका नौकर सिर्फ़ चीन का ही नहीं, दुनिया के हर बड़े देश का शहज़ादा था। चड्डा की जुबान पर जिस देश का नाम आ जाता, वह उसी का शहज़ादा बन जाता था। उस वक़्त चीन का शहज़ादा सौ का नोट उँगलियों से खड़खड़ाता चला गया।

चड्डा ने टूटे हुए स्प्रिंगों वाले पलंग पर बैठकर अपने होंठ 'श्री एक्स रम' के स्वागत में चटखाते हुए कहा, "वेट इज़ वेट–आफ्टर ऑल, तुम इधर आ ही निकले।"

फिर एकदम फ़िक्रमंद होकर बोला–"यार, भाभी का क्या होगा? वह तो घबरा जाएँगी।"

चड्डा बिना बीवी का था, मगर दूसरों की बीवियों का बहुत ख़याल रहता था। वह उनकी इतनी क़द्र करता था, मानो सारी उम्र कुँवारा रहना चाहता था। वह कहा करता था–"यह हीनता भाव है, जिसने मुझे अब तक इस नेमत से महरूम रखा है। जब शादी का सवाल आता है तो फ़ौरन तैयार हो जाता हूँ, लेकिन बाद में यह सोचकर कि मैं बीवी के क़ाबिल नहीं हूँ, सारी तैयारी कोल्ड स्टोरेज में डाल देता हूँ।"

रम बहुत जल्दी आ गई, गिलास भी। चड्डा ने छह मंगवाए थे और चीन का शहज़ादा तीन लाया था, बाक़ी तीन रास्ते में टूट गए थे। चड्डा ने उनकी परवाह न की और भगवान का शुक्रिया किया कि बोतल सलामत रही। एक बोतल जल्दी-जल्दी खोलकर उसने कोरे गिलासों में रम डाली और कहा, "तुम्हारे पूना आने की ख़ुशी में।" हम दोनों ने लंबे-लंबे घूँट भरे और गिलास ख़ाली कर दिए।

दूसरा दौर शुरू करके चड्डा उठा और कमरे में देखकर आया कि मेरी बीवी अभी तक सो रही है। उसको बहुत तरस आया। कहने लगा, "पहले मैं चाय मँगवाता हूँ।" यह कहकर उसने रम का एक छोटा-सा घूँट लिया और नौकर को आवाज़ दी, "जमैका के शहज़ादे।"

जमैका का शहज़ादा जल्द आ गया। चड्डा ने उससे कहा–"देखो मम्मी से कहो, एकदम फ़र्स्ट क्लास चाय तैयार करके भेज दे।"

नौकर चला गया। चड्डा ने अपना गिलास खाली किया और शरीफ़ाना पेग डालकर कहा, "मैं इस वक़्त ज़्यादा नहीं पीऊँगा। पहले चार पेग मुझे बहुत जज़्बाती बना देते हैं। मुझे भाभी को छोड़ने तुम्हारे साथ प्रभात नगर जाना है।"

आधे घंटे के बाद चाय आ गई। बहुत साफ़ बरतन थे और बड़े सलीके से ट्रे में रखे हुए थे। चड्डा ने टी कोज़ी उठाकर चाय की ख़ुशबू सूँघी और ख़ुशी जाहिर करता हुआ बोला, "मम्मी इज़ ए ज्वेल…" फिर उसने इथोपिया के शहज़ादे पर बरसना शुरू कर दिया। उसने इतना शोर मचाया कि मेरे कान बिलबिला उठे। इसके बाद उसने ट्रे उठाई और मुझसे कहा–"आओ।"

मेरी बीवी जाग रही थी। चड्डा ने ट्रे बड़ी सफ़ाई से टूटी हुई तिपाई पर रखी और बड़े अदब से कहा, "हाजिर है बेगम साहब।" मेरी बीवी को यह मज़ाक़ पसंद न आया, लेकिन चाय का सामान चूँकि साफ़-सुथरा था, इसलिए उसने इंकार न किया और दो प्यालियाँ पी लीं। उनसे उसको कुछ ताज़गी मिली। उसके बाद हम दोनों की ओर मुड़कर उसने भेदभरी आवाज़ में कहा, "आप अपनी चाय तो पहले ही पी चुके हैं!"

मैंने जवाब न दिया, मगर चड्डा ने झुककर बड़ी ईमानदारी दिखाते हुए कहा, "जी हाँ, यह ग़लती हमसे हो चुकी है; लेकिन हमें यक़ीन था कि आप ज़रूर माफ़ कर देंगी?"

मेरी बीवी मुस्कराई तो वह खिल-खिलाकर हँसा, "हम दोनों बहुत ऊँची नस्ल के सूअर हैं, जिन पर हर हराम की चीज़ हलाल है। चलिए, अब हम आपको मस्जिद तक छोड़ आएँ।"

मेरी बीवी को फिर चड्डा का यह मज़ाक़ पसंद न आया। असल में उसको चड्डा ही से नफ़रत थी या यों कहिए कि उसे मेरे हर दोस्त से नफ़रत थी, और चड्डा उनमें सबसे ज़्यादा खलता था, क्योंकि कभी-कभी वह बेतकल्लुफ़ी की हदें भी पार कर जाता था। लेकिन बड़का को इसकी कोई परवाह नहीं थी। मेरा ख़याल है कि उसने कभी इसके बारे में सोचा ही नहीं था। वह ऐसी बेकार की बातों में दिमाग़ ख़र्च करना एक ऐसा 'इनडोर गेम' समझता था, जो लूडो से कहीं अधिक बेमानी होता है। उसने मेरी बीवी

के बिगड़े तेवरों को बड़ी खुश-खुश नज़रों से देखा और नौकर को आवाज़ दी, "ओ कबाबिस्तान के शहज़ादे—एक अदद ताँगा लाओ—रोल्ज़ राईस क़िस्म का।"

कबाबिस्तान का शहज़ादा चला गया और साथ ही चड्डा भी। वह शायद दूसरे कमरे में गया था। एकांत मिला तो मैंने अपनी बीवी को समझाया कि कबाब होने की कोई ज़रूरत नहीं। आदमी की ज़िंदगी में ऐसे लम्हे आ ही जाया करते हैं, जिनका कभी ख़याल तक नहीं आता। उनसे गुज़रने का सबसे अच्छा तरीका यही है कि उनको गुज़र जाने दिया जाए। लेकिन अमूलन उसने मेरी इस सीख पर कोई ध्यान नहीं दिया और बड़बड़ाती रही। इतने में कबाबिस्तान का शहज़ादा रोल्ज़ राईस क़िस्म का ताँगा लेकर आ गया और हम प्रभात नगर के लिए चल पड़े।

बहुत ही अच्छा हुआ कि मेरा फिल्मों का पुराना साथी घर में मौजूद नहीं था, उसकी बीवी थी। चड्डा ने मेरी बीवी उसके सुपुर्द की और कहा, "खरबूज़ा, खरबूज़े को देखकर रंग पकड़ता है। बीवी, बीवी को देखकर रंग पकड़ती है, यह हम अभी आकर देखेंगे।" फिर वह मुझसे बोला, "चलो मंटो, स्टूडियो में तुम्हारे दोस्त को पकड़ें।"

चड्डा कुछ ऐसी अफ़रा-तफ़री मचा दिया करता था कि दूसरों को सोचने-समझने का बहुत कम मौका मिलता था। उसने मेरी बाँह पकड़ी और बाहर ले गया और मेरी बीवी सोचती ही रह गई। तांगे में सवार होकर अब बबूला ने कुछ सोचने के ढंग में कहा—"यह तो हो गया, अब क्या प्रोग्राम है?" फिर खिल-खिलाकर हँसा—"मम्मी...ग्रेट...मम्मी!"

मैं उससे पूछने ही वाला था कि यह मम्मी किस चिड़ीमार की औलाद है कि चड्डा ने बातों का ऐसा सिलसिला शुरू कर दिया कि मेरा सवाल बेमौत मर गया।

ताँगा वापस उस डाक बंगलेनुमा कोठी पर पहुँचा, जिसका नाम 'सईदा काटेज' था, लेकिन चड्डा उसको 'कबीदा काटेज' कहा करता था, क्योंकि उसमें रहने वाले सबके सब कबीदा रहते हैं। हालाँकि यह ग़लत था, जैसाकि मुझे बाद में मालूम हुआ।

उस काटेज में काफ़ी आदमी रहते थे, हालाँकि ऊपरी ढंग से देखने में यह जगह बिलकुल ग़ैर आबाद मालूम होती थी। सब के सब उसी फ़िल्म कंपनी के नौकर थे, जो महीने की तनख़्वाह हर तीन महीने बाद देती थी और वह भी कई किस्तों में। एक-एक करके जब वहाँ के निवासियों से मेरा परिचय हुआ, तो पता चला कि सब के सब असिस्टेंट डायरेक्टर थे, कोई चीफ असिस्टेंट डायरेक्टर, कोई उसका सहायक और कोई उस सहायक का सहायक। हर दूसरा किसी पहले का सहायक था, और अपनी निजी फ़िल्म कंपनी की बुनियाद डालने के लिए पैसा इकट्ठा कर रहा था। अपने पहनावे और हाव-भाव से हर कोई हीरो मालूम होता था। कंट्रोल का ज़माना था लेकिन किसी के पास राशन कार्ड नहीं था। वे चीज़ें भी, जो थोड़ी-सी तकलीफ़ के बाद आसानी से कम क़ीमत पर मिल सकती थीं, ये लोग ब्लैक मार्केट से ख़रीदते थे। पिक्चर ज़रूर देखते थे, रेस का जमाना होता तो रेस खेलते थे, नहीं तो सट्टा। जीतते कभी-कभार ही थे, लेकिन हारते हर रोज़ थे।

सईदा काटेज की आबादी बहुत घनी थी। चूँकि जगह कम थी, इसलिए मोटर गैराज भी रहने के काम में लाया जाता था। उसमें एक फैमिली रहती थी। शीरीं नाम की एक औरत थी, जिसका ख़ाविंद शायद एकरूपता तोड़ने के लिए असिस्टैंट डायरेक्टर नहीं था।

वह उसी फ़िल्म कंपनी में नौकर था, लेकिन मोटर ड्राइवर था। मालूम नहीं वह कब आता था और कब जाता था, क्योंकि मैंने उस शरीफ़ आदमी को वहाँ कभी नहीं देखा। शीरीं का एक छोटा-सा लड़का भी था, जिसको सईदा काटेज के सभी निवासी फ़ुरसत के समय प्यार करते। शीरीं, जो काफ़ी हसीन थी, अपना ज़्यादातर वक़्त गैराज में गुज़ारती थी।

काटेज का बढ़िया हिस्सा चड्डा और उसके दो साथियों के पास था। ये तीनों भी ऐक्टर थे, लेकिन हीरो नहीं थे। एक सईद था, जिसका फ़िल्मी नाम रंजीत कुमार था। चड्डा कहा करता था कि सईद काटेज उसी गधे के नाम से मशहूर है, नहीं तो उसका नाम 'कबीदा काटेज' ही था। वह काफ़ी खूबसूरत और कम-गो था। चड्डा कभी-कभी उसे कछुआ कहा करता था क्योंकि वह हर काम बहुत आहिस्ता-आहिस्ता करता था।

दूसरे ऐक्टर का नाम मालूम नहीं था, लेकिन सब उसे ग़रीब नवाज़ कहते थे। वह हैदराबाद के एक खाते-पीते घराने से ताल्लुक़ रखता था और ऐक्टिंग के शौक़ में यहाँ चला आया था। तनख़्वाह ढाई सौ रुपये माहवार मुक़र्रर थी, लेकिन उसे नौकर हुए एक बरस हो गया था, और इस बीच उसने केवल एक बार ढाई सौ रुपये एडवांस के रूप में लिये थे–वह भी चड्डा के लिए, जिसे एक ख़ूँख़्वार पठान की अदायगी करनी थी। ऊटपटाँग क़िस्म की जुबान में फ़िल्मी कहानियाँ लिखना उसका शग़्ल था और कभी-कभी वह शायरी भी कर लिया करता। था। काटेज का हर आदमी उसका क़र्ज़दार था।

शकील और अक़ील दो भाई थे। दोनों किसी असिस्टेंट डायरेक्टर के असिस्टेंट थे और सबकी तरह अपनी फ़िल्म कंपनी बनाने के लिए पैसे जुटाने के चक्कर में थे। तीन बड़े यानी चड्डा, सईद और ग़रीब नवाज़ शीरीं का बहुत ख़याल रखते थे, लेकिन तीनों कभी इकट्ठे गैराज में नहीं जाते थे। हालचाल पूछने का उनका कोई वक़्त भी मुक़र्रर न था। तीनों जब काटेज के बड़े कमरे में इकट्ठे होते तो उनमें से एक उठकर गैराज में चला जाता और कुछ देर वहाँ बैठकर शीरीं के घरेलू मामलों पर बातचीत करता रहता। बाक़ी दो अपने-अपने काम में लगे रहते।

जो असिस्टेंट क़िस्म के लोग थे वे शीरीं का हाथ बँटाया करते थे। कभी उसको बाज़ार से सौदा-सट्टा ला दिया, कभी लांड्री में उसके कपड़े धुलने दे आए और कभी उसके रोते बच्चे को बहला दिया। उनमें से 'कबीदा ख़ातिरो' कोई भी न था, सबके सब प्रसन्न थे। अपने मुश्किल हालात की चर्चा भी करते तो बड़ी ख़ुशी से। इसमें कोई शक नहीं कि उनकी ज़िंदगी बड़ी दिलचस्प थी।

हम काटेज के गेट में दाख़िल होने जा रहे थे कि ग़रीब नवाज़ साहब बाहर आ रहे थे। चड्डा ने उसकी ओर ध्यान से देखा और अपनी जेब में हाथ डालकर नोट निकाले। बिना गिने उसने कुछ ग़रीब नवाज़ को दे दिए और कहा, "चार बोतलें स्काच की चाहिए, कमी आप पूरी कर दीजिएगा, देशी हो तो मुझे वापस मिल जाए।"

ग़रीब नवाज़ के हैदराबादी होंठों पर गहरी साँवली मुस्कराहट आ गई। चड्डा खिल-खिलाकर हँसा और मेरी ओर देखकर उसने ग़रीब नवाज़ से कहा, "यह मिस्टर मंटो हैं...लेकिन इनसे तफ़्सीली मुलाक़ात की इजाज़त

इस वक़्त नहीं मिल सकती। यह रम पिए हैं। शाम को स्काच आ जाए तो... लेकिन आप जाइए।"

ग़रीब नवाज़ चला गया। हम अंदर दाख़िल हुए। चड्डा ने एक ज़ोर की जम्हाई ली और रम की बोतल उठाई जो आधी से ज्यादा ख़ाली थी। उसने रोशनी में उसकी मिक़्दार का सरसरी तौर पर अंदाज़ लगाया और नौकर को आवाज़ दी, "क़ज़ाकिस्तान के शहज़ादे।" जब वह न आया तो उसने अपने गिलास में एक बड़ा पेग डालते हुए कहा, "ज्यादा पी गया है, कमबख़्त।"

गिलास ख़त्म करते हुए वह कुछ फ़िक्रमंद हो गया—"यार, भाभी को तुम ख़ामख़्वाह यहाँ लाए। ख़ुदा क़सम, मुझे अपने सीने पर बोझ-सा महसूस हो रहा है।" फिर ख़ुद ही उसने अपने को हौसला बँधाया—"लेकिन मेरा ख़याल है कि बोर नहीं होंगी वहाँ।"

मैंने कहा—"हाँ-वहाँ, रहकर वह मेरे क़त्ल का फ़ौरी इरादा नहीं कर सकती।" यह कहकर मैंने अपने गिलास में रम डाली, जिसका स्वाद बुसे हुए गुड़ जैसा था।

जिस कबाड़ख़ाने में हम बैठे थे, उसमें सलाखों वाली दो खिड़कियाँ थीं, जिनसे बाहर का हिस्सा खाली-खाली सा नज़र आता था। इधर से किसी ने चड्डा का नाम लेकर ज़ोर से पुकारा। मैं चौंक पड़ा और देखा कि म्यूज़िक डायरेक्टर वनकुतरे हैं। कुछ समझ में नहीं आता था कि वह किस नस्ल का है। मंगोल है, हब्शी है, आर्य है या क्या बला है। कभी-कभी उसके किसी नखशिख को देखकर आदमी किसी नतीजे पर पहुँचने ही वाला होता था कि उसके बदले में कोई ऐसा निशान नज़र आ जाता कि जल्द ही नये सिरे से सोचना पड़ जाता। वैसे वह मराठा था, लेकिन शिवाजी की तीख़ी नाक के बजाय उसके चेहरे पर बड़े हैरतअंगेज ढंग से मुड़ी हुई चपटी नाक थी, जो उसके ख़याल में उनके सर के लिए बहुत ज़रूरी थी, जिनका सीधा ताल्लुक नाक से होता है। उसने मुझे देखा तो चिल्लाया, "मंटो-मंटो सेठ।"

चड्डा ने उससे ज्यादा ऊँची आवाज़ में कहा—"सेठ की ऐसी-तैसी-चल, अंदर आ!"

वह जल्द अंदर आ गया। अपनी जेब से उसने हँसते हुए रम की एक बोतल निकाली और तिपाई पर रख दी—"मैं साला इधर मम्मी के पास गया।

वह बोला-तुम्हारा फ्रैंड आए ला... मैं बोला साला यह फ्रैंड कौन होने को सकता है... साला मालूम न था, साला मंटो है।"

चड्डा वनकुतरे के कद्दू जैसे सिर पर एक धौल जमाई, "अब चुप कर साले...तू रम ले आया...बस ठीक है।" वनकुतरे ने अपना सिर सहलाया और मेरा ख़ाली गिलास उठाकर अपने लिए पेग बनाया, "मंटो, यह साला आज मिलते ही कहने लगा-आज पीने को जी चाहता है...मैं एकदम कड़का... सोचा, क्या करूँ..."

चड्डा ने एक और धप्पा उसके सिर पर जमाया-"बैठ बे, जैसे तूने सचमुच ही कुछ सोचा होगा।"

"सोचा नहीं तो साला यह इतनी बड़ी बाटली कहाँ से आया-तेरे बाप ने दिया?" वनकुतरे ने एक ही घूँट में रम ख़त्म कर दी। चड्डा ने उसकी बात सुनी-अनसुनी कर दी और उससे पूछा-"तू यह तो बता कि मम्मी क्या बोली" बोली थी कि मौज़ील कब आएगी?...अरे हाँ..."वह प्लेटीनम ब्लोंड।"

वनकुतरे ने जवाब में कुछ कहना चाहा, लेकिन चड्डा ने मेरी बाँह पकड़कर कहना शुरू कर दिया, "मंटो! ख़ुदा की क़सम, क्या चीज़ है! सुना करते थे कि एक चीज़ प्लेटीनम ब्लोंड भी होती है, मगर देखने का मौका कब मिला-बाल हैं, जैसे चाँदी के महीन तार...ग्रेट...ख़ुदा की कसम मंटो, बहुत ग्रेट...मम्मी ज़िंदाबाद!" फिर उसने गुस्सैल नज़रों से वनकुतरे की ओर देखा और कड़क कर कहा, "वनकुतरे के बच्चे...नारा क्यों नहीं लगाता... मम्मी ज़िंदाबाद!"

चड्डा और वनकुतरे दोनों ने मिलकर 'मम्मी ज़िंदाबाद!' के कई नारे लगाए। इसके बाद वनकुतरे ने चड्डा के सवालों का फिर जवाब देना चाहा, लेकिन उसने उसे चुप करा दिया, "छोड़ो यार...मैं जज़्बाती हो गया हूँ...इस वक़्त यह सोच रहा हूँ कि आम तौर पर माशूक़ के बाल काले होते हैं, जिन्हें काली घटा कहा जाता है...मगर यहाँ कुछ और ही मामला हो गया है।" फिर वह मुझसे मुख़ातिब हुआ-"मंटो, बड़ी गड़बड़ हो गई है, उसके बाल चाँदी के तारों जैसे हैं-चाँदी का रंग भी नहीं कहा जा सकता-मालूम नहीं, प्लेटीनम का रंग कैसा होता है क्योंकि मैंने अभी तक यह धातु देखी

नहीं...कुछ अजीब-सा ही रंग है–फ़ौलाद और चाँदी दोनों मिला दिए जाएँ...।"
वनकुतरे ने दूसरा पेग ख़त्म करते हुए कहा–"और उसमें थोड़ी-सी थ्री एक्स
रम मिक्स कर दी जाए।"

"चड्डा ने भिन्नाकर उसे एक बहुत ही मोटी गाली दी। "बकवास न
कर!" फिर उसने बड़ी बेचारी नज़रों से मेरी ओर देखा–"यार...मैं सचमुच
जज़्बाती हो गया हूँ...वह रंग...ख़ुदा की क़सम, लाजवाब रंग है...वह तुमने
देखा है...वह, जो मछलियों के पेट पर होता है...नहीं-नहीं, हर जगह होता है
पोमफ्रेट मछली...उसके वे क्या होते हैं?...नहीं-नहीं, साँपों के...वे नन्हे-नन्हे
खपरे...बस, उनका रंग...खपरे...यह शब्द मुझे एक हिंद सतोड़े ने बताया था...
इतनी ख़ूबसूरत चीज़ और ऐसा भोंडा नाम...पंजाबी में हम इन्हें चाने कहते हैं।
इस लफ्ज में चिनचिनाहट है...वही, बिलकुल वही, जो उसके बालों में है। लटें
नन्ही-नन्ही साँपोलियाँ मालूम होती हैं, जो लोट लगा रही हैं...।" वह एकदम
उठा। "साँपोलियों की ऐसी-तैसी! मैं जज़्बाती हो गया हूँ।" वनकुतरे ने बड़े
भोलेपन से पूछा–"वह क्या होता है?"

चड्डा से जवाब दिया–"सेंटीमेंटल", "लेकिन तू क्या समझेगा बाला जी
बाजीराव और नाना फ़रनवीस की औलाद...!"

वनकुतरे ने अपने लिए एक और पेग बनाया और मुझसे मुख़ातिब
होकर कहा–"यह साला चड्डा समझता है कि मैं इंगलिश नहीं समझता हूँ।
मैट्रीकुलेट हूँ...साला मेरा बाप मुझसे बहुत मोहब्बत करता था...उसने..."

चड्डा ने चिढ़कर कहा–"उसने तुझे तानसेन बना दिया...और तेरी नाक
मरोड़ दी, ताकि निकोड़े सुर आसानी से तेरी नाक से निकल सकें। बचपन
में ही उसने तुझे ध्रुपद गाना सिखा दिया था और दूध पीने के लिए तू मियाँ
की टोड़ी में रोया करता था और पेशाब करते वक़्त अड़ाना में, और तूने
पहली बात पटदीप में की थी...और तेरा बाप...जगत उस्ताद था। बैजू बावरे
के भी कान काटता था...और तू आज उसके कान काटता है...इसलिए तेरा
नाम कन कुतरे है।" इतना कहकर वह मेरी ओर मुड़ा और कहा–"मंटो,
यह साला जब भी पीता है, अपने बाप की तारीफ़ शुरू कर देता है। वह
इससे मोहब्बत करता था तो मुझ पर उसने क्या अहसान किया और उसने

इसे मैट्रीकुलेट बना दिया तो इसका यह मतलब नहीं कि में अपनी बी० ए० की डिग्री फाड़कर फेंक दूँ।"

वन कुतरे ने इस बौछार पर आपत्ति ज़ाहिर करनी चाही, मगर चड्डा ने उसे वहीं दबा दिया, "चुप रह...मैं कह चुका हूँ कि मैं सेंटीमेंटल हो गया हूँ...हाँ, वे रंग, पोमफ्रेट मछली के...नहीं-नहीं...साँप के नन्हे-नन्हे खपरे...बस, इन्हीं का रंग...मम्मी ने ख़ुदा जाने अपनी बीन पर कौन-सा राग बजाकर उस नागिन को बाहर निकाला है।"

वन कुतरे सोचने लगा। "पेटी मँगाओ, मैं बजाता हूँ।"

चड्डा खिल-खिलाकर हँसने लगा "बैठ बे मैट्रीकुलेट के चाकुलेट...।" उसने रम की बोतल में से बची हुई रम को अपने गिलास में उड़ेल लिया और मुझसे कहा, "मंटो, अगर यह प्लेटिनम ब्लोंड न पटी तो चड्डा हिमालय पहाड़ की किसी चोटी पर धूनी रमाकर बैठ जाएगा...।" और उसने गिलास ख़ाली कर दिया।

वन कुतरे ने अपनी लाई हुई बोतल खोलनी शुरू की "मंटो, मुल्गी एकदम चाँगली है।"

मैंने कहा—"देख लेंगे।"

"आज ही, आज रात मैं एक पार्टी दे रहा हूँ। यह बहुत ही अच्छा हुआ कि तुम आ गए और एक सौ आठ मेहता जी ने तुम्हारी वजह से एडवांस दे दिया, नहीं तो बड़ी मुश्किल हो जाती...आज रात...आज ही रात..." चड्डा ने बड़े भोंड़े सुरों में गाना शुरू कर दिया, "आज की रात साज़-ए-दर्द न छेड़।"

बेचारा वन कुतरे उसकी इस ज़्यादती पर एक बार फिर आपत्ति करने ही वाला था कि तभी ग़रीब नवाज़ और रंजीत कुमार आ गए। दोनों के पास स्कॉच की दो-दो बोतलें थीं। ये उन्होंने मेज पर रख दीं।

रंजीत कुमार से मेरे अच्छे-ख़ासे ताल्लुक़ात थे। लेकिन बेतकल्लुफ़ी नहीं थी, इसलिए हम दोनों ने थोड़ी-सी आप कब आए? आज ही आया। ऐसी रस्मी बातें कीं और गिलास टकराकर पीने लग गए।

चड्डा वाक़यी बहुत जज़्बाती हो गया था। हर बात में उस प्लेटिनम ब्लोंड का ज़िक्र ले आता था। रंजीत कुमार दूसरी बोतल का चौथाई हिस्सा

चढ़ा गया था। ग़रीब नवाज़ ने स्काच के तीन पेग पिए थे। नशे के मामले में उन सबकी हालत अब तक एक जैसी थी। मैं चूँकि ज्यादा पीने का आदी हूँ, इसलिए मैं ज्यों का त्यों बैठा था। उनकी बातचीत से मैंने अंदाज़ा लगाया कि वे चारों उस नई लड़की पर बहुत बुरी तरह मर मिटे थे जो मम्मी ने कहीं से पैदा की थी। इस अमूल्य मोती का नाम फ़ीलस था। पूने में कोई हेयर ड्रेसिंग सैलून था, जहाँ वह नौकरी करती थी। उसके साथ आम तौर पर एक हिजड़ा-सा लड़का रहा करता था। लड़की की उम्र चौदह-पन्द्रह बरस के क़रीब थी। ग़रीब नवाज़ तो यहाँ तक उस पर गर्म था कि वह हैदराबाद में अपने हिस्से की जायदाद बेचकर भी उस पर दाँव लगाने के लिए तैयार था। चड्डा के पास तुरुप का सिर्फ़ एक पत्ता था, अपनी ख़ूबसूरती। वनकुतरे का ख़याल था कि उसकी पेटी सुन वह परी ज़रूर शीशे में उतर आएगी और रंजीत कुमार ज़ोर-ज़बरदस्ती को ही कारगर समझता था... लेकिन सब आख़िर में यही सोचते थे कि देखिए, मम्मी किस पर मेहरबानी करती है। इससे मालूम होता था कि उस प्लेटिनम ब्लोंड फ़ीलस को वह स्त्री, जिसे मैंने चड्डा के साथ ताँगे में देखा था, किसी के भी हवाले कर सकती थी।

फ़ीलस की बातें करते-करते चड्डा ने अचानक अपनी घड़ी देखी और मुझसे कहा—"जहन्नुम में जाए यह छोकरी, चलो यार...भाभी वहाँ कबाब हो रही होंगी...लेकिन मुसीबत यह है कि मैं वहाँ भी कहीं सेंटीमैंटल न हो जाऊँ...ख़ैर, तुम मुझे सँभाल लेना।" अपने गिलास की कुछ आख़िरी बूंदें गले में टपकाकर उसने नौकर को आवाज़ दी, "ममियों के मुल्क मिस्र के शहज़ादे।"

ममियों के मुल्क मिस्र का शहज़ादा इस तरह आँखें मलता हुआ वहाँ आया, जैसे उसे सदियों के बाद खोदकर बाहर निकाला गया हो। चड्डा ने उसके मुँह पर रम के छींटे मारे और कहा—"दो अदद ताँगे लाओ...जो मिस्र के रथ मालूम हों।"

ताँगे आ गए। हम सब उन पर लदकर प्रभात नगर के लिए चल पड़े। मेरा पुराना फ़िल्मों का साथी हरीश घर पर मौजूद था। इतनी दूरी पर रहने के बावजूद उसने मेरी बीवी की ख़ातिरदारी में कोई कसर नहीं छोड़ी थी। चड्डा ने आँख के इशारे से उसे सारा मामला समझा दिया था, इसलिए फ़ायदेमंद साबित हुआ। मेरी बीवी ने अपना ख़याल ज़ाहिर नहीं किया। उसका वक़्त

वहाँ कुछ अच्छा ही बीता था। हरीश ने, जो औरत के मिज़ाज का अच्छा जानकार था, बड़ी मज़ेदार बातें कीं और आख़िर में मेरी बीवी से इल्तजा की कि वह उसकी शूटिंग देखने चले, जो उस दिन होने वाली थी। मेरी बीवी ने पूछा, "कोई गाना फ़िल्मा रहे हैं आप?"

हरीश ने जवाब दिया, "जी नहीं, वह कल का प्रोग्राम है–मेरा ख़याल है, आप कल चलिएगा।"

हरीश की बीवी शूटिंग देख-देखकर और दिखा-दिखाकर तंग आई हुई थी। उसने जल्द मेरी बीवी से कहा–"हाँ, कल ठीक रहेगा।" फिर सबकी ओर देखकर बोली–"आज सफ़र की थकान भी है।"

हम सबने सुकून की साँस ली। हरीश ने फिर कुछ देर तक मज़ेदार बातें कीं, आख़िर में मुझसे कहा, "चलो यार, तुम चलो मेरे साथ" फिर मेरे तीन साथियों की ओर देखा, "इनको छोड़ो...सेठ साहब तुम्हारी कहानी सुनना चाहते हैं।"

मैंने बीवी की ओर देखा और हरीश से कहा–"इनसे इजाज़त ले लो।"

मेरी भोली-भाली बीवी जाल में फँस चुकी थी। उसने हरीश से कहा–"मैंने बंबई से चलते वक़्त इनसे कहा भी था कि अपना डॉक्यूमेंट केस साथ ले चलिए, लेकिन इन्होंने कहा–कोई ज़रूरत नहीं। अब ये कहानी क्या सुनाएँगे?"

हरीश ने कहा–"ज़ुबानी सुना देगा।" फिर उसने मेरी ओर यूँ देखा, जैसे कह रहा हो कि जल्दी 'हाँ' कहो।

मैंने धीमे से कहा–"हाँ, ऐसा हो सकता है।"

चड्डा ने उस ड्रामे में आख़िरी टच दिया, "तो भई हम चलते हैं।" और वे तीनों सलाम-नमस्ते करके चले गए। थोड़ी देर के बाद मैं और हरीश निकले। प्रभात नगर के बाहर ताँगे खड़े थे। चड्डा ने हमें देखा और ज़ोर का नारा लगाया, "राजा हरिश्चन्द्र की जय!"

शाम की महफ़िल जमी मम्मी के घर।

यह भी एक काटेज थी–शक्ल-ओ-सूरत और बनावट में सईद काटेज जैसी, मगर बहुत साफ़-सुथरी, जिससे मम्मी के सलीके का पता चलता था।

फर्नीचर मामूली था, लेकिन जो चीज़ वहाँ थी, सजी हुई थी। मैंने सोचा था कि मम्मी के घर कोई वेश्यालय होगा, लेकिन उस घर की किसी चीज़ से भी नज़रों को ऐसा शक नहीं होता था। वह वैसा ही शरीफ़ाना था जैसाकि एक औसत दर्जे के ईसाई का होता है। लेकिन मम्मी की उम्र के मुक़ाबले में वह कुछ जवान-सा दिखाई देता था। उस पर वह मेकअप नहीं था, जो मैंने मम्मी की झुर्रियों वाले चेहरे पर देखा था। जब मम्मी ड्राइंग रूम में आई तो मैंने सोचा कि इर्द-गिर्द की जितनी चीज़ें हैं, वे आज की नहीं बरसों पुरानी हैं, केवल मम्मी आगे निकलकर बूढ़ी हो गई हैं और वे वैसी की वैसी पड़ी रही हैं–उनकी जो उम्र थी, वह वहीं की वहीं रही हैं...लेकिन जब मैंने उसके गहरे और शोख मेकअप की ओर देखा तो मेरे दिल में न जाने क्यों, यह इच्छा पैदा हुई कि वह भी अपने इर्द-गिर्द के माहौल की तरह पूरी तरह जवान बन जाए।

चड्डा ने उससे मेरा परिचय कराया, जो बहुत मुख़्तसर और फिर मुख़्तसर में ही उसने मुझसे मम्मी के बारे में यह कहा–"यह मम्मी है...दी ग्रेट मम्मी...!"

मम्मी अपनी तारीफ़ सुनकर मुस्करा दी और मेरी तरफ़ देखकर उसने चड्डा से अंग्रेजी में कहा–"तुमने जो चाय मँगवाई थी वह बहुत जल्दी में बनी थी, वह शायद इन्हें पसंद न आई हो।" फिर उसने मेरी ओर मुड़कर कहा, "मिस्टर मंटो, मैं बहुत शर्मिंदा हूँ। असल में सारा क़सूर तुम्हारे दोस्त चड्डा का है, जो मेरा बेहद बिगड़ा हुआ लड़का है।"

मैंने उचित लफ़्ज़ों में चाय की तारीफ़ की और उसका शुक्रिया अदा किया। मम्मी ने मुझे बेकार की तारीफ़ न करने के लिए कहा और फिर चड्डा से बोली, "रात का खाना तैयार है...यह मैंने इसलिए किया कि तुम ऐन वक़्त मेरे सिर पर सवार हो जाओगे...।"

चड्डा ने मम्मी को गले से लगा लिया–"यू आर ए ज्वेल मम्मी! यह खाना अब हम खाएँगे।"

मम्मी ने चौंककर पूछा, "क्या?...नहीं, हरगिज़ नहीं।" चड्डा ने उसे बताया, "मिसेज मंटो को प्रभात नगर छोड़ आए हैं।"

मम्मी चिल्लाई, "ख़ुदा तुम्हें ग़ारत करे...यह तुमने क्या किया!" चड्डा खिल-खिलाकर हँसा, "आज पार्टी जो होने वाली थी।"

"वह तो मैंने मिस्टर मंटो को देखते ही अपने दिल में कैंसिल कर दी थी।" मम्मी ने अपना सिगरेट सुलगाया।

चड्डा का दिल डूब गया। "ख़ुदा अब तुम्हें ग़ारत करे...और यह सब प्लान हमने इस पार्टी के लिए बनाया था।" वह कुर्सी पर यासज़दा-सा होकर बैठ गया और कमरे के ज़र्रे-ज़र्रे में मुख़ातिब होकर कहने लगा, "लो, सारे सपने मलियामेट हो गए...प्लेटिनम ब्लोंड...औंधे साँप के नन्हे-नन्हे खपरों जैसे रंग वाली...।" एकदम उठकर उसने मम्मी को बाज़ुओं से पकड़ लिया, "कैंसिल की थी–अपने दिल में कैंसिल की थी ना...लो, उस पर साद बना देता हूँ।" और उसने मम्मी के दिल की जगह पर उँगली से बहुत बड़ा साद बना दिया और ऊँची आवाज़ में पुकारा, 'हुर्रे।'

मम्मी संबंधित लोगों को इत्तिला भेज चुकी थी कि पार्टी कैंसिल हो चुकी है। लेकिन मैंने महसूस किया कि वह चड्डा का दिल तोड़ना नहीं चाहती थी। इसलिए उसने लाड़ से उसके गाल थपथपाए और कहा, "तुम फ़िक्र न करो, मैं अभी इंतज़ाम करती हूँ।"

वह इंतज़ाम करने बाहर चली गई। चड्डा ने ख़ुशी का एक और नारा लगाया और वन कुतरे से कहा, "जनरल वन कुतरे, जाओ, हेडक्वार्टर से सारी तोपें ले आओ।"

वनकुतरे ने सैल्यूट किया और हुक्म-उदूली के लिए चला गया। सईद काटेज बिलकुल पास थी। दस मिनट के अंदर-अंदर वह बोतलें लेकर वापस आ गया। उसके साथ चड्डा का नौकर था। चड्डा ने उसको देखा तो उसका स्वागत किया, "आओ, आओ, मेरे कोह-ए-काफ़ के शहज़ादे...वह...वह साँप के खपरों जैसे रंग के बालों वाली छोकरी आ रही है... तुम भी किस्मत–आज़मा लेना।"

रंजीत कुमार और ग़रीब नवाज़ को चड्डा का इस तरह का नियंत्रण अच्छा न लगा। दोनों ने मुझसे कहा कि यह चड्डा की बहुत बेहूदगी है। इस बेहूदगी को उन्होंने बहुत महसूस किया था। चड्डा नियमानुसार अपनी

हाँकता रहा और वे चुपचाप एक कोने में बैठे आहिस्ता-आहिस्ता रम पीकर एक-दूसरे से अपने सुख-दुख की बातें करते रहें।

मैं मम्मी के बारे में सोचता रहा। ड्राइंग रूम में ग़रीब नवाज़, रंजीत कुमार और चड्डा बैठे थे। ऐसा लगता था कि ये छोटे-छोटे बच्चे बैठे हैं और इनकी माँ बाहर खिलौने लेने गई है। ये सब इंतज़ार में हैं। चड्डा संतुष्ट था कि सबसे अच्छा खिलौना उसे मिलेगा, इसलिए कि वह अपनी माँ का चहेता है। बाक़ी दो का दुख चूँकि एक जैसा था, इसलिए वे एक-दूसरे के ख़ैरख़्वाह बन गए थे...शराब इस माहौल में दूध मालूम होती थी और वह प्लेटिनम ब्लोंड...उसकी कल्पना दिमाग़ में एक छोटी-सी गुड़िया के रूप में आती थी...हर माहौल का अपना एक ख़ास संगीत होता है। उस वक़्त जो संगीत मेरे दल के कानों तक पहुँच रहा था, उसमें कोई सुर उत्तेजक नहीं था। हर चीज़ माँ और उसके बच्चों के आपसी संबंधों की तरह जाहिर थी।

मैंने जब उसको ताँगे में चड्डा के साथ देखा था तो मुझे धक्का-सा लगा था। मुझे अफ़सोस हुआ कि मेरे दिल में उन दोनों के बारे में बुरे ख़याल पैदा हुए; लेकिन यह चीज़ मुझे बार-बार सता रही थी कि वह इतना गहरा मेकअप क्यों करती है, जो उसकी झुर्रियों की तौहीन है। उस ममता की तौहीन है, जो उसके दिल में चड्डा, ग़रीब नवाज़ और वनकुतरे के लिए मौजूद है...और ख़ुदा जाने और किस-किसके लिए...।

बातों-बातों में मैंने चड्डा से पूछा, "यार, यह तो बताओ कि तुम्हारी मम्मी इतना शोख़ मेकअप क्यों करती है?"

"इसलिए कि दुनिया हर शोख़ चीज़ को पसंद करती है-तुम्हारे और मेरे जैसे उल्लू इस दुनिया में बहुत कम बसते हैं, जो मद्धिम सुर और मद्धिम रंग पसंद करते हैं। जो जवानी को बचपन के रूप में नहीं देखना चाहते और...जो बुढ़ापे पर जवानी की टीपटाप पसंद नहीं करते...हम जो ख़ुद को कलाकार कहते हैं, उल्लू के पट्ठे हैं।

मैं तुम्हें एक दिलचस्प घटना सुनाता हूँ...बैसाखी का मेला था...तुम्हारे अमृतसर में...राम बाग़ के उस बाज़ार में, जहाँ टकैइयाँ (वेश्याएँ) रहती थीं—जाट गुज़र रहे थे...एक तंदुरुस्त जवान ने...ख़ालिस दूध और मक्खन पर

पले जवान ने जिसकी नई जूती उसकी लाठी पर बाज़ीगरी कर रही थी, ऊपर एक कोठे की ओर देखा, जहाँ एक टकई की तेल में भीगी हुई ज़ुल्फ़ें उसके माथे पर बड़े बदसूरत ढंग से जमी हुई थीं। उसने अपने साथी की पसलियों में टहोका देकर कहा, "ओए लहना सिंहा...वेख, ओए ऊपर वेख, असीं ते पिंड विच मझई।" आख़िरी लफ़्ज़ चड्डा ने न जाने क्यों गोल कर दिया। हालाँकि वह किसी तरह की शिष्टता का क़ायल नहीं था। फिर वह खिल-खिलाकर हँसने लगा और मेरे गिलास में रम डालकर बोला, "उस जाट के लिए वह चुड़ैल ही उस वक़्त कोह-ए-काफ़ की परी थी...और उसके गाँव की हसीन और तंदरुस्त मुटियारें बेडौल भैंस...हम सब चुग़द हैं...दरमियाने दर्जे के...इसलिए कि इस दुनिया में कोई चीज़ अव्वल दर्जे की नहीं...तीसरे दर्जे की है या दरमियाने दर्जे की...लेकिन...लेकिन फ़ीलस, खासुलख़ास दर्जे की चीज़ है...वह साँप के खपरों..."

वन कुतरे ने अपना गिलास उठाकर चड्डा के सिर पर उँडेल दिया। "खपरे...खपरे...तुम्हारा भेजा फिर गया है।"

चड्डा ने माथे से रम की टपकती बूँदें चाटनी शुरू कर दीं और वनकुतरे से कहा, "ले, अब सुना...तेरा बाप साला तुमसे कितनी मुहब्बत करता था... मेरा दिमाग़ अब काफ़ी ठण्डा हो गया है।"

वन कुतरे बहुत गंभीर होकर मुझसे बोला–"बाई गॉड, वह मुझसे बहुत मोहब्बत करता था...मैं फिफ्टीन ईयर का था कि उसने मेरी शादी बना दी।"

चड्डा ज़ोर से हँसा, "तुम्हें कार्टून बना दिया उस साले ने...ख़ुदा उसे बहिश्त में भी केसरियल की पेटी दे कि वहाँ भी उसे बजा-बजाकर वह तुम्हारी शादी के लिए कोई ख़ूबसूरत हूर ढूँढ़ता रहे। और तुम्हारी ख़ूबसूरत बीवी की ऐसी-तैसी...इस वक़्त फ़ीलस की बात करो...उससे ज़्यादा और कोई ख़ूबसूरत नहीं हो सकता।" चड्डा ने ग़रीब नवाज़ और रंजीत कुमार की ओर देखा, जो कोने में बैठे फ़ीलस के हुस्न पर अपनी राय एक-दूसरे पर ज़ाहिर करने वाले थे। "गन पाउडर प्लांट के बानियो...सुन लो, तुम्हारी कोई साज़िश कामयाब नहीं हो सकती...मैदान चड्डा के हाथ में रहेगा... क्यों वेल्ज़ के शहज़ादे?"

वेल्ज़ का शहज़ादा रम की खाली होती हुई बोतल की तरफ़ हसरतभरी नज़रों से देख रहा था। चड्डा ने क़हक़हा लगाया और उसको आधा गिलास भरकर दे दिया। ग़रीब नवाज़ और रंजीत कुमार एक-दूसरे से फ़ीलस के बारे में घुल-मिलकर बातें तो कर रहे थे, लेकिन अपने दिमाग़ में उसको हासिल करने के लिए प्रोग्राम अलग-अलग बना रहे थे। यह उनकी बातचीत के अंदाज़ से प्रदर्शित होता था।

ड्राइंग रूम में अब बिजली के बल्ब जल रहे थे, क्योंकि शाम गहरी हो चली थी। चड्डा मुझे बंबई की फ़िल्म इंडस्ट्री की ताज़ी ख़बरें सुना रहा था कि बाहर बरामदे में मम्मी की तेज़ आवाज़ सुनाई दी। चड्डा ने नारा लगाया और बाहर चला गया। ग़रीब नवाज़ ने रंजीत कुमार की ओर अर्थपूर्ण नज़रों से देखा। फिर दोनों दरवाज़े की ओर देखने लगे।

मम्मी चहकती हुई अंदर दाख़िल हुई। उसके साथ चार-पाँच ऐंग्लो-इंडियन लड़कियाँ थीं। कई तरह के नख-शिख और क़द-काठ की-पोली, डौली, किटी, एलिमा और थैलिमा...और वह हिजड़ा-सा लड़का...उसे सिसी कहकर पुकारता था। फ़ीलस सबसे पीछे आई और वह भी चड्डा के साथ। उसकी एक बांह प्लेटीनम ब्लोंड की पतली कमर के पीछे लगी थी। मैंने ग़रीब नवाज़ और रंजीत कुमार की प्रतिक्रिया नोट की। उनको चड्डा की यह दिखावटी विजयी हरकत पसंद न आई थी।

लड़कियों के अंदर आते ही शोर मच गया। एकदम इतनी अंग्रेजी बरसी कि वनकुतरे मैट्रीकुलेट के इम्तिहान में कई बार फेल हुआ। लेकिन उसने कोई परवाह न की और बराबर बोलता रहा। जब किसी ने उसका नोटिस न लिया तो वह एलिमा की बड़ी बहन थैलिमा के साथ एक सोफ़े पर अलग बैठ गया और पूछने लगा कि उसने हिंदुस्तानी डांस के और कितने नये तोड़ सीखे हैं।

वह इधर 'धा नी ता कत ता थ ई था' ई की वन, टू, थ्री बना-बनाकर उसको तोड़े बता रहा था, उधर चड्डा बाक़ी लड़कियों के झुरमुट में अंग्रेज़ी के नंगे-नंगे मज़ाक़ सुना रहा था जो उसे हज़ारों की संख्या में ज़बानी याद थे। मम्मी सोडे की बोतलें और खाने-पीने का सामान मँगवा रही थी। रंजीत

कुमार सिगरेट के कश लगाकर टकटकी बाँधे फ़ीलस की ओर देख रहा था, और ग़रीब नवाज़ मम्मी से बार-बार कहता था कि रुपये कम हों तो वह उससे ले ले।

स्कॉच खुली और पहला दौर शुरू हुआ। फ़ीलस को जब शामिल होने के लिए कहा गया तो उसने अपने प्लेटीनम बालों को एक हलका-सा झटका देकर मना कर दिया कि वह व्हिस्की नहीं पिया करती।

सबने मिन्नत-ख़ुशामद की, लेकिन वह न मानी। चड्डा ने इस पर अफ़सोस जाहिर किया तो मम्मी ने एक हलका-सा पेग तैयार करके गिलास को फ़ीलस के होंठों से लगाते हुए बड़े दुलार से कहा–"बहादुर लड़की बनो और पी जाओ।"

फ़ीलस इंकार न कर सकी। चड्डा ख़ुश हो गया और उसने इसी ख़ुशी में बीस-पच्चीस और नंगे मज़ाक़ सुना दिए। सब मजे लेते रहे। मैंने सोचा, आदमी ने नग्नता से तंग आकर कपड़े पहनने शुरू किए होंगे। यही वजह है कि अब वह कपड़ों से उकताकर कभी-कभी नग्नता की ओर दौड़ने लगा है। शिष्टता की प्रतिक्रिया नि:संदेह अशिष्टता है। इसका एक दिलचस्प पहलू भी है। आदमी को इससे निरंतर एकरसता के कष्ट से कुछ लम्हों के लिए छुटकारा मिल जाता है।

मैंने मम्मी की ओर देखा, जो उन ज़बान लड़कियों से घुल-मिलकर चड्डा के नंगे-नंगे मज़ाक़ सुनकर हँस रही थी और क़हक़हे लगा रही थी। उसके चेहरे पर बड़ा वाहियात मेकअप था। उसके नीचे उसकी झुर्रियाँ साफ़ नज़र आ रही थीं। मगर वह भी ख़ुश थी...मैंने सोचा, आख़िर लोग क्यों पलायन को बुरा समझते हैं...वह पलायन, जो मेरी आँखों के सामने था। उसका बाहरी रूप सुंदर न था, लेकिन भीतर बहुत सुंदर था...उस पर कोई बनाव-शृंगार न था। कोई ग़ाज़ा, कोई उबटन नहीं था। पोली थी, वह एक कोने में रंजीत कुमार के साथ खड़ी अपने नये फ्राक के बारे में बातचीत कर रही थी और उसे बता रही थी कि सिर्फ़ अपनी होशियारी से उसने बड़े सस्ते दामों पर उम्दा चीज़ तैयार करा ली है। दो टुकड़े थे, जो बिलकुल

बेकार मालूम पड़ते थे, मगर अब वे एक सुंदर पोशाक में बदल गए थे। और रंजीत कुमार बड़ी संजीदगी के साथ उसको दो नये ड्रेस बनाकर देने का वायदा कर रहा था, हालाँकि उसे फ़िल्म कंपनी से इतने रुपये इकट्ठे मिलने की कोई उम्मीद न थी। डौली थी, वह ग़रीब नवाज़ से कुछ क़र्ज़ माँगने की कोशिश कर रही थी और उसको यक़ीन दिला रही थी कि दफ़्तर से तनख़्वाह मिलने पर वह यह क़र्ज़ ज़रूर अदा कर देगी। ग़रीब नवाज़ को पूरी तरह मालूम था कि वह यह रुपया नियमानुसार कभी वापस नहीं देगी; लेकिन वह उसके वायदे पर एतबार किए जा रहा था। थैलिमा वनकुतरे से तांडव नाच के बड़े मुश्किल तोड़े सीखने की कोशिश कर रही थी। वन कुतरे को मालूम था कि सारी उम्र उसके पैर कभी उसके भाव अदा नहीं कर सकेंगे, लेकिन वह उसको बताए जा रहा था। थैलिमा भी अच्छी तरह जानती थी कि वह बेकार अपना और वन कुतरे का वक़्त बर्बाद कर रही है, मगर वह बड़ी लगन और तन्मयता से सबक़ याद कर रही थी। एलिमा और किटी दोनों पिए जा रही थीं और आपस में किसी ऐसे आदमी की बातचीत कर रही थी जिसने पिछली रेस में ख़ुदा जाने कब का बदला लेने के लिए ग़लत टिप दी थी। वह चड्डा फ़ीलस के खपरे ऐसे रंग के बालों को पिघले हुए सोने के रंग की स्काच में मिला-मिलाकर पी रहा था। फ़ीलस का हिजड़ा-सा दोस्त बार-बार जेब से कंघी निकालता था और अपने बाल सँवारता था। मम्मी कभी इससे बात करती थी कभी उससे; कभी सोडा खुलवाती, कभी टूटे हुए गिलास के टुकड़े उठवाती...उसकी नज़र सब पर थी, उस बिल्ली की तरह, जो देखने में तो अपनी आँखें बंद किए सुस्ता रही होती है, लेकिन उसको मालूम होता है कि उसके पाँचों बच्चे कहाँ-कहाँ हैं और क्या-क्या शरारत कर रहे हैं।

इस दिलचस्प तस्वीर में कौन-सा रंग, कौन-सी रेखा ग़लत थी?...मम्मी का वह भड़कीला शोख़ मेकअप भी ऐसा मालूम होता था कि उस तस्वीर का एक ज़रूरी हिस्सा है।

गालिब ने कहा है:

कैद-ए-हयात-ओ-बंद-ए-ग्रम, अस्ल में दोनों एक हैं,
मौत से पहले आदमी ग़म से निजात पाए क्यों?

कैद-ए-हयात और बंद-ए-ग्रम जब असल में एक ही हैं तो यह ज़रूरी है कि आदमी मौत से पहले थोड़ी देर के लिए निजात हासिल करने की कोशिश न करे। इस निजात के लिए कौन यमराज का इंतज़ार करे...क्यों आदमी थोड़े-से लम्हों के लिए ख़ुद को धोखा देने के दिलचस्प खेल में हिस्सा ले...।

मम्मी हर किसी की तारीफ़ करना जानती थी। उसके सीने में ऐसा दिल था, जिसमें उन सबके लिए प्यार था। मैंने सोचा, शायद इसलिए उसने अपने चेहरे पर रंग मल लिया है कि लोगों को उसकी असलियत का इल्म न हो... उसमें शायद इतनी जिस्मानी ताक़त नहीं थी कि वह हर किसी की माँ बन सकती और इसीलिए उसने अपने प्यार और स्नेह के लिए कुछ शख़्स चुन लिये थे और बाक़ी सारी दुनिया को छोड़ दिया था।

मम्मी को मालूम नहीं था कि चड्डा एक तगड़ा पेग फ़ीलस को पिला चुका था। चोरी-छिपे नहीं सबके सामने; मगर मम्मी उस समय बावर्चीख़ाने में पोटैटो चिप्स तल रही थी...अब फ़ीलस नशे में थी, और जिस तरह उसके पालिश किए हुए फ़ौलाद के रंग के बाल धीरे-धीरे लहराते थे, उसी तरह वह स्वयं भी लहरा रही थी।

रात के बारह बज रहे थे। वन कुतरे थैलिमा को तोड़े सिखा-सिखाकर थक जाने के बाद अब बता रहा था कि उसका बाप साला उससे बहुत मोहब्बत करता था। बचपन में ही उसने उसकी शादी बना दी थी। उसकी वाइफ बहुत ब्यूटीफुल है...और ग़रीब नवाज़ डोली को क़र्ज़ देकर भूल भी चुका था। रंजीत कुमार पोली को अपने साथ कहीं बाहर ले गया था। एलिमा और किटी दोनों दुनिया-भर की बातें करके अब थक गई थीं और आराम करना चाहती थीं–तिपाई के इर्द-गिर्द फ़ीलस, उसका हिजड़ा-सा दोस्त और मम्मी बैठे थे। चड्डा अब जज़्बाती नहीं था, फ़ीलस उसकी बग़ल में बैठी थी, जिसने पहली बार शराब का सरूर चखा था–उसको हासिल करने का इरादा उसकी आँखों में साफ़ मौजूद था। मम्मी इससे ग़ाफ़िल नहीं थी।

थोड़ी देर बाद फ़ीलस का हिजड़ा-सा दोस्त उठकर सोफ़े पर जा लेटा और अपने बालों में कंघी करते-करते सो गया। ग़रीब नवाज़ और डौली उठकर कहीं चले गए। एलिमा और किटी ने आपस में किसी मार्ग्रेट के बारे में बातें करते हुए मम्मी से विदा ली और चली गईं...वन कुतरे ने आख़िरी बार अपनी बीवी की ख़ूबसूरती की तारीफ़ की और फ़ीलस की ओर ललचाई नज़रों से देखा, फिर थैलिमा की ओर, जो उसके पास बैठी थी, और फिर वह उसकी बाँह पकड़कर चाँद दिखाने के लिए बाहर मैदान में ले गया।

एकदम जाने क्या हुआ कि चड्डा और मम्मी में गरमागरम बातें शुरू हो गईं। चड्डा की ज़बान लड़खड़ा रही थी। वह एक कुपुत्र की तरह मम्मी से बदज़बानी करने लगा। फ़ीलस ने एक हद तक बीच-बचाव करने की कोशिश की, लेकिन चड्डा हवा के घोड़े पर सवार था। वह फ़ीलस को अपने साथ सईदा काटेज ले जाना चाहता था और मम्मी इसके ख़िलाफ़ थी। वह उसको बहुत देर तक समझाती रही कि वह इस इरादे से बाज़ आए, लेकिन वह उसके लिए तैयार न होता था और बार-बार मम्मी से कह रहा था, "तुम पागल हो गई हो...बूढ़ी दलाला...फ़ीलस मेरी है...पूछ लो इससे।"

मम्मी ने बहुत देर तक उसकी गालियाँ सुनीं, आख़िर में बड़े समझाने वाले अंदाज़ में उससे कहा, "चड्डा, माई सन... तुम क्यों नहीं समझते...शी इज़ यंग...शी इज़ वेरी यंग...।"

उसकी आवाज़ में कँपकँपाहट थी, एक इल्तिजा थी, एक ताड़ना थी, एक बड़ी डरावनी तस्वीर थी, लेकिन चड्डा बिलकुल न समझा। उस समय उसके सामने सिर्फ़ फ़ीलस और उसको हासिल करना भर था। मैंने फ़ीलस की ओर देखा और पहली बार इस बात को महसूस किया कि वह सचमुच बहुत छोटी उम्र की थी, मुश्किल से पन्द्रह बरस की...उसका सफ़ेद चेहरा चाँदी रंग के बादलों में घिरा हुआ बारिश की पहली बूँद की तरह कँपकँपा रहा था।

चड्डा ने उसे बाँह से पकड़कर अपनी ओर खींचा और फ़िल्मों के हीरो के अंदाज़ से अपनी छाती से लगाकर भींच लिया। मम्मी एकदम लाल होकर चिल्लाई, चड्डा छोड़ दो...फ़ॉर गॉड सेक...छोड़ दो इसे।"

जब चड्डा ने अपने चौड़े सीने से फ़ीलिस को अलग न किया तो मम्मी ने उसके मुँह पर एक ज़ोरदार चाँटा मारा और चिल्लाई, "गेट आउट...गेट आउट...!"

चड्डा भौचक्का रह गया। फ़ीलिस को अलग करके उसने धक्का दिया और मम्मी की ओर आग बरसाने वाली नज़रों से देखता हुआ बाहर चला गया। मैंने भी उठकर विदा ली और चड्डा के पीछे चल दिया।

सईदा काटेज पहुँचकर मैंने देखा कि वह पतलून, कमीज़ और बूटों समेत पलंग पर सीधे मुँह पड़ा था। मैंने उससे कोई बात न की और दूसरे कमरे में जाकर बड़ी मेज़ पर सो गया।

सुबह देर से उठा। घड़ी में दस बज रहे थे। चड्डा सुबह ही सुबह उठकर चला गया था। कहाँ, यह किसी को मालूम नहीं था; लेकिन जब मैं गुसलखाने से बाहर निकल रहा था तो मैंने उसकी आवाज़ सुनी, जो गैरेज से बाहर आ रही थी। मैं रुक गया। वह किसी से कह रहा था—"वह लाजवाब औरत है...दुआ करो कि उसकी उम्र को पहुँचकर तुम भी वैसी ही ग्रेट हो जाओ।"

उसकी आवाज़ में अजीब तरह की कड़वाहट थी। पता नहीं उसका रुख़ अपनी ही ओर था या उस शख़्स की ओर, जिससे वह मुख़ातिब था। मैंने ज़्यादा देर तक वहाँ रुके रहना ठीक न समझा और अंदर चला गया। आधे घंटे तक मैंने उसका इंतज़ार किया। जब वह न आया तो मैं प्रभात नगर चला गया।

मेरी बीवी का मिज़ाज ठीक था—हरीश घर में नहीं था। हरीश की बीवी ने उसके बारे में पूछा तो मैंने कह दिया—"वह अभी स्टूडियो में सो रहा है।"

पूने में काफ़ी तफ़रीह हो गई थी, इसलिए मैंने हरीश की बीवी से जाने की इजाज़त माँगी। शिष्टाचार के नाते उसने हमें रुकने को कहा, लेकिन मैं सईदा काटेज में ही फ़ैसला करके चला था कि रात की घटना मेरी मानसिक जुगाली के लिए बहुत काफ़ी है।

हम चल दिए। जो कुछ हुआ था, मैंने बीवी को सब कुछ बता दिया। उसका कहना था कि फ़ीलिस उसकी कोई रिश्तेदार होगी या वह उसे किसी अच्छी आसामी को पेश करना चाहती होगी, तभी उसने चड्डा से लड़ाई की...मैं चुप रहा। न समर्थन किया, न विरोध।

कई दिन गुज़रने पर चड्डा का ख़त आया, जिसमें उस रात की घटना का ज़िक्र सरसरी तौर पर था और उसने अपने बारे में यह कहा था, "मैं उस दिन जानवर बन गया था–लानत हो मुझ पर।

तीन महीने बाद मुझे एक ज़रूरी काम से पूना जाना पड़ा। सीधा सईदा काटेज पहुँचा। चड्डा मौजूद नहीं था। ग़रीब नवाज़ से उस समय मुलाक़ात हुई जब वह गैराज ले निकलकर शीरीं के नन्हे बच्चे को प्यार कर रहा था। वह बड़े तपाक से मिला। थोड़ी देर बाद रंजीत कुमार आ गया, कछुए की चाल चलता और चुपचाप बैठ गया। मैं अगर उससे कुछ पूछता था तो वह बड़ा मुख़्तसर उत्तर देता था। बातों-बातों में उससे मालूम हुआ कि चड्डा उस रात के बाद मम्मी के पास नहीं गया और न कभी वह यहाँ आई। फ़ीलस को उसने दूसरे दिन ही अपने माँ-बाप के पास भिजवा दिया था। वह उस हिजड़ा जैसे लड़के के साथ घर से भागकर आई हुई थी।...रंजीत कुमार को यक़ीन था कि अगर वह कुछ दिन और पूना में रहती तो वह ज़रूर उसे ले उड़ता। ग़रीब नवाज़ का ऐसा कोई दावा नहीं था। केवल इतना अफ़सोस था कि वह चली गई।

चड्डा के बारे में यह पता चला कि दो-तीन दिन से उसकी तबीयत ठीक नहीं है बुखार रहता है, वह किसी डॉक्टर से राय नहीं लेता-सारा दिन इधर-उधर घूमता रहता है। ग़रीब नवाज़ ने जब मुझे ये बातें बतानी शुरू कीं तो रंजीत कुमार उठकर चला गया। मैंने सलाखों वाली कोठरी में देखा, उसका रुख़ गैराज की ओर था।

मैं ग़रीब नवाज़ से गैरेज वाली शीरीं के बारे में कुछ पूछताछ करने के बारे में सोच ही रहा था कि वन कुतरे बड़ा घबराया हुआ कमरे में दाख़िल हुआ। उससे मालूम हुआ कि चड्डा को तेज़ बुखार था। वह उसे तांगे में वहाँ ला रहा था कि वह रास्ते में ही बेहोश हो गया...मैं और ग़रीब नवाज़ बाहर दौड़े। ताँगे वाला बेहोश चड्डा को संभाले हुए था। हम सबने मिलकर उसे उठाया और कमरे में पहुँचा कर बिस्तर पर लिटा दिया। मैंने उसके माथे पर हाथ रखकर देखा, सचमुच बहुत तेज़ बुखार था। एक सौ छ: डिग्री से कम न होगा।

मैंने ग़रीब नवाज़ से कहा, "फ़ौरन डॉक्टर को बुलाना चाहिए।" उसने वन कुतरे से मशविरा किया और 'अभी आता हूँ' कहकर बाहर चला गया। जब वापस आया तो उसके साथ मम्मी थी, जो हाँफ रही थी। अंदर घुसते ही उसने चड्डा की ओर देखा और लगभग चीखकर पूछा, "क्या हुआ मेरे बेटे को?"

वन कुतरे ने जब उसे बताया कि चड्डा कई दिन से बीमार था तो मम्मी ने बड़े दुख और गुस्से से कहा–"तुम कैसे लोग हो–मुझे खबर क्यों न की?" फिर उसने ग़रीब नवाज़, मुझे और वन कुतरे को अलग-अलग हिदायतें दी–एक को चड्डा के पाँव सहलाने की, दूसरे को बरफ लाने की और तीसरे को पंखा करने की। चड्डा की हालत देखकर उसकी अपनी हालत बिगड़ गई थी, लेकिन उसने हौसले से काम लिया और डॉक्टर को बुलाने चली गई।

मालूम नहीं, रंजीत कुमार को गैराज में कैसे पता चला। वह मम्मी के जाने के फ़ौरन बाद घबराया हुआ आया। उसके पूछने पर वन कुतरे ने चड्डा के बेहोश होने की घटना का वर्णन कर दिया और यह भी बता दिया कि मम्मी डॉक्टर के पास गई है। यह सुनकर रंजीत कुमार की बेचैनी किसी हद तक दूर हो गई।

मैंने देखा कि वे तीनों बहुत संतुष्ट थे, मानो चड्डा की सेहत की सारी ज़िम्मेदारी मम्मी ने अपने ऊपर ले ली हो।

उसकी हिदायत के अनुसार चड्डा के पाँव सहलाए जा रहे थे, सिर पर बरफ की पट्टियाँ रखी जा रही थीं। मम्मी जब डॉक्टर को लेकर आई तो वह कुछ-कुछ होश में आ चुका था। डॉक्टर ने मुआयने में काफ़ी देर लगाई। उसके चेहरे से मालूम होता था कि चड्डा की ज़िंदगी खतरे में है। मुआयने के बाद डॉक्टर ने मम्मी को इशारा किया और वे कमरे से बाहर चले गए–मैंने सलाखों वाली खिड़की में से देखा, गैराज के टाट का परदा हिल रहा था।

थोड़ी देर बाद मम्मी आई। ग़रीब नवाज़, वन कुतरे और रंजीत कुमार से उस ने एक-एक करके कहा कि घबराने की कोई बात नहीं। चड्डा अब आँखें खोलकर सुन रहा था। मम्मी को उसने हैरत की नज़र से नहीं देखा था, लेकिन वह उलझन-सी ज़रूर महसूस कर रहा था। कुछ लम्हों के बाद जब

वह समझ गया कि मम्मी क्यों और कैसे आई है तो उसने मम्मी का हाथ अपने हाथ में ले लिया और दबाकर कहा "मम्मी, यू आर ग्रेट!"

मम्मी उसके पास पलंग पर बैठ गई। वह ममता की साक्षात् मूर्ति थी। उसने चड्डा के तपते हुए माथे पर हाथ फेरा और मुस्कराते हुए केवल इतना कहा–"मेरे बेटे...मेरे ग़रीब बेटे..."

चड्डा की आँखों में आँसू आ गए, लेकिन जल्द ही उसने उन्हें सोखने की कोशिश की और कहा–"नहीं, तुम्हारा बेटा अव्वल दर्जे का स्काउंड्रल है...जाओ, अपने मृत पति की पिस्तौल लाओ और उसकी छाती पर दाग़ दो।"

मम्मी ने चड्डा के गाल पर धीरे से तमाचा मारा, "बेकार की बातें न करो।" फिर वह चुस्त-चालाक नर्स की तरह उठी और हम सबकी ओर मुड़कर कहा, "लड़कों चड्डा बीमार है और इसको अस्पताल ले जाना हैं-समझे?"

सब समझ गए। ग़रीब नवाज़ ने तुरन्त टैक्सी का बंदोबस्त कर दिया। चड्डा को उठाकर उसमें डाला गया। वह बहुत कहता रहा कि ऐसी कौन-सी आफ़त आ गई है जो मुझे अस्पताल के सुपुर्द किया जा रहा है, लेकिन मम्मी यही कहती रही कि बात कुछ भी नहीं, अस्पताल में ज़रा आराम रहता है। चड्डा बहुत जिद्दी था, लेकिन इस समय वह मम्मी की किसी बात से इंकार नहीं कर सकता था।

चड्डा अस्पताल में दाख़िल हो गया। मम्मी ने अकेले में मुझे बताया कि मर्ज बहुत ख़तरनाक है-यानी प्लेग। यह सुनकर मेरे होश उड़ गए। ख़ुद मम्मी बहुत परेशान थी, लेकिन उसको उम्मीद थी कि यह बला टल जाएगी और चड्डा बहुत जल्द ठीक हो जाएगा।

इलाज होता रहा। प्राइवेट अस्पताल था। डॉक्टरों ने चड्डा का इलाज बहुत ध्यान से किया, लेकिन कई पेचीदगियाँ पैदा हो गई। उसकी त्वचा जगह-जगह से फटने लगी और बुखार बढ़ता गया। आख़िर में डॉक्टरों ने राय दी कि उसे बंबई ले जाया जाए लेकिन मम्मी न मानी। उसने चड्डा को उसी हालत में उठाया और अपने घर ले गई।

मैं ज़्यादा दिन पूना में नहीं रुक सकता था। वापस बंबई आया तो मैंने टेलीफोन के ज़रिये कई बार उसका हाल मालूम किया। मेरा ख़याल था कि वह

किसी तरह भी जिंदा न बच सकेगा, लेकिन मुझे मालूम हुआ कि धीरे-धीरे उसकी हालत सँभल रही है। एक मुक़दमे के सिलसिले में मुझे लाहौर जाना पड़ा। वहाँ से पंद्रह दिन के बाद लौटा तो मेरी बीवी ने चड्डा का एक खत दिया, जिसमें केवल यह लिखा था–"महामाया मम्मी ने अपने कपूत को मौत के मुँह से बचा लिया है।"

उन थोड़े-से लफ़्ज़ों में बहुत कुछ था...भावनाओं का एक पूरा समुंदर था। मैंने अपनी बीवी से इसका ज़िक्र बड़ी भावुकता से किया तो उसने प्रभावित केवल इतना कहा, "ऐसी औरतें अकसर ख़िदमतगुज़ार होती हैं।"

मैंने चड्डा को दो-तीन ख़त लिखे जिनका जवाब न आया। बाद में मालूम हुआ कि मम्मी ने उसको आबोहवा बदलने के लिए अपनी एक सहेली के पास लोनावाला भिजवा दिया था। चड्डा मुश्किल से वहाँ एक हफ़्ता रहा और उकता कर चला आया। जिस दिन वह पूना पहुँचा, इत्तफ़ाक़ से मैं वहाँ था, प्लेग के ज़बरदस्त हमले की वजह से चड्डा बहुत कमज़ोर हो गया, लेकिन उसका गुलगपाड़ा करने वाला मिज़ाज आज भी वैसा ही था। अपनी बीमारी का ज़िक्र उसने इस तरह किया जैसे आदमी साइकिल की मामूली घटना का करता है। अब जबकि वह बच गया था, अपनी ख़तरनाक बीमारी के बारे में विस्तार से बात करना वह बेकार समझता था।

सईदा काटेज में चड्डा की ग़ैर मौजूदगी के दिनों में छोटी-छोटी तब्दीलियाँ हुई थी। अक़ील और शकील कहीं और चले गए थे क्योंकि उन्हें अपनी निजी फ़िल्म कंपनी क़ायम करने के लिए सईदा काटेज का माहौल अनुकूल नहीं लगता था। उनकी जगह एक बंगाली म्यूज़िक डायरेक्टर आ गया था। उसका नाम सेन था। उसके साथ लाहौर से भागा हुआ एक लड़का राम सिंह रहता था। सईदा काटेज में रहने वाले सब के सब लोग उससे काम लेते थे। तबीयत का बहुत शरीफ़ और सबका सेवक था। चड्डा के पास वह उस वक़्त आया था, जब वह मम्मी के कहने पर लोनावाला जा रहा था। उसने ग़रीब नवाज़ और रंजीत कुमार से कह दिया था कि उसे सईदा काटेज में रख लिया जाए। सेन के कमरे में चूँकि जगह खाली थी, इसलिए उसने वहीं अपना डेरा जमा लिया था।

रंजीत कुमार को कंपनी की नई फ़िल्म में बतौर हीरो चुन लिया गया था और उसके साथ वादा किया गया था कि अगर फ़िल्म कामयाब हुई तो उसको दूसरी फ़िल्म डायरेक्ट करने का मौका दिया जाएगा। चड्ढा अपनी दो बरस की पेंडिंग तनख़्वाह में से डेढ़ हज़ार रुपया एकसाथ हासिल करने में कामयाब हो गया था, इसलिए उसने रंजीत कुमार से कहा था, "मेरी जान, अगर कुछ वसूल करना चाहते हो तो मेरी तरह प्लेग में मुबतला हो जाओ... हीरो और डायरेक्टर बनने से तो, मेरा ख़याल है, यह कहीं अच्छा है।"

ग़रीब नवाज़ कुछ ही दिन पहले हैदराबाद होकर आया था, इसलिए सईदा काटेज थोड़ी सम्पन्न थी। मैंने देखा, गैराज के बाहर अलगनी पर ऐसी कमीज़ें और सलवारें लटक रही थीं, जिनका कपड़ा अच्छा और क़ीमती था। शीरीं के बच्चे के पास नये खिलौने थे।

मुझे पूना में पंद्रह दिन रहना पड़ा। मेरा पुराना फ़िल्मों का साथी अब नई फ़िल्म की हीरोइन की मुहब्बत में मुब्तला होने की कोशिश कर रहा था, लेकिन डरता था, क्योंकि यह हीरोइन पंजाबी थी और उसका पति बड़ी-बड़ी मूँछों वाला हट्टा-कट्टा मुश्टण्डा था। चड्ढा ने सलाह दी थी, "कुछ परवाह न करो उस साले की...जिस पंजाबी ऐक्ट्रेस का पति बड़ी-बड़ी मूँछों वाला पहलवान हो, वह इश्क़ के मैदान में ज़रूर चारों खाने चित गिरा सकता है, बस, इतना करो कि सौ रुपये फ़ी गाली के हिसाब से मुझमें दस-बीस हेवी वेट क़िस्म की गालियाँ सीख लो। ये तुम्हारी ख़ास मुश्किलों में बहुत काम आया करेंगी।"

हरीश एक बोतल फ़ी गाली के हिसाब से छह गालियाँ पंजाब के ख़ास लहज़े में याद कर चुका था, लेकिन अभी तक उसे अपने इश्क़ के रास्ते में कोई ऐसी ख़ास मुश्किल पैदा नहीं आई थी, जो वह उनके असर को परख सकता।

मम्मी के घर नियमानुसार महफिलें जमती थीं। पोली, डौली, किटी, एलिमा, थैलिया आदि सब आती थीं। वन कुतरे पहले की तरह थैलिमा को कथकली और तांडव नाच की ता थई और धा नी ना कत वन टू थ्री बना-बनाकर बताता था, और वह उसे सीखने की पूरी कोशिश करती थी।

ग़रीब नवाज़ उसी तरह कर्ज़ दे रहा था, और रंजीत कुमार, जिसको अपनी कंपनी की नई फ़िल्म में हीरो का चांस मिल रहा था, उनमें से किसी भी एक को बाहर खुली हवा में ले जाता था–चड्डा के नंगे-नंगे मज़ाक़ सुनकर उसी तरह क़हक़हे लगते थे–एक सिर्फ़ वह नहीं थी...वह, जिसके बालों के रंग के लिए सही उपमा ढूँढ़ने में चड्डा ने काफ़ी समय लगाया था। लेकिन इन महफ़िलों में चड्डा की निगाहें उसे ढूँढ़ती नहीं थीं। फिर भी कभी-कभी जब चड्डा की नज़रें मम्मी की नज़रों से टकराकर झुक जाती थीं तो मैं महसूस करता था कि उसको अपनी उस रात की दीवानगी का अफ़सोस है। ऐसा अफ़सोस, जिसकी याद से उसको तकलीफ़ होती है। इसलिए चौथे पेग के बाद किसी वक़्त इस तरह का एक जुमला उसकी ज़बान से निकल जाता, 'चड्डा, यू आर ए डम्ड ब्रूट!'

यह सुनकर मम्मी होंठों ही होंठों में मुस्करा देती, जैसे वह उस मुस्कराहट की मिठास में लपेट-लपेटकर कह रही हो–"डोंट टॉक राट!"

वन कुतरे से पहले की तरह उसकी चख़ चलती थीं। नशे में आकर जब भी वह अपने बाप की तारीफ़ में या अपनी बीवी की ख़ूबसूरती के बारे हमें कुछ कहने लगता तो वह उसकी बात बहुत बड़े गंडासे से काट डालता। वह बेचारा चुप हो जाता और अपना मैट्रिकुलेशन का सर्टिफिकेट तह करके जेब में डाल लेता।

मम्मी, वही मम्मी थी...पोली की मम्मी, डौली की मम्मी, चड्डा की मम्मी, रंजीत कुमार की मम्मी। सोडे की बोतलों, खाने-पीने की चीज़ों और महफ़िल जमाने के दूसरे साजो-सामान के इंतज़ाम में वह वैसे ही प्यार से, दिलचस्पी से हिस्सा लेती थी। उसके चेहरे का मेकअप वैसा ही वाहियात होता था। उसके कपड़े उसी तरह भड़कीले थे। सुख़ी की तहों से उसकी झुर्रियाँ उसी तरह झाँकती थीं, लेकिन अब मुझे ये पाक दिखाई देती थीं। इतनी पाक कि प्लेग के कीड़े उन तक नहीं पहुँच सकते थे। डरकर, सिमटकर वे भाग गए थे...चड्डा के शरीर से भी निकल भागे थे, क्योंकि उस पर उन झुर्रियों की छत्रछाया थी–उन पाक झुर्रियों की, जो हर वक़्त बहुत ही वाहियात रंगों में लिथड़ी रहती थीं।

वन कुतरे की ख़ूबसूरत बीवी का जब गर्भपात हुआ था तो मम्मी की ही मदद से उसकी जान बची थी। थैलिमा जब हिंदुस्तानी नाच सीखने के शौक़ में एक मारवाड़ी कत्थक के हत्थे चढ़ गई, और उसके सौदे में एक दिन उसे जब मालूम हुआ कि उसने एक ख़तरनाक रोग ख़रीद लिया है तो मम्मी ने उसको बहुत डाँटा था और उससे कोई ताल्लुक़ न रखने का पक्का इरादा कर लिया था लेकिन फिर उसकी आँखों में आँसू देखकर उसका दिल पसीज गया था। उसने उसी दिन शाम को अपने बेटों को सारी बता सुना दी थी और उनसे दरख़्वास्त की थी कि वे थैलिमा का इलाज कराएँ। किटी के एक पहेली हल करने के सिलसिले में पाँच सौ रुपये का इनाम मिला था तो मम्मी ने उसे मज़बूर किया था कि कम से कम आधे रुपये ग़रीब नवाज़ को दे दे, क्योंकि उस ग़रीब का हाथ तंग है। उसने किटी से कहा था, "तुम इस वक़्त इसे दे दो—बाद में लेती रहना।" और मुझसे उसने मेरे पंद्रह दिन के वास में कई बार मेरी मिसेज़ के बारे में पूछा था और चिंता ज़ाहिर की थी कि पहले बच्चे की मौत को इतने बरस हो गए हैं, दूसरा बच्चा क्यों नहीं हुआ। रंजीत कुमार के साथ वह ज़्यादा घुल-मिलकर बात नहीं करती थी। ऐसा मालूम होता था कि उसकी दिखावटी तबीयत उसको अच्छी नहीं लगती थी। मेरे सामने भी एक-दो बार उसकी चर्चा कर चुकी थी। म्यूज़िक डायरेक्टर सेन से वह नफ़रत करती थी। चड्डा उसको अपने साथ लाता था तो वह उससे कहती थी, "ऐसे जलील आदमी को यहाँ मत लाया करो।" चड्डा उससे पूछता तो वह बड़ी संजीदगी से जवाब देती, "मुझे यह आदमी ऊपरा-ऊपरा-सा मालूम होता है—जँचता नहीं मेरी नज़रों में।" यह सुनकर चड्डा हँस देता था।

मम्मी के घर की महफ़िलों की प्यार-भरी गर्मी लिये मैं वापस बंबई चला गया। इन महफ़िलों में शराब की मस्ती थी, सेक्स था, लेकिन कोई उलझाव नहीं था। हर चीज़ गर्भवती औरत के पेट की तरह ज़ाहिर थी। उसी तरह उभरी हुई, देखने में उसी तरह की कुढब और दुविधा में डालने वाली, लेकिन असल में बड़ी सही, शिष्ट और अपनी जगह पर क़ायम।

दूसरे दिन सुबह के अख़बारों में पढ़ा कि सईदा काटेज में बंगाली म्यूज़िक डायरेक्टर सेन मारा गया। उसका क़त्ल करने वाला कोई राम सिंह है, जिसकी

आयु चौदह-पंद्रह साल के लगभग बताई जाती है। मैंने उसी वक़्त पूना टेलीफोन किया, लेकिन फोन पर कोई न मिल सका।

एक हफ़्ते के बाद चड्डा का ख़त आया, जिसमें उस क़त्ल का पूरा ब्योरा था। रात को सब सोये हुए थे कि अचानक चड्डा के पलंग पर कोई गिरा। वह हड़बड़ाकर उठा। बिजली जलाई तो देखा, सेन है, ख़ून में लथपथ। चड्डा अभी अच्छी तरह अपने होश-हवास संभाल भी न पाया था कि दरवाज़े में राम सिंह दिखाई दिया। उसके हाथ में छुरी थी। जल्द ही ग़रीब नवाज़ और रंजीत कुमार भी आ गए। सारी सईदा काटेज जग गई। रंजीत कुमार और ग़रीब नवाज़ ने रामसिंह को पकड़ लिया और छुरी उसके हाथ से छीन ली। चड्डा ने सेन को अपने पलंग पर लिटाया और उसके घावों के बारे में कुछ पूछने ही वाला था कि उसने आख़िरी हिचकी ली और ठंडा हो गया।

राम सिंह ग़रीब नवाज़ और रंजीत कुमार की जकड़ में था, मगर वे दोनों काँप रहे थे। सेन मर गया तो राम सिंह ने चड्डा से पूछा, "भापा जी...मर गया?"

चड्डा ने 'हाँ' में उत्तर दिया, तो राम सिंह ने रंजीत कुमार और ग़रीब नवाज़ से कहा, "मुझे छोड़ दीजिए, में भागूँगा नहीं।"

चड्डा की समझ में नहीं आता था कि वह क्या करे। उसने तुरंत नौकर भेजकर मम्मी को बुलवाया। मम्मी आई तो सब बेफ़िक्र हो गए कि मामला सुलझ जाएगा।

उसने राम सिंह को छुड़वा दिया और थोड़ी देर के बाद अपने साथ थाने ले गई और उसका बयान दर्ज करा दिया। इसके बाद चड्डा और उसके साथी कई दिन तक बड़े परेशान रहे। पुलिस की पूछताछ बयान, फिर अदालत में मुकदमे की पैरवी। मम्मी इस बीच बहुत दौड़-धूप करती रही थी। चड्डा को यक़ीन था कि राम सिंह बरी हो जाएगा, और ऐसा ही हुआ। अदालत ने उसे साफ़ बरी कर दिया। अदालत में उसका वही बयान था? जो उसने थाने में दिया था। मम्मी ने उससे कहा था–"बेटा, घबराओ नहीं, जो कुछ है, सच-सच बता दो।" और उसने सारी बातें ज्यों की त्यों बयान कर दी थीं कि सेन ने उसे प्लेबैक सिंगर बना देने का लालच दिया था। ख़ुद उसे भी संगीत से बहुत लगाव था और सेन बड़ा अच्छा गाने वाला था। वह इस

चक्कर में आकर उसकी हैवानी ख़्वाहिशें पूरी करता रहा, लेकिन उसको इससे बहुत नफ़रत थी। उसका दिल बार-बार उसे लानत-मलामल करता था। आख़िर में वह इतना तंग आ गया था कि उससे सेन से कह भी दिया था कि उसने फिर उसे मजबूर किया तो वह उसे जान से मार डालेगा। उस घटना की रात को यही हुआ।

अदालत में उसने यही बयान दिया। मम्मी मौजूद थी। आँखों ही आँखों में वह राम सिंह को दिलासा दे रही थी कि घबराओ नहीं, जो सच है, कह दो, सच की हमेशा जीत होती है। इसमें कोई शक नहीं कि तुम्हारे हाथों ने खून किया है, लेकिन एक बड़ी मनहूस चीज़ का, हैवान का, एक अमानुष का। राम सिंह ने बड़ी सादगी और बड़े भोलेपन से सारी घटनाओं का वर्णन किया। मजिस्ट्रेट इतना प्रभावित हुआ कि उसने राम सिंह को बरी कर दिया।

चड्डा ने कहा—"इस झूठे ज़माने में यह सच की एक अनोखी जीत है, और इसका श्रेय मेरी बूढ़ी मम्मी को है।"

चड्डा ने मुझे उस जलसे में बुलाया था जो राम सिंह की रिहाई की खुशी में सईदा काटेज वालों ने किया था। लेकिन मैं व्यस्तता की वजह से उसमें शामिल नहीं हो सका।

शकील और अक़ील दोनों सईदा काटेज में वापस आ गए थे। बाहर का माहौल भी उनकी निजी फ़िल्म कंपनी की बुनियाद डालने के लिए रास नहीं आया था।

अब वे फिर अपनी पुरानी फ़िल्म कंपनी में किसी असिस्टेंट के असिस्टेंट हो गए थे। उन दोनों के पास उस रकम में से कुछ सैकड़े बाक़ी बचे हुए थे जो उन्होंने निजी फ़िल्म कंपनी की बुनियाद डालने के लिए जुटाई थी। चड्डा के मशविरे पर उन्होंने यह सब रुपया जलसे को कामयाब बनाने के लिए दे दिया। चड्डा ने हमसे कहा था—"अब मैं चार पेग पीकर दुआ करूँगा कि वह तुम्हारी निजी फ़िल्म कंपनी फ़ौरन खड़ी कर दे।"

चड्डा का कहना था कि उस जलसे से वन कुतरे ने शराब पीकर अपनी आदत के खिलाफ़ अपने बाप की तारीफ़ न की और न ही अपनी खूबसूरत बीवी का ज़िक्र किया। ग़रीब नवाज़ ने किटी की उस वक़्त की ज़रूरत को पूरा करने के लिए दो सौ रुपये क़र्ज़ दिए और रंजीत कुमार से उसने कहा,

"तुम इन बेचारी लड़कियों को यों ही झाँसे न दिया करो...हो सकता है कि तुम्हारी नीयत साफ़ हो, लेकिन लेने के मामले में इनकी नीयत इतनी साफ़ नहीं होती-कुछ न कुछ दे दिया करो।"

मम्मी ने उस जलसे में राम सिंह को बहुत प्यार किया और सबको मशविरा दिया कि उसे घर वापस जाने के लिए कहा जाए। इसलिए वही फैसला हुआ और दूसरे दिन ग़रीब नवाज़ ने उसके टिकट का बंदोबस्त कर दिया। शीरीं ने सफ़र के लिए उसको खाना पकाकर दिया। स्टेशन पर सब उसे छोड़ने गए। ट्रेन चली तो वे देर तक हाथ हिलाते रहे।

ये छोटी-छोटी बातें मुझे जलसे के दस दिन बाद मालूम हुईं, जब मुझे एक ज़रूरी काम से पूना जाना पड़ा। सईदा काटेज में कोई तब्दीली नहीं हुई थी। ऐसा मालूम होता था कि वह ऐसा पड़ाव है, जिसका रंग-रूप हज़ारों काफ़िलों के ठहरने से भी नहीं बदलता। वह कुछ ऐसी जगह थी, जो अपने ख़ालीपन को ख़ुद ही भर लेती थी। मैं जिस दिन वहाँ पहुँचा, शीरीनी बँट रही थी। शीरीं के एक और लड़का हुआ था। वन कुतरे के हाथ में गलैक्सो का डिब्बा था। उन दिनों यह बड़ी मुश्किल से हासिल होता था। अपने बच्चे के लिए उसने कहीं से दो हासिल किए थे। उनमें से एक वह शीरीं के नये जन्मे बच्चे के लिए ले आया था। चड्डा ने आख़िरी दो लड्डू उसके मुँह में ठूँसे और कहा-"तू ग्लैक्सो का डिब्बा ले आया...चड्डा कमाल किया है तूने...अपने साले बाप और अपनी साली बीवी की, देखना, हरगिज़ कोई बात न करना।"

वन कुतरे ने बड़े भोलेपन के साथ कहा-"साले, मैं अब कोई पियेला हूँ?...वह तो दारू बोला करती है...वैसे बाई गॉड, मेरी बीवी बड़ी हैंडसम है।"

चड्डा ने इतनी ज़ोर का क़हक़हा लगाया कि वन कुतरे को और कुछ कहने का अवसर न मिला। उसके बाद चड्डा, ग़रीब नवाज़ और रंजीत कुमार मेरी ओर मुड़े और उस कहानी की बातें शुरू हो गईं जो मैं अपनी पुरानी फ़िल्मों के साथी के जरिये से वहाँ के एक प्रोड्यूसर के लिए लिख रहा था। फिर कुछ देर शीरीं के नये जन्मे बच्चे का नाम रखा जाता रहा। सैकड़ों नाम रखे गए, लेकिन चड्डा को कोई पसंद न आया। आख़िर में मैंने कहा कि जन्मस्थान यानी सईदा काटेज के नाम पर लड़के का नाम मसरूद होना चाहिए। चड्डा को पसंद नहीं था, लेकिन अस्थायी तौर से उसने मंज़ूर कर लिया।

इस बीच महसूस किया कि चड्डा, ग़रीब नवाज़ और रंजीत कुमार तीनों की तबीयत कुछ बुझी-बुझी-सी थी। मैंने सोचा, शायद इसकी वजह पतझड़ का मौसम हो, जब आदमी बिना वजह ही थकावट महसूस करने लगता है। शीरीं का नया बच्चा भी इस ढीलेपन की वजह हो सकता था, लेकिन यह कोई ठोस वजह मालूम नहीं होती थी। सेन के क़त्ल की ट्रेजडी? मालूम नहीं, क्या वजह थी...लेकिन मैंने पूरी तरह महसूस किया कि वे सब उदास थे, ऊपर से हँसते-बोलते थे, लेकिन अंदर ही अंदर घुट रहे थे।

मैं प्रभात नगर में अपने पुराने फ़िल्मों के साथी के घर में कहानी लिखता रहा। यह व्यस्तता पूरे सात दिन तक जारी रही। मुझे बार-बार ख़याल आता था कि इस बीच में चड्डा ने कोई रुकावट क्यों नहीं डाली। वन कुतरे भी कहीं ग़ायब था। रंजीत कुमार से मेरे कोई ख़ास ताल्लुक़ात नहीं थे, जो वह मेरे पास इतनी दूर आता। ग़रीब नवाज़ के बारे में मैंने सोचा था कि शायद हैदराबाद चला गया हो। और मेरा पुराना फ़िल्मों का साथी अपनी नई फ़िल्म की हीरोइन से, उसके घर में, उसके बड़ी-बड़ी मूँछों वाले पति की मौजूदगी में, इश्क़ लड़ाने का पक्का इरादा कर रहा था।

मैं अपनी कहानी के एक बड़े दिलचस्प हिस्से की पटकथा तैयार कर रहा था कि चड्डा आ टपका और कमरे में घुसते ही उसने मुझसे पूछा, इस बकवास का तुमने कुछ वसूल किया है?

उसका इशारा मेरी कहानी की ओर था, जिसके मानदेय की दूसरी किस्तें मैंने दो दिन पहले वसूल की थीं।

"हाँ दूसरा हज़ार परसों लिया है।"

"कहाँ है?" यह कहते हुए चड्डा मेरे कोट की ओर बढ़ा।

"मेरी जेब में।"

चड्डा ने मेरी जेब में हाथ डाला। सौ-सौ के चार नोट निकाले और मुझसे कहा—"आज शाम को मम्मी के वहाँ पहुँच जाना—एक पार्टी है।"

मैं उस पार्टी के बारे में उससे कुछ पूछने ही वाला था कि वह चला गया। वह ढीलापन और उदासीनता, जो मैंने कुछ दिन पहले उसमें महसूस की थी,

वैसी की वैसी थी। वह कुछ बेचैन भी था। मैंने उसके बारे में सोचना चाहा, लेकिन दिमाग़ तैयार न हुआ। वह कहानी के दिलचस्प हिस्से की पटकथा में बुरी तरह फँसा हुआ था।

अपने पुराने फ़िल्मों के साथी की बीवी से अपनी बीवी की बातें करके शाम को साढ़े पाँच बजे के क़रीब मैं वहाँ चलकर सात बजे सईदा काटेज पहुँचा। गैराज के बाहर अलगनी पर गीले-गीले पोतड़े लटक रहे थे और नल के पास अक़ील और शकील शीरीं के बड़े लड़के के साथ खेल रहे थे। गैराज को टाट का परदा हटा हुआ था और शीरीं उनसे शायद बातें कर रही थी। मुझे देखकर वे झेंप गए। मैंने चड्डा के बारे में पूछा तो अक़ील ने कहा कि वह मम्मी के घर मिल जाएगा।

मैं वहाँ पहुँचा तो देखा, एक शोर मचा हुआ था। सब नाच रहे थे। ग़रीब नवाज़ पोली के साथ, रंजीत कुमार किटी और एलिमा के साथ और वन कुतरे थैलिमा के साथ। वह उसको कत्थककली की मुद्राएँ बता रहे थे। चड्डा मम्मी को गोद में उठाए इधर-उधर कूद रहा था। सब नशे में थे। एक तूफ़ान मचा हुआ था। मैं अंदर पहुँचा तो सबसे पहले चड्डा ने नारा लगाया। उसके बाद देशी-विदेशी आवाज़ों का एक गोला-सा फटा, जिसकी गूँज देर तक कानों में सरसराती रही। मम्मी बड़े तपाक से मिली-ऐसे तपाक से जो बेतकल्लुफ़ी की हद तक बढ़ा हुआ था। मेरा हाथ उसने अपने हाथ में लेकर कहा "किस मी डियर।" लेकिन उसने ख़ुद ही मेरा एक गाल चूम लिया और घसीटकर नाचने वालों के झुरमुट में ले गई। चड्डा ने एकदम पुकारा, "बंद करो-अब शराब का दौर चलेगा।" फिर उसने नौकर को आवाज़ दी, स्काटलैण्ड के शहज़ादे! व्हिस्की की नई बोतल लाओ! "स्काटलैण्ड का शहज़ादा नई बोतल ले आया। नशे में धुत् था, खोलने लगा तो हाथ से गिरी और चकनाचूर हो गई। मम्मी ने उसको डाँटना चाहा तो चड्डा ने रोक दिया, "एक तो बोतल टूटी है मम्मी, जाने दो, यहाँ तो दिल टूटे हुए हैं।"

महफ़िल एकदम सूनी हो गई, लेकिन तुरंत ही चड्डा ने उस उदासीनता को अपने क़हक़हों में छिन्न-भिन्न कर दिया। नई बोतल आई। हर गिलास में बड़ा तगड़ा पेग डाला गया। इसके बाद चड्डा ने उखड़ी-उखड़ी-सी तक़रीर देनी शुरू की, "लेडीज एण्ड जैंटलमैन आप सब जहन्नुम में जाएँ...मंटो हमारे

बीच मौजूद है, जो अपने-आपको बहुत बड़ा अफ़साना निगार समझता है। इनसानी फ़ितरत की, वह क्या कहते हैं, गहरी से गहरी गहराइयों में उतर जाता है...मगर मैं कहता हूँ कि बकवास है...कुएँ में उतरने वाले...कुएँ में उतरने वाले...।" उसने इधर-उधर देखा, "अफ़सोस है कि यहाँ कोई हिन्दसतोड़ नहीं, एक हैदराबादी है जो ख़ाफ़ को काफ़ कहता है, और जिससे दस बरस पीछे मुलाक़ात हुई तो कहेगा कि परसों आपसे मिला था...लानत हो उसके निज़ाम हैदराबाद पर, जिसके पास कई लाख टन सोना है, करोड़ों जवाहरात हैं, लेकिन एक मम्मी नहीं...हाँ...वह कुएँ में उतरने वाले...मैंने क्या कहा था कि सब बकवास है? पंजाबी में जिन्हें टोबहे कहते हैं...वे गोता लगाने वाले, वे इसके मुक़ाबले में इनसानी-फ़ितरत को कई दर्जे अच्छा समझते हैं? इसलिए मैं कहता हूँ..."

सबने ज़िंदाबाद का नारा लगाया। चड्ढा चिल्लाया, "यह सब साजिश है–इस मंटो की साजिश है, नहीं तो मैंने हर हिटलर की तरह मुर्दाबाद के नारे का इशारा किया था...तुम सब मुर्दाबाद...लेकिन पहले मैं...मैं...।" वह जज़्बाती हो गया। मैं...जिसने उस रात उस सौंप के खपरों ऐसे रंग वाले बालों की एक लड़की के लिए अपनी मम्मी को नाराज़ कर दिया था। मैं ख़ुद को...न जाने कहाँ का डोन जुआन समझता था...लेकिन नहीं, उसको पाना कोई मुश्किल काम नहीं था। मुझे अपनी जवानी की क़सम, एक ही चुंबन में उस प्लेटीनम ब्लोंड के क्वाँरेपन का सारा रम मैं अपने इन मोटे-मोटे होंठों से चूस सकता था...लेकिन यह एक गलत काम था...वह कम उम्र थी। इतनी कम उम्र, इतनी कमज़ोर, कैरेक्टरलेस...इतनी...उसने मेरी ओर एक सवालिया नज़र से देखा। "बताओ यार, उसे उर्दू, फारसी या अरबी में क्या कहेंगे...कैरेक्टरलेस...लेडीज़ एंड जैंटलमैन...वह इतनी छोटी, इतनी कमज़ोर और इतनी मासूम थी कि उस रात पाप में शामिल होकर या तो यह सारी उम्र पछताती रहती या उसे बिलकुल भूल जाती...उन चंद लम्हों के मज़े की याद के सहारे जीने का सलीका उसको बिलकुल न आता...मुझे इसका दुख होता...अच्छा हुआ कि मम्मी ने उसी वक़्त मेरा हुक्का-पानी बंद कर दिया... मैं अब अपनी बकवास बंद करता हूँ। मैंने असल में एक बहुत लम्बा-चौड़ा लेक्चर करने का इरादा किया था, लेकिन मुझसे कुछ बोला नहीं जाता...मैं एक पेग और पीता हूँ।"

उसने एक पेग और पिया। लेक्चर के बीच में सब चुप थे। उसके बाद भी चुप रहे। मम्मी न मालूम क्या सोच रही थी। गंजे और सुर्ख़ी की तहों के नीचे झुर्रियाँ भी ऐसी दिखाई देती थीं कि वे भी किसी गहरी फ़िक्र में डूबी हुई हैं। बोलने के बाद चड्डा जैसे ख़ाली-सा हो गया। इधर-उधर घूम रहा था, जैसे कोई चीज़ खाने के लिए ऐसा कोना ढूँढ़ रहा हो, जो उसके दिमाग़ में अच्छी तरह क़ायम रहे। मैंने उसे एक बार पूछा, "क्या बात है चड्डा।"

उसने क़हक़हा लगाकर जबाव दिया, "कुछ नहीं...बात यह है कि आज व्हिस्की मेरे दिमाग़ के चूतड़ों पर जमाकर लात नहीं मार रही।" उसका क़हक़हा खोखला था।

वन कुतरे ने थैलिमा को उठाकर मुझे अपने पास बिठा लिया और इधर-उधर की बातें करने के बाद अपने बाप की तारीफ़ शुरू कर दी कि वह बड़ा गुनी आदमी था। ऐसा हारमोनियम बजाता था कि लोग अवाक् रह जाते थे। फिर उसने अपनी बीवी की ख़ूबसूरती का ज़िक्र किया और बताया कि बचपन में ही उसके बाप ने यह लड़की चुनकर उससे ब्याह दी थी। बंगाली म्यूज़िक डायरेक्टर सेन की बात चली तो उसने कहा, "मिस्टर मंटो, वह एकदम हलकट आदमी था...कहता था, मैं ख़ान साहब अब्दुल करीम का चेला हूँ...झूठ, बिलकुल झूठ...वह तो बंगाल के किसी भड़वे का चेला था।"

घड़ी ने दो बजाए। चड्डा ने किटी को धक्का देकर एक ओर गिराया और बढ़कर वन कुतरे के कद्दू जैसे सिर पर धप्पा मारकर कहा, "बकवास बंद कर बे...उठ...और कुछ गा...लेकिन खबरदार, अगर तूने कोई पक्का राग गाया।"

वन कुतरे ने तुरंत गाना शुरू किया। आवाज़ अच्छी नहीं थी। मुरकियों की बारीकियाँ उसके गले से निकलती थीं; लेकिन जो कुछ गाता था, पूरी मस्ती में गाता था। माल्कोस में उसने दो-तीन फ़िल्मी गाने सुनाए, जिससे माहौल बहुत उदास हो गया। मम्मी और चड्डा एक-दूसरे को देखते थे और नज़रें किसी और तरफ हटा लेते थे...ग़रीब नवाज़ इतना प्रभावित हुआ कि उसकी आँखों में आँसू आ गए। चड्ढा ने ज़ोर का क़हक़हा लगाया और कहा, "हैदराबाद वालों की आँखों का मसाना बहुत कमज़ोर होता है— मौका-बेमौका टपकने लगता है।"

ग़रीब नवाज़ ने अपने आँसू पोंछे और एलिमा के साथ नाचना शुरू कर दिया। वन कुतरे ने ग्रामोफोन के तवे पर रिकार्ड रखकर सुई लगा दी। घसी हुई ट्यून बजने लगी। चड्डा ने मम्मी को फिर गोद में उठा लिया और कूद-कूदकर शोर मचाने लगा। उसका गला बैठ गया था, उन मीरासियों की तरह, जो शादी-ब्याह के मौके पर ऊँचे सुरों में गा-गाकर अपनी आवाज़ को बर्बाद कर लेते हैं।

उस उछल-कूद और चीख-दहाड़ में चार बज गए। मम्मी एकदम चुप हो गई। फिर उसने चड्डा की ओर मुड़कर कहा, “बस, अब ख़त्म!”

चड्डा ने बोतल से मुँह लगाया और उसे खाली करके एक ओर फेंक दिया और मुझसे कहा–“चलो मंटो, चलें।”

मैंने उठकर मम्मी से इजाज़त लेनी चाही कि चड्डा ने मुझे अपनी ओर खींच लिया, “आज कोई विदाई नहीं लेगा।”

हम दोनों बाहर निकल रहे थे कि मैंने वन कुतरे के रोने की आवाज़ सुनी। मैंने चड्डा से कहा, “ठहरो, देखें क्या बात है।” मगर वह मुझे धकेलकर आगे ले गया। “उस साले की आँखों का मसाना भी कमज़ोर है।”

मम्मी के घर से सईदा काटेज बिलकुल निकट थी। रास्ते में चड्डा ने कोई बात न की। सोने से पहले मैंने उससे इस अजीब पार्टी के बारे में जानना चाहा तो उसने कहा–“मुझे नींद आ रही है।” बिस्तर पर लेट गया।

सुबह उठकर मैं गुसलख़ाने में गया। बाहर निकला तो देखा कि ग़रीब नवाज़ गैराज के टाट के साथ लगा खड़ा है और रो रहा है। मुझे देखकर वह आँसू पोंछता वहाँ से हट गया। मैंने पास जाकर उससे रोने की वजह पूछी तो उसने कहा–“मम्मी चली गई।”

“कहाँ?”

“मालूम नहीं।” यह कहकर ग़रीब नवाज़ सड़क की ओर चला गया।

चड्डा बिस्तरे पर लेटा था। ऐसा मालूम होता था कि वह एक लम्हे के लिए भी नहीं सोया था। मैंने उससे मम्मी के बारे में पूछा तो उसने मुस्कराकर कहा, “चली गई, सुबह की गाड़ी से उसे पूना छोड़ना था।”

मैंने पूछा, “लेकिन क्यों?”

चड्डा की आवाज़ में चिड़चिड़ापन आ गया, “हुकूमत को उसकी अदाएँ पसंद नहीं थीं–उसका रंग-ढंग पसंद नहीं था। उसके घर की महफिलें उसकी

नज़रों में आपत्तिजनक थीं। इसलिए कि पुलिस उससे प्यार और ममता को भ्रष्टाचार के रूप में लेना चाहती थी...वे उसे माँ कहकर उससे एक दलाल का काम लेना चाहते थे...एक अरसे से उसके एक केस की छानबीन हो रही थी। आख़िर सरकार पुलिस की छानबीन में सहमत हो गई और उसको 'तड़ी पार' कर दिया। इस शहर से निकाल दिया...वह अगर वेश्या थी, या दलाला थी—उसकी मौजूदगी अगर समाज के लिए हानिकारक थी तो उसका ख़ात्मा कर देना चाहिए था...पूने की गंदगी से यह क्यों कहा गया कि तुम यहाँ से चली जाओ और जहाँ चाहो ढेर हो सकती हो... चड्डा ने बड़े ज़ोर से क़हक़हा लगाया और थोड़ी देर चुप रहा। फिर उसने बड़ी भावुक आवाज़ में कहा, "मुझे दुःख है मंटो कि उस गंदगी के साथ ऐसी पवित्रता चली गई है, जिसने उस रात मेरी एक बड़ी ग़लत और गंदी तरंग को मेरे दिलो दिमाग़ से निकाल दिया था—लेकिन मुझे अफ़सोस नहीं होना चाहिए—वह पूना से चली गई—मुझ जैसे जवानों में ऐसी ग़लत और गंदी तरंगें वहाँ भी पैदा होंगी जहाँ वह अपना घर बनाएगी...मैं अपनी मम्मी उनके सुपुर्द करता हूँ...ज़िंदाबाद मम्मी...ज़िंदाबाद...चलो, ग़रीब नवाज़ को ढूँढ़ें। रो-रोकर उसने अपना बुरा हाल कर लिया होगा...हैदराबादियों की आँखों का मसाना बहुत कमज़ोर होता है—मौका-बेमौका टपकने लगता है।

मैंने देखा चड्डा की आँखों में आँसू इस तरह तैर रहे थे जिस तरह क़त्ल हुए लोगों की लाशें।

◼

ब्लाउज़

कुछ दिनों से मोमिन बहुत बेचैन था। उसका वजूद कच्चे फोड़े-सा बन गया था। काम करते वक़्त, बातें करते वक़्त, यहाँ तक कि सोचते वक़्त भी, उसे अजीब क़िस्म का दर्द महसूस होता था–ऐसा दर्द जिसको वह बयान करना चाहता भी, तो न कर सकता।

कभी-कभी, बैठे-बैठे वह एकदम चौंक पड़ता। धुँधले-धुँधले ख़यालात, जो आम हालतों में बेआवाज़ बुलबुलों की तरह पैदा होकर मिट जाया करते हैं, मोमिन के दिमाग़ में बड़े शोर के साथ पैदा होते और शोर ही के साथ फटते। उसके दिलो-दिमाग़ के नर्म-नाज़ुक पर्दों पर हर वक़्त, जैसे काँटीले पैरों वाली चींटियाँ-सी रेंगती रहती थीं। एक अजीब क़िस्म का खिंचाव उसके अंगों में पैदा हो गया था, जिसकी वजह से उसे बहुत तकलीफ़ होती थी। इसी तकलीफ़ की शिद्दत जब बढ़ जाती तो उसके जी में आता कि अपने आपको एक बड़ी-सी ओखली में डाल दे और किसी से कहे–"मुझे कूटना शुरू कर दो।"

बावर्चीख़ाने में, गर्म मसाला कूटते वक़्त, जब लोहे से लोहा टकराता और धमकों से छत में एक गूँज-सी दौड़ जाती तो मोमिन के नंगे पैरों को यह कँपकँपी बड़ी भली लगती। पैरों से होती हुई यह कँपकँपी, उसकी तनी हुई पिंडलियों और रानों में दौड़ती हुई उसके दिल तक पहुँच जाती, जो तेज़ हवा में रखे हुए दीये की लौ-सा काँपने लगता। मोमिन की उम्र पंद्रह बरस की थी। शायद सोलहवाँ भी लगा हो। उसे अपनी उम्र के बारे में सही अंदाज़ा नहीं था। वह एक सेहतमंद और तंदुरुस्त लड़का था, जिसका बचपन तेज़ी से जवानी के मैदान की तरफ़ भाग रहा था। इस दौड़ ने जिससे मोमिन बिलकुल अनजान था, उसके ख़ून की हर बूँद में सनसनी पैदा कर दी थी। वह उसका मतलब समझने की कोशिश करता, पर नाकाम रहता।

उसके जिस्म में कई तब्दीलियाँ पैदा हो रही थीं। गर्दन, जो पहले पतली थी, अब मोटी हो गई थी। बाँहों के पुट्ठों में ऐंठन-सी पैदा हो गयी थी। कंठ

निकल रहा था। छाती पर माँस की तह मोटी हो गयी थी और अब कुछ दिनों से उसकी छातियों में गोलियाँ-सी पड़ गयी थीं, जगह उभर आयी थी, जैसे किसी ने एक-एक बंटा अंदर दाख़िल कर दिया हो। उन उभारों को हाथ लगाने पर मोमिन को बहुत दर्द महसूस होता था। कभी-कभी, काम करने के दौरान अचानक जब उसका हाथ उन गोलियों से छू जाता तो वह तड़प उठता। कमीज़ के मोटे और खुरदरे कपड़े से भी उसको तकलीफ़देह सरसराहट महसूस होती थी।

गुसलख़ाने में नहाते वक़्त या बावर्चीख़ाने में, जब कोई और मौजूद न हो, मोमिन अपनी कमीज़ के बटन खोलकर उन गोलियों को गौर से देखता, हाथों से मसलता, दर्द होता, टीमें उठतीं। सारा जिस्म फलों से लदे हुए दरख़्तों की तरह, जिसे ज़ोर से हिला दिया गया हो, काँप-काँप जाता, इसके बावजूद, वह दर्द पैदा करने वाले इस खेल में मशगूल रहता। कभी-कभी ज़्यादा दबाने पर, वे गोलियाँ पिचक जातीं और उसके मुँह से एक लेसदार लुआब निकल आता। उसको देखकर, उसका चेहरा कान की लवों तक सुख़र् हो जाता। वह यह समझता कि उससे कोई गुनाह हो गया है।

गुनाह और सबाब के बारे में मोमिन की जानकारी बहुत सीमित थी। हर वह काम, जो एक इनसान दूसरे इनसानों के सामने न कर सकता हो, उसके ख़याल के मुताबिक़ गुनाह था। इसीलिए जब शर्म के मारे उसका चेहरा कान की लवों तक सुख़र् हो जाता, तो वह झट अपनी कमीज़ के बटन बंद कर लेता और मन में फैसला करता कि आइंदा ऐसी फ़िज़ूल हरकत कभी न करेगा। लेकिन इस इरादे के बावजूद, दूसरे या तीसरे दिन, तन्हाई में वह फिर उस खेल में मशगूल हो जाता।

मोमिन से सब घर वाले ख़ुश थे। बड़ा मेहनती लड़का था। जब हर काम वक़्त पर कर देता था तो किसी को शिकायत का मौका कैसे मिलता? डिप्टी साहब के यहाँ उसे काम करते हुए सिर्फ़ तीन महीने हुए थे, लेकिन इस थोड़े-से अरसे में, उसने घर के हर आदमी को अपने मेहनती मिज़ाज से मुतासिर कर लिया था। छ: रुपये महीने पर नौकर हुआ था, पर दूसरे महीने ही उसकी तनख़्वाह में दो रुपये बढ़ा दिए गए थे। वह उस घर में बहुत ख़ुश था, इसलिए कि यहाँ उसकी क़द्र की जाती थी। पर अब कुछ दिनों से वह

बेक़रार था। एक अजीब क़िस्म की आवारगी उसके दिमाग़ में पैदा हो गयी थी। उसका जी चाहता था कि सारा दिन, बेमतलब, बाज़ारों में घूमता फिरे या किसी सुनसान जगह पर लेटा रहे।

अब काम में उसका जी न लगता था। लेकिन इस बेदिली के होते हुए भी, वह अपने काम में काहिली नहीं बरतता था। यही वजह थी कि घर में कोई भी, उसकी इस मानसिक उथल-उथल से वाक़िफ़ न था। रज़िया थी, सो वह दिन भर बाजा बजाने, नयी-नयी फ़िल्मी धुनें सीखने और रिसालें पढ़ने में मशगूल रहती थी, उसने कभी मोमिन की निगरानी ही न की थी। शकीला अलबत्ता मोमिन से इधर-उधर के काम लेती थी और कभी-कभी उसे डाँटती भी थी; पर अब कुछ दिनों से वह भी चंद ब्लाउज़ों के नमूने उतारने में बेतरह मशगूल थी। ये ब्लाउज़ उसकी एक सहेली के थे जिसे नयी-नयी काट के कपड़े पहनने का बेहद शौक़ था। शकीला उससे आठ ब्लाउज़ माँगकर लायी थी और काग़ज़ों पर उसके नमूने उतार रही थी। इसीलिए उसने भी कुछ दिनों में मोमिन की तरफ ध्यान नहीं दिया था।

डिप्टी साहब की बीवी सख़्तगीर औरत नहीं थी। घर में दो नौकर थे। यानी मोमिन के अलावा एक बुढ़िया भी थी, जो ज़्यादातर बावर्चीख़ाने का काम करती थी। मोमिन कभी-कभी उसका हाथ बँटा दिया करता था। डिप्टी साहब की बीवी ने, मुमकिन है, मोमिन की मुस्तैदी में कोई कमी देखी हो, पर उसने मोमिन से इसकी चर्चा नहीं की। और वह इंक़लाब, जिसमें मोमिन का दिल-दिमाग़ और जिस्म गुज़र रहा था, उससे तो डिप्टी साहब की बीवी बिलकुल अनजान थी। चूँकि उसका कोई लड़का नहीं था, इसलिए वह मोमिन के ज़ेहनी और जिस्मानी बदलावों को नहीं समझ सकती थी। फिर मोमिन नौकर था–नौकरों के बारे में कौन सोचता है? बचपन से लेकर बुढ़ापे तक, वे तमाम मंज़िलें, पैदल तय कर जाते हैं और आसपास के आदमियों को खबर तक नहीं होती।

मोमिन का भी बिलकुल यही हाल था। वह कुछ दिनों से मोड़ मुड़ता-मुड़ता, ज़िंदगी के ऐसे रास्ते पर आ निकला था जो ज़्यादा लम्बा तो नहीं था, पर ख़तरों से भरा था। इस रास्ते पर उसके क़दम कभी तेज़-तेज़

थे, कभी धीरे-धीरे। दरअसल, वह जानता नहीं था कि ऐसे रास्तों पर किस तरह चलना चाहिए! उन्हें जल्दी तय कर जाना चाहिए या कुछ वक़्त लेकर, आहिस्ता-आहिस्ता, इधर-उधर की चीज़ों का सहारा लेकर, तय करना चाहिए। मोमिन के नंगे पाँव के नीचे आने वाली जवानी की गोल-गोल, चिकनी बट्टियाँ फिसल रही थीं। वह अपना संतुलन बना नहीं पा रहा था। इसीलिए बेहद बेचैन था। इसी बेचैनी की वजह से कई बार काम करते-करते चौंककर, वह अचानक किसी खूँटी को दोनों हाथों से पकड़ लेता और उसके साथ लटक जाता। फिर उसके मन में इच्छा होती कि टाँगों से पकड़कर उसे कोई इतना खींचे कि वह एक महीन तार बन जाए। ये सब बातें उसके दिमाग़ के किसी ऐसे कोने में पैदा होती थीं कि वह ठीक तौर पर उनका मतलब नहीं समझ सकता था।

अंजाने तौर पर वह चाहता था–कुछ हो...क्या हो? वह कुछ हो। मेज़ पर क़रीने से चुनी हुई प्लेटें, एकदम उछलना शुरू कर दें। केतली पर रखा हुआ ढकना पानी के एक ही उबाल से ऊपर को उड़ जाए। नल की जस्ती नाली पर वह दबाव डाले तो वह दोहरी हो जाए और उसमें से पानी का एक फव्वारा-सा फूट पड़े। उसे एक ऐसी ज़बरदस्त अँगड़ाई आए कि सारे जोड़ अलग-अलग हो जाएँ और उसमें एक ढीलापन पैदा हो जाए–कोई ऐसी बात हो जाए, जो उसने पहले कभी न देखी हो।

मोमिन बहुत बेचैन था।

रज़िया नयी फ़िल्मी धुनें सीखने में मशगूल थी और शकीला काग़ज़ों पर ब्लाउज़ों के नमूने उतार रही थी। जब उसने यह काम ख़त्म कर लिया तो वह नमूना, जो उन सबमें अच्छा था, सामने रखकर, अपने लिए ऊदी साटन का ब्लाउज़ बनाने लगी। अब रज़िया को भी, अपना बाजा और फ़िल्मी गानों की कापी छोड़कर, उस ओर ध्यान देना पड़ा।

शकीला हर काम बड़े ढंग और चाव से करती थी। जब सीने-पिरोने बैठती, तो उसकी बैठक बड़ी इत्मीनान-भरी होती थी। अपनी छोटी बहन, रज़िया की तरह वह अफ़रा-तफ़री पसंद नहीं करती थी। एक-एक टाँका सोच-समझकर, बड़े इत्मीनान से लगाती थी ताकि भूल की गुंजाइश न रहे।

नाप-जोख भी उसकी बहुत सही थी। इसलिए कि पहले काग़ज़ काटकर, फिर कपड़ा काटती थी। यूँ, वक़्त तो ज़्यादा खर्च होता, पर चीज़ बिलकुल फिट तैयार होती।

शकीला भरे-भरे जिस्म की सेहतमंद लड़की थी। हाथ-पाँव गुदगुदे थे। गोश्त-भरी उँगलियों के आख़िर में, हर जोड़ पर एक-एक नन्हा गड़ा था। जब मशीन चलाती थी तो ये नन्हे-नन्हे गढ़े, हाथ की हरकत से कभी ग़ायब हो जाते थे।

शकीला मशीन भी बड़ी इत्मीनान से चलाती थी। आहिस्ता-आहिस्ता, उसकी दो या तीन उँगलियाँ, बड़ी ख़ूबसूरती के साथ मशीन की हत्थी घुमाती थी। कलाई में एक हलका-सा खम पैदा हो जाता था। गर्दन ज़रा उस तरफ़ को झुक जाती थी और बालों की एक लट, जिसे शायद अपने लिए कोई मुस्तक़िल जगह न मिलती थी, नीचे फिसल आती थी। शकीला अपने काम में इतनी मशगूल रहती थी कि उसे हटाने या जमाने की कोशिश ही नहीं करती थी।

जब शकीला, ऊदी साटन सामने फैलाकर, अपनी नाप का ब्लाउज़ काटने लगी तो उसे टेप की ज़रूरत महसूस हुई क्योंकि उसका अपना टेप, घिस-घिसाकर, बिलकुल टुकड़े-टुकड़े हो गया था। लोहे का गज़ मौजूद था, पर उससे कमर और छाती की नाप कैसे ली जा सकती थी, उसके अपने कई ब्लाउज़ मौजूद थे, लेकिन अब चूँकि पहले से कुछ मोटी हो गयी थी, इसीलिए सारी नाप दोबारा लेना चाहती थी।

कमीज़ उतारकर उसने मोमिन को आवाज़ दी। जब वह आया तो उसने कहा—"जाओ मोमिन, दौड़कर छह नंबर से कपड़े का गज़ ले आओ। कहना शकीला बीबी माँगती हैं।"

मोमिन की निगाहें शकीला की सफ़ेद बनियान के साथ टकरायीं। वह कई बार शकीला बीबी को ऐसी बनियानों में देख चुका था। लेकिन आज उसे एक अजीब क़िस्म की झिझक महसूस हुई। उसने अपनी निगाहों का रुख़ दूसरी तरफ़ फेर लिया और घबराहट में कहा, "कैसा गज़ बीबी जी?"

शकीला ने जवाब दिया–“कपड़े का गज़! एक गज़ तो यह तुम्हारे सामने पड़ा है, यह लोहे का है। एक दूसरा गज़ भी होता है, कपड़े का। जाओ, छह नंबर में जाओ और दौड़कर उनसे वह गज़ ले आओ। कहना, शकीला बीबी माँगती हैं।”

छह नंबर का फ्लैट बिलकुल क़रीब था। मोमिन फ़ौरन ही कपड़े का गज़ लेकर आ गया। शकीला ने यह गज़ उसके हाथ से ले लिया और कहा–“यहीं ठहर जाओ, इसे अभी वापस ले जाना।” फिर उसने अपनी बहन रज़िया से कहा–“इन लोगों की कोई चीज़ अपने पास रख ली जाए तो वह बुढ़िया तगादे कर-कर के, परेशान कर देती है।... इधर आओ, यह गज़ लो और यहाँ से मेरी माप लो।”

रज़िया ने शकीला की कमर और सीने का माप लेनी शुरू की तो उनके बीच कई बातें हुईं। मोमिन दरवाज़े की दहलीज़ में खड़ा, तकलीफ़देह ख़ामोशी से, ये बातें सुनता रहा।

“रज़िया, तुम खींचकर माप क्यों नहीं लेतीं, पिछली दफ़ा भी यही हुआ। तुमने माप लिया और मेरे ब्लाउज़ का सत्यानाश हो गया। ऊपर के हिस्से पर अगर कपड़ा फिट न आए तो इधर-उधर बग़लों में झोल पड़ जाते हैं।”

“कहाँ का लूँ, कहाँ का न लूँ! तुम तो अजीब मुसीबत में डाल देती हो। यहाँ की माप लेनी शुरू की थी तो तुमने कहा ज़रा और नीचे से लो...ज़रा छोटा-बड़ा हो गया तो कौन-सी आफ़त आ जाएगी।”

“भई वाह...चीज़ के फिट होने में ही तो सारी ख़ूबसूरती है। सुरैया को देखो, कैसे फिट कपड़े पहनती है। मजाल है, जो कहीं शिकन पड़े। कितने ख़ूबसूरत मालूम होते हैं ऐसे कपड़े...“अब तुम माप लो...।”

यह कहकर शकीला ने साँस के ज़रिये अपना सीना फुलाना शुरू किया। जब अच्छी तरह फूल गया तो साँस रोककर, उसने घुटी-घुटी आवाज़ में कहा–“लो अब जल्दी करो।”

जब शकीला के सीने की हवा निकाली तो मोमिन को ऐसा लगा कि उसके अंदर रबड़ के गुब्बारे फट गए हैं। उसने घबराकर कहा–“गज़ लाइए बीबी जी...दे आऊँ।”

शकीला ने उसे झिड़क दिया–“ज़रा ठहर जाओ।”

यह कहते समय, कपड़े का गज़ उसके नंगे बाज़ू से लिपट गया। जब शकीला ने उतारने की कोशिश की तो मोमिन को उसकी सफ़ेद बगल में, काले-काले बालों का एक गुच्छा नज़र आया। मोमिन की अपनी बगलों में भी ऐसे ही बाल उग रहे थे, पर यह गुच्छा उसे बहुत भला मालूम हुआ। एक सनसनी-सी उसके सारे बदन में दौड़ गई। एक अजीब-सी इच्छा उसके मन में पैदा हुई कि ये काले-काले बाल उसकी मूँछें बन जाएँ–बचपन से वह भुट्टों के काले और सुनहरे बाल निकालकर, अपनी मूँछें बनाया करता था। उसको अपने ऊपरी होंठों पर जमाते समय जो सरसराहट उसे महसूस करती थी, उसी तरह की सरसराहट–इस इच्छा ने उसके ऊपरी होंठ और नाक में पैदा कर दी।

शकीला का बाज़ू अब नीचे झुक गया था और बग़ल छिप गई थी, पर मोमिन अब भी काले-काले बालों का वह गुच्छा देख रहा था। उसकी तसव्वुर में शकीला का बाज़ू, देर तक वैसे ही उठा रहा और उसके काले बाल बग़ल में झाँकते रहे।

थोड़ी देर बाद शकीला ने मोमिन को गज़ दे दिया और कहा–“जाओ, वापस दे आओ। कहना, बहुत-बहुत शुक्रिया अदा किया है।”

मोमिन गज़ वापस देकर, बाहर सहन में बैठ गया। उसके दिलो-दिमाग़ में धुँधले-धुँधले ख़याल पैदा हो रहे थे। देर तक वह उनका मतलब समझने की कोशिश करता रहा। जब कुछ समझ में न आया तो उसने अचानक अपना छोटा-सा ट्रंक खोला, जिसमें ईद के लिए नये कपड़े बनवाकर रखे थे।

जब ट्रंक का ढकना खुला और नये कपड़े की बू उसकी नाक तक पहुँची तो उसके मन में ख़्वाहिश हुई कि नहा-धोकर और नये कपड़े पहनकर, वह सीधा शकीला के पास जाए और उसे सलाम करे–उसकी लड़के की सलवार किसी तरह फड़-फड़ करेगी और और उसकी रूमी टोपी...रूमी टोपी का ख़याल आते ही, मोमिन की निगाहों के सामने उसका फुँदना आ गया और फुँदना फ़ौरन ही उन काले बालों के गुच्छे में बदल गया जो उसने शकीला की बग़ल में देखा। उसने कपड़ों के नीचे से अपनी नयी रूमी टोपी निकाली

और उसके नर्म और लचकीले फुँदने पर उसने हाथ फेरना शुरू किया ही था कि अंदर से शकीला बीबी की आवाज़ आयी–"मोमिन।"

मोमिन ने टोपी ट्रंक में रखी, ढकना बंद किया और अंदर चला गया, जहाँ शकीला नमूने के मुताबिक़ ऊदी साटन के कई टुकड़े काट चुकी थी। उन चमकीले और फिसल-फिसल जाने वाले टुकड़ों को एक जगह रखकर, वह मोमिन से बोली–"मैंने तुम्हें इतनी आवाज़ें दीं। सो गए थे क्या?"

मोमिन की ज़बान लड़खड़ाने लगी–"नहीं...नहीं, बीबी जी।"

"तो क्या कर रहे थे?"

"कुछ...कुछ भी नहीं।"

"कुछ तो ज़रूर कर रहे होंगे?"

शकीला सवाल किए जा रही थी, पर उसका ध्यान असल में ब्लाउज़ की ओर था, जिसे अब उसे कच्चा करना था।

मोमिन ने खिसियानी हँसी के साथ जवाब दिया–"ट्रंक खोलकर, अपने नये कपड़े देख रहा था।"

शकीला खिल-खिलाकर हँस पड़ी। रज़िया ने भी उसका साथ दिया।

शकीला को हँसते देखकर मोमिन को एक अजीब-सी तस्कीन महसूस हुई और इस तस्कीन ने उसके मन में यह ख़्वाहिश पैदा कि वह कोई ऐसी बेवक़ूफ़ाना हरकत करे, जिससे शकीला को और हँसने का मौका मिले। इसलिए लड़कियों की तरह झेंपकर और लहज़े में शरमाहट पैदा करके, उसने कहा–"बड़ी बीबी जी से पैसे लेकर मैं रेशमी रूमाल भी लाऊँगा।"

शकीला ने हँसते हुए पूछा, "क्या करोगे उस रूमाल का?"

मोमिन ने झेंपकर जबाव दिया–"गले में बाँध लूँगा, बीबी जी...बड़ा अच्छा लगेगा।"

यह सुनकर शकीला और रज़िया, दोनों देर तक हँसती रही।

"गले में बाँधोगे तो याद रखना, उसी से फाँसी दे दूँगी।" यह कहकर शकीला ने अपनी हँसी दबाने की कोशिश की और रज़िया से कहा, –"कमबख़्त ने मुझे काम ही भुला दिया। रज़िया, मैंने इसे क्यों बुलाया था?

रज़िया जवाब न देकर उस नयी फ़िल्मी धुन को गुनगुनाने लगी, जिसे वह दो दिन से सीख रही थी। इस बीच शकीला को ख़ुद ही याद आ गया कि उसने मोमिन को क्यों बुलाया था–"देखो मोमिन, मैं तुम्हें यह बनियान उतारकर देती हूँ। दवाइयों की दुकान के पास जो एक नयी दुकान खुली है न–वही, जहाँ उस दिन तुम मेरे साथ गए थे। वहाँ जाओ और पूछकर आओ कि ऐसी छह बनियानों का वह क्या लेगा...कहना हम पूरी छह लेंगे, इसलिए कुछ रियायत ज़रूर करे... समझ लिया न?"

मोमिन ने जवाब दिया, "जी हाँ।"

"अब तुम परे हट जाओ।"

मोमिन बाहर निकलकर दरवाज़े की ओट में हो गया। कुछ लम्हों के बाद बनियान उसके पैरों के पास आ गिरी और अंदर से शकीला की आवाज़ आयी–"कहना, हम इसी क़िस्म की, इसी डिज़ाइन की, बिलकुल यही चीज़ लेंगे। फ़र्क़ नहीं होना चाहिए।"

मोमिन ने 'बहुत अच्छा' कहकर, बनियान उठा ली, जो पसीने के कारण कुछ गीली हो रही थी, जैसे उसे किसी ने भाप पर रखकर फ़ौरन हटा लिया हो। बदन की बू भी उसमें बसी हुई थी। मीठी-मीठी गर्मी थी। ये सारी चीज़ें उसको बड़ी भली लगीं।

उस बनियान को, जो बिल्ली के बच्चे की तरह मुलायम थी, वह अपने हाथों से मसलता, बाहर चला गया। जब भाव-ताव पूछकर बाज़ार से लौटा तो शकीला उस ऊदी साटन के ब्लाउज़ की सिलाई शुरू कर चुकी थी, जो मोमिन की रूमी टोपी के फुँदने से कहीं ज्यादा चमकीला और लचकदार था।

यह ब्लाउज़ शायद ईद के लिए तैयार किया जा रहा था, क्योंकि ईद अब बिलकुल क़रीब आ गयी थी। मोमिन को एक दिन में कई बार बुलाया गया। धागा लाने के लिए, इस्तरी निकालने के लिए, सूई टूट गयी तो नई सूई लाने के लिए! शाम के क़रीब जब शकीला ने बाक़ी काम दूसरे दिन पर उठा दिया तो धागे के टुकड़े और ऊदी साटन की बेकार कतरनें उठाने के लिए भी उसे बुलाया गया।

मोमिन ने अच्छी तरह जगह साफ़ कर दी। बाक़ी सब चीज़ें उठाकर बाहर फेंक दीं, मगर साटन की चमकीली कतरनें अपनी जेब में रख लीं...बिलकुल बेमतलब, क्योंकि उसे मालूम न था कि वह उनका क्या करेगा?

दूसरे दिन उसने जेब से कतरनें निकालीं और अकेले में बैठकर उनके धागे अलग करने लगा। देर तक वह इस खेल में लगा रहा, यहाँ तक कि धागों के छोटे-बड़े टुकड़ों का एक गुच्छा-सा बन गया। उसको हाथ में लेकर वह दबाता रहा, मसलता रहा–लेकिन उसकी कल्पना में शकीला की वही बग़ल थी जिसमें उसने काले-काले बालों का एक छोटा-सा गुच्छा देखा था।

उस दिन भी उसे शकीला ने कई बार बुलाया–ऊदी साटन के ब्लाउज़ की हर शक्ल उसकी निगाहों के सामने आती रही। पहले जब उसे कच्चा किया गया था तो उस पर सफ़ेद धागे के बड़े-बड़े टाँके, जगह-जगह फैले हुए थे। फिर उस पर इस्तरी की गयी, जिससे उसकी सब सिलवटें दूर हो गयीं और चमक भी दूनी हो गयी। इसके बाद, कच्ची हालत में ही शकीला ने उसे पहना, रज़िया को दिखाया। दूसरे कमरे में सिंगार-मेज़ के पास जाकर, आईने में ख़ुद को हर पहलू से अच्छी तरह देखा। जब पूरी तरह इत्मीनान हो गया तो उसे उतारा। जहाँ-तहाँ तंग या खुला था, वहाँ निशान बनाए, उसकी सारी खामियाँ दूर कीं। एक बार फिर पहनकर देखा। जब बिलकुल फिट हो गया तो पक्की सिलाई शुरू की।

इधर साटन का यह ब्लाउज़ सिया जा रहा था, उधर मोमिन के दिमाग़ में अजीबोगरीब ख़यालों के टाँके-से उधड़ रहे थे। जब उसे कमरे में बुलाया जाता और उसकी निगाहें चमकीली साटन के ब्लाउज़ पर पड़तीं तो उसका जी चाहता कि वह हाथ से छूकर उसे देखे–सिर्फ़ छूकर ही नहीं, बल्कि उसकी मुलायम और रोयेंदार सतह पर दूर तक हाथ फेरता रहे–अपने खुरदरे हाथ।

उसने उन साटन के टुकड़ों से उसकी कोमलता का अंदाज़ा कर लिया था। धागे, जो उसने उन टुकड़ों से निकाले थे, और भी ज़्यादा मुलायम हो गए थे। जब उसने उसका गुच्छा बनाया तो दबाते वक़्त उसे लगा था कि उनमें रबड़ की-सी लचक भी है। वह जब भी अंदर आकर ब्लाउज़ को देखता,

उसका ख़याल फ़ौरन उन बालों की तरफ दौड़ जाता, जो उसने शकीला की बग़ल में देखे थे। काले-काले बाल। मोमिन सोचता था, क्या वे भी इस साटन की ही तरह मुलायम होंगे?

आख़िरकार ब्लाउज़ तैयार हो गया। मोमिन कमरे के फ़र्श पर गीला कपड़ा फेर रहा था कि शकीला अंदर आयी। कमीज़ उतारकर उसने पलंग पर रखी। उसके नीचे उसी क़िस्म की सफ़ेद बनियान थी, जिसका नमूना लेकर मोमिन भाव पूछने गया था–उसके ऊपर शकीला ने अपने हाथ का सिला हुआ ब्लाउज़ पहना। सामने के हुक लगाए और आईने के सामने खड़ी हो गयी।

मोमिन ने फ़र्श साफ़ करते-करते, आईने की तरफ देखा। ब्लाउज़ में अब जान-सी पड़ गयी थी। एक-दो जगह पर वह इतना चमकता था कि मालूम होता था, साटन का रंग सफ़ेद हो गया है–शकीला की पीठ मोमिन की तरफ थी, जिस पर रीढ़ की हड्डी का लंबी सुर्री ब्लाउज़ फिट होने के कारण अपनी पूरी गहराई के साथ नुमायाँ थी। मोमिन से रहा न गया, इसलिए उसने कहा, "बीबी जी, आपने दर्जियों को भी मात कर दिया है।"

शकीला अपनी तारीफ़ सुनकर ख़ुश हुई, पर वह रज़िया की राय जानने के लिए बेचैन थी, इसलिए वह सिर्फ़ 'अच्छा है न?' कहकर बाहर दौड़ गयी। मोमिन आईने की तरफ देखता रह गया, जिसमें ब्लाउज़ का काला और चमकीला अक्स देर तक मौजूद रहा।

रात को, जब वह फिर उस कमरे में सुराही रखने के लिए आया तो अपने खूँटी पर लकड़ी के हैंगर में उस ब्लाउज़ को देखा। कमरे में कोई मौजूद नहीं था। चुनाँचे, आगे बढ़कर उसने पहले ध्यान से उसे देखा, फिर डरते-डरते उस पर हाथ फेरा। ऐसा करते हुए उसे यूँ लगा कि कोई उसके जिस्म के मुलायम रोयें पर हौले-हौले बिलकुल हवाई लम्स की तरह हाथ फेर रहा है।

रात को जब वह सोया तो उसने कई ऊटपटाँग सपने देखे–डिप्टी साहब ने उसे पत्थर के कोयलों का एक बड़ा ढेर कूटने को कहा। जब उसने एक कोयला उठाया और उस पर हथौड़े की चोट लगायी तो वह नर्म-नर्म बालों का एक गुच्छा बन गया–ये काली खांड के महीन-महीन तार थे, जिनका

गोला बना हुआ था। फिर ये गोले, काले रंग के गुब्बारे बनकर, हवा में उड़ने लगे–बहुत ऊपर जाकर ये फटने लगे।...फिर आँधी आ गयी और मोमिन की रूमी टोपी का फुँदना कहीं ग़ायब हो गया–वह फुँदने की तलाश में निकला–देखी और अनदेखी जगहों में घूमता रहा...नये लट्टे की बू भी कहीं से आनी शुरू हुई। फिर न जाने क्या हुआ।...एक काली साटन के ब्लाउज़ पर उसका हाथ पड़ा...कुछ देर तक वह किसी धड़कती हुई चीज़ पर अपना हाथ फेरता रहा। फिर एकाएक हड़बड़ाकर उठ बैठा। थोड़ी देर तक वह कुछ समझ न सका कि क्या हो गया है। इसके बाद उसे डर, हैरानी और एक अनोखी टीस का अहसास हुआ। उसकी हालत उस वक़्त अजीबोगरीब थी ...पहले उसे एक तकलीफ़देह गर्मी–सी महसूस हुई। फिर कुछ लम्हों के बाद एक ठंडी–सी लहर उसके जिस्म पर रेंगने लगी।

◻

ऊपर, नीचे और दरमियान

मियाँ साहब : "बहुत देर के बाद आज मिल बैठने का इत्तफ़ाक़ हुआ है।"

बेगम साहिबा : "जी हाँ।"

मियाँ साहब: बहुत पीछे हटता हूँ मगर जाहिल लोगों का ख़याल करके कौम की पेश की हुई ज़िम्मेदारी संभालनी पड़ती है।

बेगम साहिबा : "असल में आप ऐसे मामलों में बहुत नर्मदिल वाले हुए हैं, बिलकुल मेरी तरह।"

मियाँ साहब : "हाँ! मुझे आपकी सोशल ऐक्टिविटीज़ का इल्म होता रहता है। फ़ुर्सत मिले तो कभी अपनी वह तक़रीरें भिजवा दीजिएगा जो पिछले दिनों आपने मुख़्तलिफ़ मौकों पर की है...मैं फ़ुर्सत के औकात में उनका मुतालआ करना चाहता हूँ।"

बेगम साहिबा : "बहुत बेहतर।"

मियाँ साहब : "हाँ बेगम, वह मैंने आपसे उस बात का जिक्र किया था।"

बेगम साहिबा : "किस बात का?"

मियाँ साहब : मेरा ख़याल है, जिक्र नहीं किया...कल इत्तफ़ाक़ से मैं मँझले साहबज़ादे के कमरे में जा निकला, वह 'लेडीज़ चटर्लीज़ लवर' पढ़ रहा था।

बेगम साहिबा : वह रूसवा-ए-ज़माना किताब।

मियाँ साहब : हाँ बेगम!

बेगम साहिबा : आपने क्या किया?

मियाँ साहब : मैंने उससे किताब छीनकर ग़ायब कर दी।

बेगम साहिबा : बहुत अच्छा किया आपने।

मियाँ साहब : अब मैं सोच रहा हूँ कि डॉक्टर से मशविरा कर लूँ और उसकी रोज़ाना ग़िज़ा में तब्दीली करा दूँ।

बेगम साहिबा : बड़ा सही कदम उठाएँगे आप।

मियाँ साहब : मिज़ाज कैसा है आपका?

बेगम साहिबा : ठीक है।

मियाँ साहब : मेरा ख़याल था कि आज आपसे...दरख़्वास्त करूँ।

बेगम साहिबा : ओह! आप बहुत बिगड़ते जा रहे हैं।

मियाँ साहब : यह सब आपकी करिश्मा साजियाँ हैं।

बेगम साहिबा : लेकिन आपकी सेहत?

मियाँ साहब : सेहत? अच्छी है। लेकिन डॉक्टर से मशविरा किए बग़ैर कोई कदम नहीं उठाऊँगा...और आपकी तरफ़ से भी मुझे पूरा इत्मीनान होना चाहिए।

बेगम साहिबा : मैं आज ही मिस सलढाना से पूछूँगी।

मियाँ साहब : और मैं डॉक्टर जलाल से।

बेगम साहिबा : क़ायदे के मुताबिक़ ऐसा ही होना चाहिए।

मियाँ साहब : अगर डॉक्टर जलाल ने इजाज़त दे दी?

बेगम साहिबा : अगर मिस सलढाना ने इजाज़त दे दी...मफ़लर अच्छी तरह लपेट लीजिए। बाहर सर्दी है।

मियाँ साहब : शुक्रिया!

डॉक्टर जलाल : तुमने इजाज़त दे दी?

मिस सलढाना : जी हाँ!

डॉक्टर जलाल : मैंने भी इजाज़त दे दी...हालाँकि शरारत के तौर पर...

मिस सलढाना : हालाँकि शरारत के तौर पर मैं भी चाहती थी कि इजाज़त न दूँ।

डॉक्टर जलाल : लेकिन मुझे तरस आ गया।

मिस सलढाना : मुझे भी।

डॉक्टर जलाल : पूरे एक बरस के बाद वह...

मिस सलढाना : हाँ पूरे एक बरस के बाद।

डॉक्टर जलाल : मेरी उँगलियों के नीचे उसकी नब्ज़ तेज़ हो गई, जब मैंने उसको इजाज़त दी।

मिस सलढाना : उसकी भी यही कैफ़ियत थी।

डॉक्टर जलाल : उसने मुझसे डरते हुए कहा, "ऐसा मालूम होता है, मेरा दिल कमज़ोर हो गया है...आप कार्डियोग्राम लीजिए...।"

मिस सलढाना : उसने भी मुझसे यही कहा।

डॉक्टर जलाल : मैंने उसके टीका लगा दिया।

मिस सलढाना : मैंने भी...सिर्फ़ सादा पानी का।

डॉक्टर जलाल : सादा पानी बेहतरीन चीज़ है।

मिस सलढाना : जलाल! अगर तुम इस बेगम के शौहर होते?

डॉक्टर जलाल : अगर तुम उस मियाँ की बीवी होतीं?

मिस सलढाना : मेरा कैरेक्टर ख़राब हो गया होता।

डॉक्टर जलाल : मेरा जनाज़ा उठ गया होता!

मिस सलढाना : यह भी तुम्हारे कैरेक्टर की ख़राबी कहलाती।

डॉक्टर जलाल : हम जब भी सोसायिटी के इन वस्तुओं को देखने आते हैं, हमारा कैरेक्टर ख़राब हो जाता है।

मिस सलढाना : आज भी होगा?

डॉक्टर जलाल : बहुत ज़्यादा।

मिस सलढाना : मगर मुसीबत है कि उनका लंबे-लंबे वक़्फ़ों के बाद होता है।

बेगम साहिबा : 'लेडीज चटर्लीज़ लवर' यह आपके तकिये के नीचे क्यों रखी हुई है?

मियाँ साहब : मैं देखना चाहता था कि यह किताब कितनी बेहूदा और वाहियात है।

बेगम साहिबा : मैं भी आपके साथ देखूँगी।

मियाँ साहब : मैं जस्ता-जस्ता देखूँगा, पढ़ता जाऊँगा। आप भी सुनती जाइये।

बेगम साहिबा : यह बहुत अच्छा रहेगा।

मियाँ साहब : मैंने मँझले साहबज़ादे की रोज़ाना ग्रिज़ा में डॉक्टर के मशविरे से तब्दीलियाँ करा दी हैं

बेगम साहिबा : मुझे यक़ीन था कि आपने इस मामले में ग़फ़लत नहीं बरती होगी।

मियाँ साहब : मैंने अपनी ज़िंदगी में कभी आज का काम कल पर नहीं छोड़ा।

बेगम साहिबा : मैं जानती हूँ...और ख़ासकर आज का काम तो आप कभी...

मियाँ साहब : आपका मिज़ाज कितना शिगुफ़्ता है।

बेगम साहिबा : यह सब आपकी करिश्मा साजियाँ हैं।

मियाँ साहब : मन बहुत ख़ुश हुआ है...अगर आपकी इजाज़त हो तो...

बेगम साहिबा : ठहरिये! क्या आपने दाँत साफ़ किए?

मियाँ साहब : जी हाँ! मैं दाँत साफ़ करके और डेटाल से गरारे करके आया था।

बेगम साहिबा : मैं भी।

मियाँ साहब : असल में हम दोनों एक-दूसरे के लिए बनाए गए थे।

बेगम साहिबा : इसमें क्या शक है।

मियाँ साहब : मैं जस्ता-जस्ता यह बेहूदा किताब पढ़ना शुरू करूँ।

बेगम साहिबा : ठहरिए! ज़रा मेरी नब्ज़ देखिए।

मियाँ साहब : कुछ तेज़ चल रही है...मेरी देखिए।

बेगम साहिबा : आपकी भी तेज़ चल रही है।

मियाँ साहब : वजह?

बेगम साहिबा : दिल की कमज़ोरी।

मियाँ साहब : यही वजह हो सकती है...लेकिन डॉक्टर जलाल ने कहा था, कोई खास बात नहीं।

बेगम साहिबा : मिस सलढाना ने भी यही कहा था।

मियाँ साहब : अच्छी तरह इम्तहान करके उसने इजाज़त दी थी?

बेगम साहिबा : बहुत अच्छी तरह इम्तहान करके इजाज़त दी थी।

मियाँ साहब : तो मेरा ख़याल है, कोई हर्ज नहीं।

बेगम साहिबा : आप बेहतर समझते हैं...ऐसा न हो, आपकी सेहत...

मियाँ साहब : और आपकी सेहत भी...

बेगम साहिबा : अच्छी तरह सोच-समझकर ही क़दम उठाना चाहिए।

मियाँ साहब : मिस सलढाना ने उसका तो बंदोबस्त कर दिया है न?

बेगम साहिबा : किसका...? हाँ-हाँ, उसका तो बंदोबस्त कर दिया है उसने।

मियाँ साहब : यानी उस तरफ से तो पूरा इत्मीनान है।

बेगम साहिबा : जी हाँ।

मियाँ साहब : ज़रा अब देखिए नब्ज़?

बेगम साहिबा : अब तो...ठीक चल रही है...मेरी?

मियाँ साहब : आपकी भी नार्मल है।

बेगम साहिबा : उस बेहूदा किताब का कोई पैरा तो पढ़िए।

मियाँ साहब : बेहतर...नब्ज़ फिर तेज़ हो गई।

बेगम साहिबा : मेरी भी।

मियाँ साहब : नौकरों से जो सामान चाहिए रखवा दिया अपने कमरे में?

बेगम साहिबा : जी हाँ! सब चीज़ें मौजूद हैं।

मियाँ साहब : अगर आपको ज़हमत न हो तो मेरा टेम्परेचर ले लीजिए।

बेगम साहिबा : क्या आप तकलीफ़ नहीं कर सकते...स्टॉप वाच मौजूद है। नब्ज़ की रफ़्तार भी देख लीजिए।

मियाँ साहब : हाँ! यह भी नोट होनी चाहिए।

बेगम साहिबा : सिमलिंग साल्ट कहाँ है?

मियाँ साहब : दूसरी चीज़ों के साथ होना चाहिए।

बेगम साहिबा : जी हाँ! पड़ा है तिपाई पर।

मियाँ साहब : कमरे का टेम्परेचर, मेरा ख़याल है, थोड़ा-सा बढ़ा देना चाहिए।

बेगम साहिबा : मेरा भी यही ख़याल है।

मियाँ साहब : कमज़ोरी ज़्यादा हो गई तो मुझे दवा देना न भूलिएगा!

बेगम साहिबा : मैं कोशिश करूँगी अगर...

मियाँ साहब : हाँ-हाँ...! वरना आप तकलीफ़ न उठाइएगा।

बेगम साहिब : आप यह सफ़ा...यह पूरा सफ़ा पढ़िए।

मियाँ साहब : सुनिए...!

बेगम साहिबा : यह आपको छींक क्यों आई?

मियाँ साहब : मालूम नहीं।

बेगम साहिबा : हैरत है।

मियाँ साहब : मुझे ख़ुद हैरत है।

बेगम साहिबा : ओह... मैंने कमरे का टेम्परेचर बढ़ाने के बजाये घटा दिया...मुआफ़ी चाहता हूँ।

मियाँ साहब : यह अच्छा हुआ कि छींक आ गई और बरवक़्त पता चल गया।

बेगम साहिबा : मुझे बहुत अफ़सोस है।

मियाँ साहब : कोई बात नहीं...बारह क़तरे ब्रांडी इसकी कमी पूरी कर देगी।

बेगम साहिबा : ठहरिये...मुझे डालने दीजिए। आपसे गिनने में ग़लती हो जाया करती है।

मियाँ साहब : यह तो दुरुस्त है। आप डाल दीजिए।

बेगम साहिबा : आहिस्ता-आहिस्ता पीजिए।

मियाँ साहब : इससे ज़्यादा आहिस्ता और क्या होगा?

बेगम साहिबा : तबीयत बहाल हुई?

मियाँ साहब : हो रही है।

बेगम साहिबा : आप थोड़ी देर आराम कर लें।

मियाँ साहब : हाँ...मैं ख़ुद इसकी ज़रूरत महसूस कर रहा हूँ।

नौकर : क्या बात है, आज बेगम साहिबा नज़र नहीं आईं।

नौकरानी : तबीयत नासाज़ है उनकी।

नौकर : मियाँ साहब की तबीयत भी नासाज़ है।

नौकरानी : हमें मालूम ही था।

नौकर : हाँ! लेकिन कुछ समझ में नहीं आता।

नौकरानी : क्या?

नौकर : यह कुदरत का तमाशा...हमें तो आज बिस्तरे-मर्ग पर होना चाहिए था।

नौकरानी : कैसी बातें मुँह से निकालते हो। बिस्तरे-मर्ग पर हों वह...

नौकर : न छेड़ो उनके बिस्तरे-मर्ग का ज़िक्र...बड़ा शानदार होगा... ख़ामख़्वाह मेरा जी चाहेगा कि उठाकर अपनी कोठरी में ले जाऊँ।

नौकरानी : कहाँ चले?

नौकर : बढ़ई ढूँढ़ने जा रहा हूँ...चारपाई अब बिलकुल जवाब दे चुकी है।

नौकरानी

हाँ! उससे कहना मज़बूत लकड़ी लगाए।

❑❑❑